贝尔蒙特公园

(日) 黑 孩

上海文艺出版社

我清楚地预感自己的生命在这样的日常中，
宛如没有落下来之前便已经腐烂在树枝上的芭蕉叶。
而腐烂的我也这样站着，
这使我惊恐万分。

——太宰治《斜阳》

一

我将脖子伸长再伸长,终于看得清清楚楚,心脏跳动的速度一下子快起来。我赶紧给大出打电话。大出高兴地说:"我们有多久没有联系了?啊,有一年了吧。"

大出说的是真的。一年前的这个时期,因为斑嘴鸭的原因,一早一晚,我们会不由自主地跑去贝尔蒙特公园,围着池塘,跟着斑嘴鸭一家八口转来转去。暴风雨来临之前的一个午后,连最后的那只叫小不点儿的斑嘴鸭也飞走后,热闹了一段时间的公园,突然少了一群人。一早一晚去公园散步,能听到的,是断了线似的丝丝蝉鸣。一个星期以后,我跟大出,跟五十岚,在四号公路边上的那家叫上海亭的饭店,一起吃了顿饭。等上菜的时候,大出说:"刚才路过池塘,那里连个人影都看不见。"虽然大出没有用语言表示她的"寂寞",但我知道,她跟我一样,啊,是在拼命地忍住自己的失落。说出来自己都不敢相信,小不点儿飞走刚刚才一个星期,我们已经开始怀念起那些"转来转去"的时光。而我呢,开始痛切地渴望起对小不点儿拥有过的那样的"爱"来了。再之后呢,我跟大出和五十岚,三个人再也没有联系过。这足以证明,我们三个人,是斑嘴鸭来池塘的"那段时间"的特殊朋友。

大出问我好不好。我说好。因为断定她百分之百会来,所以免去跟她的寒暄,直截了当地告诉她我正在公园。我对她说:"也许你不信,小不点儿回公园了,正在我眼前呢。"她"哇"了一声说,你敢肯定是小不点儿吗。我说敢肯定。她问只有小不点儿一只斑嘴鸭吗。我说有两只。她沉默了一会儿说:"你敢确定其中的一只是小不点儿吗?"我将身体的上半部趴到池塘的栏杆上。两只斑嘴鸭正在我眼皮下面游来游去。我一字一句地说:"我真的敢确定。"我看得真真切切。被我说成是小不点儿的斑嘴鸭,胸脯上有一个咖啡色的心形的图样。我问她还记不记得那个"心"。她沉默了一会儿,问我是不是马上要回家。我呢,反过来问她能不能来公园。她说她赶到公园的话,怎么也得十五分钟以后了,不知道我能不能等这么久。我告诉她:"如果你来贝尔蒙特公园的话,我就会等。"

我又想起了五十岚,给她也打了一个电话,把刚才告诉大出的话跟她重复了一遍。也许她正走在路上,说起话来气喘吁吁。寒暄了几句之后,她对我说:"关于小不点儿,我回家的时候要路过公园,顺便去池塘那里看看。"她就住在贝尔蒙特公园旁边的那栋公寓里。她还说有点儿事情要办,所以到公园的时候会比较晚,让我不必特地等她。

我站在池塘边等大出,风吹过池塘的时候,闻到一股熟悉的臭味。二十分钟后,大出骑着自行车来了。她笑嘻嘻地向我走来的时候,我正等得有点儿不耐烦。我向她招手。她朝我跑过来。

一年不见，她还是去年的那个样子：黄脸，脸尖瘦，有压抑感，长发用发夹拢在脑后，黑色的衬衫，牛仔裤，灰色的球鞋。因为跑步的原因，她问好的时候有点儿结巴。我用手指着池塘里的两只斑嘴鸭。她趴到栏杆上问我："小不点儿是哪一只？"不等我回答，她先叫上了："小不点儿。"虽然她人长得又瘦又小，但发出来的声音很大，听起来还有点儿嘶哑。

这个时候，天际的一大片红光映着绿色的草地和树。池水亮晶晶的，偶尔"扑通"一声响，吓人一跳，那是水池里的鱼跳出了水面。池塘旁边的椅子上，几个老头正在闲谈。本来，我路过他们身边的时候，他们不约而同地朝我笑过，大出路过他们身边的时候，他们也朝大出笑过。有一个秃顶的老头走近我和大出。我和大出并排站着，等着他说话。他笑嘻嘻地说："我记得你们。去年斑嘴鸭来的时候，天天都能看见你们。今天来的人，全是去年这个时期见过的人。"

大出悄悄地附在我耳边说："去年，一只知了停在你后背，就是他取了那只知了，喂了斑嘴鸭。"

我想起来了。一天早上，大出发现有一只知了停在我的后背，吓得大声尖叫。我还没有明白是怎么回事儿的时候，老头已经从我的身上拿下知了，活生生地扔进了水池里。我还记得眼睁睁看着知了被斑嘴鸭活生生地吞下去，心里头直打战。

我发现老头走路的时候腿有点儿瘸。但我和大出顾不上跟他聊天，池塘里的斑嘴鸭已经开始移动了。追着斑嘴鸭下了石拱桥，在公园事务所的正门前，我掏出手机，打开其中的一个软件给大出看。她尖叫着说："你也玩口袋妖怪GO（Pokemongo）！这不是孩子们玩的游戏吗？"

我说玩这个游戏的人，基本上是一群大人。我之所以也玩，纯粹是因为喜欢游戏里的那些小动物。我已经玩了好几个月了。

今天晚上七点十五分整，二十四小时方便店那里会出现黑蛋。根据 PG 新闻的报道，黑蛋是传说中的宝可梦烈空坐（Rekkuza）。我没有烈空坐，想去抓，但出门的时间早了点，到公园打发时间，没想到看见了小不点儿。

我搞不清小不点儿和另外那只斑嘴鸭的关系，问大出怎么看。她分析说，如果是兄弟姐妹的话，应该来三四只才对，应该是小不点儿的配偶。

过了一会儿，她突然笑着对我说："斑嘴鸭今年也会在贝尔蒙特公园孵蛋了。啊啊，一想到斑嘴鸭家族就兴奋啊。不知道小不点儿是妈妈还是爸爸。我愿意小不点儿是妈妈。是妈妈的话就好了。"

我们的愿望不谋而合。我兴奋地用手指轻轻地戳了一下她的肚子说："一个月以后，贝尔蒙特公园就会像去年的那段时间一样，热闹得不得了。"

她掰着手指算了算："应该是三个星期，再过三个星期，那段时间就又来了。"

去年，小不点儿的妈妈一共生了十只斑嘴鸭，活下来七只。大出说她又想起了小不点儿飞走时的情景。我的脑子里也在想那情景。七只斑嘴鸭，最早跟鸭妈妈飞走了两只，然后是四只，眼睁睁看着小不点儿孤单单地留下来。兄弟姐妹倒是天天来，但待不上多久又飞走。小不点儿每次都盯着兄弟姐妹飞走的方向大声地叫，听起来像哭泣。直到今天也没有搞清楚，小不点儿到底是因为什么受了伤，在什么地方受的伤。小不点儿瘸了一个多星期。或许一个星期对野生动物来说是很长很长的时间，兄弟姐妹飞走的时候，小不点儿还不会飞。

两只斑嘴鸭从水里攀到塘边的石阶上，一动不动地看着栏杆外站着的我跟大出。去年我们就是站在这个地方喂小不点儿吃面包的。我走近两只斑嘴鸭，蹲下身子说："对不起啊，不知道你们今天会来，所以什么吃的都没有带来啊。"

大出也冲着小不点儿说："小不点儿，你还记得我们吗？"

两只斑嘴鸭受到惊吓，跳回水池，游向石拱桥的对面。我跟大出笑起来。

两只乌鸦飞过池塘的上空，停在马路对面的大树上。整个公园里，能够听到的就是乌鸦"嘎嘎"的叫声。

乌鸦归巢的时候，天就黑了。

如果小不点儿在贝尔蒙特公园孵蛋，乌鸦仍然是最大的担心。此外流浪猫也是我的一块心病。对面的公园里，今年又新生出几只可爱的猫崽。特别一只黑色的猫崽，胸前有一个白色的半月，看起来像一头小熊，格外惹我的喜爱。

不知是什么时候开始的，在椅子那里闲聊的那些老头，只剩下一个人了。

　　大出想起什么似的问我:"你不是要抓宝可梦吗？时间还来得及吗？"

　　我看了一眼公园门口的大钟，差五分七点十五。现在去二十四小时便利店正好来得及。我说我用不了十分钟就会回来，问大出怎么打算。她说接电话的时候，正在做饭，如果不是因为来的斑嘴鸭是小不点儿，也许不会慌慌张张地关了煤气跑出来。我连连道歉。她对我说："哪里哪里，要谢谢你通知我。"

　　我们决定分手。我往左，她往右。我跟她一边摆手一边说再见。在红色的公用电话亭前，她突然站住，重新跑回我身边，问我明天会不会到公园来。我说我为了健身，每天来公园走六千五百步。她说她要上班，没办法天天来公园，如果小不点儿有了什么新的进展，一定要用短信通知她。我说好。

　　二十四小时便利店的门前聚集着很多抓烈空坐的人，看起来有二十多个人。很意外五十岚也在人群里。原来她说的"有点事"是抓烈空坐。看到我，她走过来，但我们顾不上聊天，因为黑蛋已经裂开，烈空坐开始升空了。我跟她用手指不断地敲打着手机的画面。过了一会儿，她问我抓到了没有。我说抓到了。她心情糟糕地说："我的运气一直不好，几次都被怪兽跑掉了。"

　　人群一瞬间散尽了。她要去贝尔蒙特公园看小不点儿，问我要不要一起去。我跟着她返回公园。留到最后的那个老头也不见了。黑乎乎的公园里，只有我们两个人。绕着池塘转了几圈，没有找到小不点儿和另外的那只斑嘴鸭。望着黑下来的天空，我遗憾地对她说："小不点儿没有等到你，飞走了。"

她还没有从烈空坐溜走的失望中走出来，看起来很落魄。她回家的时候，本来想先去公园，但为了赶着抓烈空坐，只好先去了二十四小时便利店。她耸了耸肩膀对我说："很遗憾。结果是两头都落空了。"

我们一起走出公园的大门，说再见的时候，她突然兴奋起来："我们两个人，不管是谁先看到了小不点儿，一定要通知对方。"

二

雄大一直在看墙壁上的挂钟,我觉得有点儿不对劲。问他有什么事。他说没事。我也不便追问下去,担心他觉得我是在监视他。

六点刚到,他突然离开客厅去三楼。几乎在同时,桌子上的电话机响起来了。打电话来的是学校的班主任老师木村。听雄大说,她马上就六十岁了,一年之内会退休离开学校。她教的科目是国语。我曾参观过她的课。她不太喜欢笑,每次从黑板前转过身子的时候,头发总是遮住左眼。她问雄大的母亲在不在家。我说我就是。她说:"关于那件事,想听听您的想法。"我问她什么事。她惊讶地说:"难道您不知道吗?"我心里惊了一下,从入学到现在,雄大从来没有惹过什么麻烦。

她单刀直入地说:"昨天雄大找我谈话,内容是小学毕业后,想去地区的公立中学。我想应该听一下家长的意见。"

我告诉她一定是个误会。我说等一下会跟雄大谈谈,看看问题出在哪里。但说心里话,我比谁都明白雄大做出这个决定的理由是什么。正因为我明白,心中不由得涌出了一股酸涩。有一点我觉得很意外,雄大的所思所想以及行动,已经超出了他的年龄。

木村老师希望我明天找个时间去一趟学校，还指明了时间是下午。她反复强调这件事情"非常重要"。

事情发生得太突然，为了摆脱尴尬，我强调去公立学校是雄大个人的决定，绝对不代表家长的意见。她的语气温柔起来："学校跟家长保持沟通真的是十分必要。"她让我定下到学校的时间。

其实，我知道刘燕燕巴不得我每天都休息，也巴不得我干脆辞去现在的这份工作。但明天是我第一天到新部署上班。第一天上班就请假的话，我想上司会不高兴的。我告诉木村老师，明天去学校没有问题，就是时间上会晚一点儿，恐怕最早也要超过午后的四点。

想不到她高兴地说："没问题，就定在午后四点半吧。"

我给高桥系长打电话，准备把想了半天的理由陈述一番。但是，听说我要请几个小时的假，他连理由都没问，直截了当地回答我"没问题"。从某种意义上说，我的心情很复杂，不知道应该高兴呢，还是有所失望了。在我想放下电话的时候，他突然问我："你跟刘燕燕打过招呼了吗？"

我试图理解他话里的意思，一时不知道如何作答。沉默了几秒钟，我回答说："您是系长，当然先跟您打招呼了。您这里说可以了，我再通知刘燕燕。"

他爽快地说："如果刘燕燕那里没问题，你就可以请假。"

我在电话机前呆呆地坐了一阵。系长对我说过的话一直在脑子里盘旋，心里不是滋味。或许我有点儿恼火。

我开始纠结那个一直都在担心的问题：记录系一直以来都不得安宁，职员一个接一个地离去或者生病。

我的感觉是，还没有跟高桥系长接触，已经不信任他，甚至是讨厌他了。还没有去记录系上班，已经满怀着不安了。最使我烦恼的问题是，我的勇气有限，不能不按照他的话给刘燕燕打电话。

刘燕燕惊讶地对我说："没想到你会给我打电话。"

我尴尬地说了请假的事，她二话没说就同意了。我用变得笨拙的舌头谢她。她半开玩笑地说："干脆不要请几个小时了，你明天就休息一整天吧。"

我说："不行，无论如何明天也要露一下脸。第一天报到，我想跟大家自我介绍一下。"

她说："随你的便。"

我很客气地说："明天是我第一天去记录系上班，您是大前辈，请多多关照。"

她一连说了两遍："不敢，不敢。"

我知道，她在这种情形下说"不敢"，其实是一种姿态，就是不会关照我。

雄大从楼上下来，偷偷地看了我一眼。我想寻找一些话题，由此及彼，然后自然地提及公立中学的事，却是找不到。我坐在沙发上看电视，装作什么事都没有发生过。他默默地坐到我身边。我还是第一次有这样的感觉，就是在孩子的问题上会如此无力无助。也许他一直在等我说木村老师在电话里说的那件事。我就是说不出口。我的心里一片困惑。就着电视里那条可爱的狗,我跟他有一搭没一搭地瞎扯了一会儿,肚子开始咕咕地响,便起身去厨房。

做饭的时候,我有意轻描淡写地说:"刚才木村老师来电话了,让我明天去学校,说是商量中学的事。"

他"嗯"了一声,但眼睛停在电视机上,脊背也挺得非常直。

我默默地洗好黄瓜和西红柿,然后把它们切成一个个小碎块,装到盘子里。将做好的饭菜一一端到饭桌上的时候,他突然主动地问我:"明天,你去学校见木村老师的时候,我也要参加吗?"

我对他说:"老师没说要你参加啊。"

他没有再问什么,但好像松了一口气。

吃饭的时候,他看起来已经把木村老师来电话的事抛到一边了。白色的荧光灯照着他的脸庞。他的模样,还有他的性格,既不像我也不像丈夫。我一向感情用事。丈夫目光短浅,看待事物缺乏宏观上的把握。而他小小的年纪却非常理性,比如他考虑事情的时候先从后果着想,从后果一步步往前推,下象棋似的。他会瞻前顾后。

有一天,我跟小原说起雄大:"不知道这个孩子的性格到底像谁。"

小原回答说:"像谁都行,最好不要像黎本。"她说的黎本就是我丈夫。小原有一次警告我说:"怎么说雄大都是黎本的孩子,身体里流动的血,有一半是黎本的。我始终相信DNA是一种绝对的存在。在雄大的教育上,你应该格外地小心谨慎。"

小原敢这么跟我说话,当然跟她是我最好的朋友有关,也因为她跟我丈夫曾经同事了十几年,十分了解他。但是,说真的我不太喜欢小原这样先入为主。雄大现在还是一个小学生,虽然他似乎正在发生着看不见的变化。他的身体也在变化,拼命地想长大,事实上已经在一点点儿地长大了。比如他已经跟我齐头了。他的身长有一米六五了。

雄大拿起筷子,小心翼翼地问我:"我们现在就吃饭吗?不要等那个人回来一起吃吗?"

这个问题,雄大已经问过好多次了。每次我都回答他"不用等"。他是一个安静的孩子,从不打破砂锅。我也不解释。但如果有一天他真的问我原因的话,也许我会跟他解释一大堆。喜欢的反面是讨厌,而讨厌是生理上的。我已经不喜欢"那个人"了,所以不想跟"那个人"一起吃饭。

雄大真的什么都懂。不久前,我问他:"如果我跟那个人离婚的话,你会选择跟谁一起生活呢?"

他回答说:"我没有办法做选择。因为在这个世界上,我只有一个爸爸,也只有一个妈妈。"

他的回答令我心生敬意。

他还问了我两个非常具体的问题。

"假如妈妈跟那个人离婚的话,现在所面临的所有问题,能得到彻底的解决吗?"

我说:"不能。"

"假如妈妈跟那个人离婚的话,虽然养活我没什么问题,但我的学费,一年一百多万,能付得起吗?"

我说:"付不起。"

他对我说:"既然如此,那么离婚不离婚,结果上没有什么意义。如果一定要找出离婚意义的话,大概就是我不得不离开私立学校。"

雄大说话的时候,我正坐在饭桌前喝咖啡,目不转睛地看着他。我对他说:"让我再好好地想一想。"

我再也没有跟他提过想离婚的事。至少,在他成人自立之前,我想我都不会再跟他提想离婚的事。反正,有时候人必须做出某个选择,要为了什么而不得不牺牲点儿什么。

既然如此,为什么雄大又打算离开现在的学校呢?

吃完了饭,为了换一下沉闷的气氛,我打开电视,用遥控器将频道从一换到二,再到三,再到十二,最后切换到八。八上演的是日本漫才。基本上,日本漫才与中国的对口相声相似,就是搞笑的。每个段子都很短,几分钟而已。内容很简单,几乎用不着动脑子,但就是好笑。我跟雄大笑得连说话都结巴的时候,楼下传来大门开锁的声音。

我用胳膊肘碰了雄大一下说:"那个人回来了。"

雄大没有说话。脚步声传上来,走进客厅的丈夫,看起来跟大多数的日本男人一样，给我一种疲惫的感觉。他今天穿一身藏青色的西装，有蓝色斜纹的衬衫和花纹领带。他的几套西装都是藏青色的。他的几件衬衫都是蓝色斜纹的。不知道的人会以为他从来不换衣服。他快速扫了我跟雄大一眼，低下头小声地说："我回来了。"

我一动不动，雄大也不说话。过了一会儿，我再一次用胳膊肘碰了雄大一下，他明白我的意思，起身去厨房，将我事先预备好的饭菜端到饭桌上。

"我们已经吃过饭了。"

丈夫说："谢谢。"

这样的情景，最近每天晚上都在重复，真可以说是烦人。自发现丈夫撒谎骗我，我开始意识到他身上潜在的危险性。怎么说呢？他明明知道自己说的是谎话，却当真的说给我听。我很受伤。不再相信一个人就是不再尊重他。两个人在一起的前提就是尊重对方。欺骗自己是一码事，欺骗别人则是另外的一码事。他那一码不归一码的态度使我难过。次数多了，我就懒得跟他说话，觉得是在浪费时间。

注意到雄大不叫"爸爸"，叫"那个人"，差不多有好长一段时间了。关于"那个人"的叫法，事实上由我开始，雄大跟着我叫而已。我跟丈夫是高龄得子。按常识来理解的话，我们的年龄可以当雄大的爷爷奶奶。可能就是出于此原因，一直以来丈夫对雄大十分溺爱。雄大喜欢的微型车（Tomica）和动车组基本套组（Plarail），几乎都被他买全了。只要雄大说想要，他就买。那些玩具堆在一楼,房间像玩具馆。久而久之,赶上雄大过生日或者圣诞节,带雄大去玩具反斗城(Toys "R" Us),问他想要什么,他会用迷惑的目光打量着周围说:"已经没有我想要的玩具了。"

不仅如此。每天早上,在我和雄大起床之前,丈夫会把两个人的牙缸整齐地摆在洗面台上。牙刷在牙缸的上面。牙膏被挤在牙刷的上面。雄大的校服,被他整整齐齐地摆在沙发上。虽然我乐意接受他无微不至的照顾,但因为对教育持有理想主义的态度,希望从小可以培养雄大的独立性,所以常常对他发火,说他一直做得这么"过分"的话,等于让雄大"失去了学习生活自立的机会"。表面上他同意我的说法,但说归说做归做,他每天还是照旧做。我看得出他是在应付我。

大约一个月前吧,丈夫的妹妹一大早打电话来。跟多数大阪人一样,她说话的声音听起来也是很急切。相互问过好,不等我说话,她就有点儿不耐烦地问了我两个问题:"哥哥的出版社有没有好转?还有,哥哥借的一百万什么时候能够还给我?"

一开始,我不明白是怎么回事儿,但脑子里突然涌现出近来的许多预感。丈夫的妹妹等了我一会儿,见我总也不开口,解释说:"也不是急着要你们还钱,但是,哥哥说等银行的贷款到手,出版社就会归还给他。过了这么久,我想银行的贷款应该到手了,出版社也应该归还给他了。"

跟喝了一整瓶红酒似的,我的心忐忑起来,忐忑得越来越快了。丈夫的妹妹说再见的时候，我意识到她要挂电话了，急忙让她再等一等。

我问她："你哥哥跟你说出版社已经不在他的手上了，这是什么时候的事？你哥哥跟你借了一百万，这又是什么时候的事？"

她沉默了一会儿后，反过来问我："你什么都不知道吗？"

我老实地说："不知道。"

她对我说："这样的话，你直接问我哥哥好了。他跟我借钱的时候是这么跟我说的，具体的详情我也不是十分了解。"

这一次，不等我说话，她很快地挂了电话。

从小到大，我最讨厌做的事情就是跟人家借钱。放下电话后，我有了一种近于疯掉的感觉，血液一直往脑门上冲。整整一天，我觉得自己像一个膨胀的球。终于等到丈夫回家，不等他洗完手，我立刻提起他妹妹来电话的事，要他解释一百万是怎么回事，出版社又是怎么一回事。他假装急着洗澡，抱着睡衣往浴室走。

我让他站住，大声地对他说："你是在逃避吗？因为你跟我撒了谎，因为你背着我跟你妹妹借了钱，因为出版社出现了问题。"

雄大在旁边提醒我说话的声音太大，连房子外边的人都会听到。我自己也没想到会叫得这么凶。

丈夫站在浴室的门前，背对着我听完我的话。他转过身，抱着睡衣走到我眼前。他先是跟我道歉，说对我隐瞒这些事对不起我，但又解释"不说"跟"欺骗"完全是两码事。按照他的意思，即便跟我说这些事也解决不了问题，根本没意义，不过多了一个不安的人而已。

从某种意义上来说，他的话有一定的道理，但我很难过："我们是夫妻啊。"

他竟然笑起来。他笑的时候，我的心又忒忒了。他对我说："你想说夫妻要同甘苦共患难吧。这是理想而已。"

我说："如果是你个人的事，我不会追究的。但事情涉及我们共同的生活，你隐瞒事实，就是不尊重我，也是没有把我放在眼里。"

他犹豫了一下说："说实话吧，没有人比我更了解你的性格了，包括你。你可能想不到你知道了事实后会怎么样。问题在于，我承受得了现实，而你却承受不了。你是一个缺少安全感的人。"他停顿了一下，深深地喘了一口气，接着说，"缺少安全感的人，通常都比较脆弱。我只是不想让你受伤害，不想事情变得更加复杂更加糟糕。"

他的样子看起来很累。

从另一种意义上来说，被蒙在鼓里面的感觉，跟受到欺骗的感觉是相同的。我们结婚已经有十年多了，一直像两条平行线，从来没有碰撞过。说白了，就是从来都没有吵过架。究其原因，也许是我们之间的关系过于客气了。但今天，我有一种奇怪的感觉，仿佛两条平行线突然间纠缠到一起了。我说的是纠缠，不是交结。所以我觉得很烦。

意识到这烦恼是他带给我的,我有点儿恼火。我还是第一次冲他发火:"你把隐瞒说得好像是避免我焦虑恐惧的唯一方式,但是你瞒我一次,就等于失去了我对你一生的信任。我一辈子都没有办法再相信你。"

他以古怪的神情望着我说:"说得太夸张了吧。"他转身去了浴室。

我真想再一次叫住他。如果将人生比喻成一条小路,他是跟我牵手走到终点的那个人。那么我想告诉他:失去了对他的信任以后,我不知道以后要凭借什么,才能跟他一起走下去。

整个晚上我都表现出不痛快,他让我坐下来好好说话。我刚刚洗完了澡,穿着棉布睡衣,舒舒服服地坐到沙发上。他坐在我的对面。橘色的灯光笼罩着他,使他看起来比任何时候都显得温柔。

他叹了口气对我说:"以前,贷款的时候不需要担保,有银行的信义就可以了。但时代不同了,尤其是出版业,真的很不景气。想跟银行贷款的话,银行要担保。但对我来说,房子、车以及存款,全部都是你的名义。我没有任何用来做担保的可以称为财产的东西。前一阵,出版社跟银行贷款,因为我拿不出担保,所以古贺让我暂时把社长的名义让出来,等贷款下来后再把名义还给我。"

我打断他:"于是你就把社长的位子让给人家了。"

"编辑长板仓有房子。"看到我不相信的样子,他又说,"板仓之所以肯拿出房子做担保,是因为贷款的数额不大。"

我问他："多少钱？"

他回答说："一千五百万。"我觉得喉咙发干，不想说话。他补充说，"这个数额的话，出版社肯定能还得起。"

现在的出版业，像一个轮子的自行车，有银行贷款才能支撑下去。出版社里有那么多的社员，为了社员的生活，如果能从银行贷出款来，我相信他暂时会把社长的位子让出来。他对出版社的爱，似乎超过对家人的爱。2011年东日本大地震的时候，我在公园里给他打电话，好不容易接通了，告诉他家里的衣橱都倒了，余震不断，我一个人不敢待在家里，希望他马上回家，但是他说出版社的书柜也倒了。那天晚上他回来得很晚。他到家的时候，天已经完全黑了。我以为他是我有需要的时候，会第一时间出现在我身边的男人，原来不是。虽然已经好多年过去了，但我依然在这件事上耿耿于怀。想到他是这样的一个人，我的心里开始让步。

我问他："贷款下来了吗？"

他说："下来了。"

"那么古贺和板仓把出版社还给你了吗？"

他说："还给我了。"

但接下来连我自己也没有想到，突然从嘴里冒出了这样的一句话："你敢保证你对我说的不是谎话吗？"他说得对，到头来我的性格会导致出混乱和恐惧。他跟我保证没有撒谎。但有一件事必须问清楚了才行："你妹妹说你跟她借了一百万。需要钱的时候，你为什么不先跟我商量呢？还有，你为什么要借这么多的钱呢？钱呢？钱被你用到什么地方了呢？"可能是我觉得喘不上气来，心又开始忒忒了。

他紧紧地盯着我说："钱全部在你的手里。"

有那么片刻，我的感觉好像撞到了魔鬼。这个时候，他怎么还能开出这样的玩笑。我听见自己傻傻地说了一句："我只拿过你给我的工资。"

他说："最近的工资是分两次给你的。月底的那一份，是从妹妹那里借来的钱。本来不想告诉你这个事实，但既然妹妹已经来过电话，想瞒也瞒不住了。"

我呆住了。这一刻，除了恐惧我什么都看不到了。他的工资是生活的基础和保障，工资出问题的话，我们的生活就有了一个很大的漏洞，恐惧盘踞在漏洞里。他看出我过于激动，让我先休息一下，等心平气和的时候再慢慢说。他还说用不着害怕什么，因为出版社已经拿回来了，银行的融资也到手了，现在的生活不会崩溃。

到底发生了什么事情，将来会怎么样，我只能去想象，但他的保证使我的感觉轻松了一点儿。我对他说："你说让我放心，但如果你说的是真的，你能证明给我看吗？"

他突然跪在我面前。我吓了一大跳。雄大本来上楼了，这时候下来取东西，也被他吓了一大跳。

我说："有话说话，用不着下跪。"

他把额头挨到地板上说："我在证明给你看啊。我跟你起誓，出版社真的拿回来了。我现在真的是出版社的社长了。"

我觉得不舒服,看雄大,发现他也在看我。我们都不知道应该怎么办。过了一会儿,我站起来,不说话,对雄大使了一个眼色。雄大跟着我往外走。在楼梯上,我叫住雄大,问他想不想跟我一起去贝尔蒙特公园透透气。他立刻点了点头。我们没有回客厅,直接从楼梯去了大门口。

东京的足里区跟澳大利亚的贝尔蒙特市是姐妹都市。作为友好的象征,贝尔蒙特市跟足里区共同建造了贝尔蒙特公园。雄大就是在这个公园里玩大的。公园分两个部分,中间隔着一条很宽的马路。有池塘的那个部分相当规矩。进正门,走五十米左右有一座红色砖墙的洋式小楼。一楼是公园的管理处。二楼是展厅,展示的都是贝尔蒙特市赠送的工艺品。十只石雕山羊,分成三个群,散见于草坪和桉树之下。园灯神秘,草坪起伏,山羊形神兼具。红色的砖墙建筑的洋楼、高大的桉树、蔷薇盛开的花坛、吹奏笛子的少女雕刻等,身置其间,经常会错觉在澳大利亚的某个城市。而另一部分没有大门,四围是又高又大的树,树下是丛生的花草。中间是一个很大的广场。广场的一角有一个螺旋式的儿童滑梯。这个部分比较开放,儿童们可以在广场里踢球,主人也可以带着小狗散步。

我跟雄大一前一后地坐在石雕山羊的脊背上。天空是黑色的,但月明星灿。池塘的水在星光月光下熠熠生辉。

雄大侧过身看着我说:"看来这一次爸爸没有说谎。"我摇了摇头,说我还是不敢相信,因为他骗我好几次了。他说:"但是爸爸今天都下跪了。"

我的脑子里浮现出丈夫跪在眼前的样子，忽然觉得心烦。这时候，一只三色猫旁若无人地穿过身后的草丛。或许我的脸色变得阴沉，雄大不吭声了。过了一会儿，我盯着鞋尖问他："你真觉得我们可以相信那个人吗？"

他只是说："给爸爸一次机会吧。无论如何，我觉得这回是真的。"

我想我如果说不，就会伤害了他的感情，于是又问了一遍："真的可以相信那个人吗？"

这一次他点了点头说："真的可以相信。就相信爸爸吧。"

一阵风吹过，我听见了几声虫鸣。我说："但是真的就这样相信他了吗？"

雄大有点儿火了，对我说："你已经问了多少遍了。你不累，我回答得累了。"

他一脸稚气。我想这才是世界给他的本来面目。我咬咬牙对他说："OK. 妈妈这次听你的，相信那个人一次。"

如果说有一件事能够证明我的不安没有消失，那就是一个月以后，木村老师找我去学校谈话的时候，我对木村老师说我有可能去中国工作，有可能带着雄大一起去中国。我之所以说假话，理由很简单，万一雄大不得不退学，不得不去地区的公立学校，有了去中国的理由，就可以免去好多人的胡思乱想。这是保护雄大不受伤害的最后的办法。雄大受伤害，才是我最大的不安和恐惧。

回家的路上经过池塘，刚才的那只三色猫懒洋洋地坐在黑暗的石拱桥上。我告诉雄大，这种三色猫，如果性别是雄的，在动物商店的卖价会高达两三百万。雄大问为什么。我说稀少。因为一百只三色猫里，平均只能找出一两只雄的。他说也许这只三色猫就是雄的呢。我说那也不值钱，因为是野猫，没有血统书作证。他注视着三色猫，样子看起来有点儿伤心。我轻声地说："有些事情是命。是命的话就得接受。这就是单词里无奈那两个字。"

我们不再说话，一直看三色猫，直到它不紧不慢地下了石拱桥。

但结果很糟糕。发工资的日子去银行，证明了我的担心是对的。丈夫的工资只有二十五万。事实比什么都能说明问题。从银行出来后，我的心一直忐忑，几乎没有间歇。晚上他有意回来得比较晚，等他的时间里我倍感焦虑。恐惧挥之不去，仿佛现在的生活随时都会崩溃。

做饭的时候，我摔破了一个玻璃杯，打翻了装盐的小瓶子，不知不觉间叹了很多次气。雄大将一切看在眼里，问我怎么了。我不知道应该怎么回答他，极力在脸上挂出笑。吃饭前，他突然举着手机让我看。他说看了网上的这篇文章，也许就不生"那个人"的气了。文章讲述的是一种叫"谎言癖"的病。症状是说谎成瘾，即使在不需要说谎的时候也会说谎，是怪癖型人格障碍中的一种特定类型。专家分析出七大动机。

雄大说："那个人的动机就是为了逃避某种责任，保护自己免受痛苦，属于自卫行为。"

我把文章从头到尾看了一遍,对雄大说:"的确很像他的行为。但为什么现在才犯病呢?"

雄大说:"也许是妈妈以前没有在意吧。"

我出神地盯着雄大看了一会儿,忽然想起了一件事。两年前丈夫去大阪出差,晚上打电话给我。他说刚刚在旅馆的贩卖机前买了啤酒,准备回房间,喝完了啤酒就睡觉。但第二天中午,他妈妈来电话,担心他晚上没睡好,不知安全返回东京了没有。原来他住在妈妈家。当时我觉得不可思议,但也没有多想。

雄大对我说:"明白了吧,那个人有病,是一个病人。妈妈不该跟一个病人生气。"但生气是由不得我自己的。他接着刚才的话说:"谎言是那个人跟他人沟通的唯一技巧。"

在这里,雄大第一次使用了"那个人"的称呼。以后,我再也没有听见他叫过一声"爸爸"。我想这不是雄大的错。

三

日本的新年度不是九月，是四月。新生入学，新社会人就职报到，都在四月一日。从三月中旬开始，一大批人因为迁徙而不得不去役所办理搬迁手续。我工作的部署是区民部户籍课住民记录系，工作内容正与这些手续有关。

从早上见面问好开始，刘燕燕的脸色一直都很难看。几十份等着输入到电脑的申告书厚厚地摞在桌子上。因为下午四点半要去学校，我想在三点之前将它们处理完。午休后刚回到座位上，刘燕燕手里拿着一张搬进申报书，气汹汹地对我说："黎本，你打错了一个字。"我问错的是什么字。她说是"吉"，然后接着问我："你知道日本汉字里，这个字有两种写法吗？"日本汉字不统一，同样意义的汉字会有不同的写法。比如她说的这个"吉"字，除了上面是"士"字的写法，还有一种上面是"土"字的写法。一定是我打字的时候，凭从小的写字习惯将"土"打成"士"了。她说："谁都知道这是必须留心的一个字，你怎么会打错了呢？"

我觉得很抱歉，但不知道应该怎么跟她解释为什么打错了。我想说对不起的时候，窗口来了一个客人，她先去窗口接客了。

我还是很难过。从原则上说，明明是我打错了一个字，校对的职员应该对我本人说，而不是通过刘燕燕传达给我。昨天晚上我给高桥系长打电话请假，他让我跟刘燕燕商量，我就觉得不对劲了。此时此刻的感觉告诉我，也许我在记录系的存在不过是一个影子。孤独感并不能影响我，有时我甚至觉得孤独对我这样处在闹市的人是有意义的。但此刻袭击我的孤独是至今未曾体验过的，并非来自于我的内心，不纯粹，不是我自己的。这种孤独是他人替我制造的，或者说特地为我设置的，是二手货，不伦不类。

我坐的位置在复印机旁边。刘燕燕拿着客人的身份证来复印。她说了句什么，我集中精力在电脑上，没有听清，抬起头看她的时候，听见她大声地对我说："黎本，你这个人，真的是一点儿用处都没有。"

我怔了一下："这话怎么说呢？"

"今天是你第一天来记录系上班，所以我一大早跟你说了，如果有什么不明白的地方，一定要问我或者其他的职员。但是该问的你不问，你问的都是一些鸡毛蒜皮的小事。"说完后她什么事都没有发生似的去了窗口。

一口气聚在胸口，我觉得被噎住了。我尽力想使自己平静下来，但没有成功。我想跟她吵架，但又没有勇气。说真的，长这么大我还没有当着人的面，一对一地跟人吵过架。我不习惯跟人吵架。万一我当真跟她吵起来，说不定会忍不住哭起来。

客人去座位等候的时候，刘燕燕再次来到我身边，用跟刚才一样大的声音说："黎本，你的鼻子下面有什么啊？你的嘴巴是干什么用的啊？你不懂不会问懂的人吗？"

我觉得血液往脑门上冲，那口气终于憋不住了。我不记得是怎样站起来的，也不记得是怎样摘下眼镜的。我把眼镜摔到了写字台上。这一瞬发生得迅速而且自然。事情发生后，我有点儿昏头昏脑的，神智不是很清楚。

刘燕燕优雅地站在我眼前，轻声地对我说："黎本，有话说话，摔东西不好，显得你没有教养。有没有教养，能看出一个人的水准。比如你刚才打错了一个字，有教养的话就会道一声歉。你连道歉都不会。"

我想起之前听到过的关于刘燕燕的一些传言。她真的很厉害，只花费最小的力气便让我失去了理性和思考的能力。没有动用一根手指，就制造了她优我劣的局面。我以为其他的职员会看我跟刘燕燕，扫了一圈，发现大家都在静静地工作。我立刻就萎缩了。说起来，整个户籍住民课，只有我跟刘燕燕是中国人。就个人来说，我在乎的不是日本人怎么看我们，而是觉得两个中国人在日本人面前互相殴斗，真的是很难看的事。

因为不想说话，我坐着喝起茶来。

坂本一直坐在我前排的椅子上，不看我，不看刘燕燕，也不说话。以前她跟我说过一句话："在记录系，如果跟刘燕燕过不去的话，等于用鸡蛋撞石头，是找死。"

我以为事情已经过去了,十五分钟后,刘燕燕走过来说她观察了我一个上午。我不想跟她交谈:"请你不要打扰我。我在工作。如果是我们两个人之间的事,我愿意另外找时间和地点。"

她干脆在我旁边的椅子上坐下:"指出并纠正你的错,也是我的工作。"

我又有点儿激动了,只好站起来,径直走到高桥系长那里。我对他说:"对不起,我想跟您谈谈。"他二话没说就站起来,带着我去了会议室。

他先坐在靠墙壁的椅子上,然后指示我坐到他的对面。他望着我,白边眼镜的后面是两只淡淡的眼睛。我知道这两只眼睛将刚才的一切都看在眼里,也知道他搞不清我跟刘燕燕吵架的缘由,就把打错了一个字的事情说给他听。然后我问他:"至今为止,因为打错了一个字而被破口大骂的人,有吗?"他说没有。

我说:"今天是我第一天来记录系工作。刘燕燕这样对待一个新人,您觉得合适吗?"他说不合适。

我说:"我觉得我在记录系干不下去。"

他说没想到会发生这种事。因为我跟刘燕燕都是中国人,经常在一起聊天,还以为我们的关系非常好。

他说得并没有错,从表面上来看的话,我跟刘燕燕的关系不错,但说到私下的话,我想起了山崎。山崎比谁都清楚事实。

我跟山崎，我们是同期。此外跟我同期的还有坂本。被调到记录系之前，我在窗口服务系工作。役所的职员多，午休是交换制，时间不固定。我基本去五楼的榻榻米休息室吃午饭。在那里，我经常会碰上记录系的坂本或者刘燕燕。我很少碰见山崎，原因是她基本上去十楼的休息室吃午饭。

不久前，记录系发生了一场纠纷。很多人在背后称这场纠纷为"山崎事件"。事件的发端很简单。有一天，山崎正在跟刘燕燕说话，看见有一个客人来窗口办事，于是冲着坂本说了一句："客人来了。"

当天中午，赶上坂本跟我一起吃午饭。她跟我提起这件事的时候，气愤地说："她跟我不过是同期而已。但她以为自己了不起啊，客人来的时候，竟然指使我去窗口接客。她自己为什么不去接客呢？工作和瞎扯淡哪个重要啊？"

以后，每次跟她一起吃午饭，她的话题都离不开山崎，言语间充满了怨恨。我的感觉是，她很在乎她厉害还是山崎厉害。问题在于，午休时一起吃饭的人很多，并不只有我们两个人。没过多久，山崎在工作的时候喜欢聊天、能力很差、经常出错给系长添麻烦等坏印象，便在很多人的意识里固定下来。有人说舆论是"杀人机器"，被舆论伤害过的人，想必知道这话的分量有多重。如果不是我曾经跟她一起工作过，了解她，可能我也会被洗脑的。

山崎看起来聪慧文静，我不怀疑她的工作能力。

说到坂本，以前跟她在福祉课共事过两年，而且是同年度被移动到户籍住民课的。我被安排在窗口服务系,而她被安排在记录系。据我所知,她的性格有点儿特别。我曾想象自己能不能像她那样,在一个集体里,无论大事小事,都要由自己作主,都要别人听自己的指挥。但我从小到大就没有过自己的主见,所以对我来说,有她这样的人出来牵头,反而觉得省事。至于日本人呢,最怕的就是惹是生非,所以跟她一起工作的人,多半会顺着她。我以为她基本是一个好人,争强好胜不过是她身上的一个毛病。后来让我感到费解和惊愕的是,在刘燕燕面前,她的这个毛病竟然消失了。

如果说坂本是群里的一只狼,那么山崎就是群里的一只羊。跟坂本一起工作了半年而已,山崎就病了。她老是觉得心悸,严重的时候还会喘不上气。后来她去了心疗内科,医生说她患的是一种心理疾病。用中文说,叫恐慌障碍,或者叫惊恐障碍,或者叫恐慌发作。

山崎病重的时候,我曾这样鼓励过她:"你可以不在乎啊。不在乎就什么事都没有了。"山崎决定辞职的时候,我这样挽留过她:"你今后的人生还很漫长,为什么要为了某一个人辞职呢?你应该加油。要么你要求调到窗口服务系吧。"

对我的鼓励,她的感觉慢慢地发生了变化。开始的时候她感谢我,但后来她觉得我不理解她。有一天,她在给我的短信里说:"我是为了今后的人生才想到辞职的。如果连身体都毁掉了,还有什么理由谈幸福呢?"后来,她在另一封短信里说,"我的家人和我的朋友,为了我的身体着想都劝我辞职。"

她没有明说，但是我看出了话里的另外一种意思。这封短信后，她再也没有跟我联系过。当我落到跟山崎一样的处境才理解了她的选择是正确的。

有一天，山崎去役所上班，但在役所的大门前忽然喘不上气，差一点就憋死了。她去了医院。医生告诫她："如果不马上离开那个令你犯病的地方，可能真有一天会被憋死的。"

她先是休了三个月的长假。假期完后并没有返回工作岗位，而是辞去了工作。

我那时根本没有想到，她所经历的一切，我在之后都要经历。正是因为她的辞职，我被阴差阳错地移动到记录系。

关于我跟刘燕燕，真的是说来话长。有一次，午休时我去饭店吃套餐碰上了坂本。回役所的路上，她对我说了她的感受，就是觉得记录系的工作不容易做。我问为什么。她说刘燕燕在记录系干了二十年，没有她不知道的事，连校对审查那边的职员都要向刘燕燕请教疑难问题。但刘燕燕什么都不教给她，对此她却不敢有什么表示。她不假思索地说了一句名言："跟刘燕燕过不去的话，等于用鸡蛋撞石头，是找死。"

这次对话后，没过几天，我去五楼时又碰上了刘燕燕。她说每天夹在坂本和山崎之间，跟三明治里面的香肠似的，很为难。她评价坂本很聪明，工作用不着教，只需看一次就学会了。说到山崎，她叹了口气说："教也教不会，老是出错，老是给系长添麻烦。"她举了最近的一个例子。前两天，山崎将搬进区里来的客人的名字打错了一个字，偏偏客人申请了住民票。客人回家后才发现，打电话到役所反映苦情，结果是系长带着正确的住民票，亲自去客人的家里道歉。她在最后说："这样的事情是经常发生的，都发生在山崎的身上。"

我鼓起勇气说出了我的看法。坂本的确聪明并且优秀，在集团里有很强的存在感。但山崎属内向性格，尤其跟坂本的关系比较险恶，工作的时候难免有压力。从某种意义上来说，人在受压抑的心境下工作，出错比通常的时候要多几倍。再说了，役所的工作是集团式的，比如住民票，山崎输入后，肯定要由负责审查的职员进行二校和三校。三个人的责任是关联的。依我来看，三校的人的责任是最大的。问题被发现后，只山崎一个人受"谴责"，我觉得不公平。还有一点我提醒她：最难过的人其实正是出错的本人。我对她说："三个人中，就你一个人是前辈，你应该帮助山崎。如果工作气氛好的话，相信山崎也会工作得很好。"

回部署的时候，为了健身我坚持使用楼梯。想说再见的时候，刘燕燕突然对我说："你的话提醒了我。在坂本和山崎之间，我决定选择山崎做搭档。你看着吧，不出一个月，我要让坂本自动辞职。"

我以为她是在跟我开玩笑，但是她的样子看起来很认真。我并没有拜托她赶走坂本的意思。她的大胆和自负也令我感到惊讶。我们工作的地方可是日本一个区的役所，也就是中文讲的区政府。

第二天早上，我刚进役所的大门就看见山崎迎面走来。看得出她是在特地等我。我有了一种不太愉快的预感。果然,她对我鞠了个很深的躬说:"刘燕燕把你昨天跟她说的话转达给我了,谢谢你对我的理解和关照。"

我尴尬地说:"哪里哪里。请不要这么客气。"

户籍住民课在一楼,我左右张望。如果坂本刚好在这个时候进来的话,会看见我跟山崎在一起的。我邀请山崎去二楼,那里有专为客人准备的圆桌。

没想到刘燕燕会把我跟她之间的对话转告给山崎。虽然我并不喜欢坂本,但也说不上讨厌。再说我跟坂本共事过两年,按理也算是一般意义上的朋友。山崎感谢我,我觉得有点儿对不起坂本。

我们没有时间说很多话,因为役所八点半开始营业。我坦白地告诉她,之所以让刘燕燕帮她,不过是话赶话。我的意思是,她没有必要特地来感谢我。她一边听我说话一边笑,一边笑一边点头。我用手指抓了抓头发:"对不起,我不太喜欢刘燕燕在中间传话。传来传去的很麻烦。但有一句话是真心的,就是我不会相信关于你的那些传话。"

她说就凭这一点足以令她感谢我了。

正如她平时给我的印象,非常聪明。离开二楼的时候,她让我一个人乘扶梯先去一楼。她是乘电梯去一楼的,比我晚了两分钟。她知道我不想坂本看到我跟她在一起。她不想连累我。我对她的好感一下子增加了很多。

中午,我去五楼休息室吃饭的时候,差不多把这件事忘记了。坂本也在，但跟另外的几个人有说有笑，不正眼看我，也不跟我说话。我察觉到，刘燕燕把我跟她之间的对话也传给了坂本，心里觉得很别扭。

晚上吃饭的时候，我把这件事从头到尾地学给丈夫听。他说刘燕燕的人品有问题，让我离她远一点儿。他安慰我说："刘燕燕这种人，时间会揭穿她的老底。"

我决定听他的话。从那天开始，为了我自己好，我决定跟刘燕燕，跟坂本，跟山崎，都保持同样的距离。

我被通知移动到记录系的那天晚上，好久不搭理我的坂本突然给我打电话。

"你跟刘燕燕的关系，原来不是很好吗？最近不见你们一起吃饭，也不见你们聊天。你们之间，发生什么事情了吗？"

我感到她在试图打探点儿什么。我已经不想惹是生非了。我对她说："什么事情都没有发生。因为天气渐渐暖起来，带饭盒怕饭菜会馊，所以去饭店吃套餐的次数比较多。"

她沉默了一会儿，突然开口说："可是，刘燕燕跑到系长那里大发雷霆，质问为什么调你到记录系，却没有在事前跟她商量。她跟我也说过同样的话，就是你不喜欢她，莫名其妙地疏远她。"

"我不相信有这种事。"

"为什么不相信？"

"刘燕燕跟我一样，不过是役所里的一个普通职员而已。她怎么敢跟系长发脾气呢？她有什么资格干涉上边决定的人事呢？无论如何，我都不相信会发生这样的事。"

她叹了一口气说："好吧，你不信，我也没有办法迫使你信。我打电话其实是想问你另外的一件事。"

"什么事？"

"你在窗口服务系干得好好的，为什么特地跑到记录系呢？"

"我并没有主动要求到记录系，山崎因病辞职后，课长和系长找我谈话。"

"谈了些什么？"

"对不起，谈话的内容不能公开。"

"但是，系长亲口告诉刘燕燕，说你是主动要求来记录系的。还说你之所以要来记录系，是因为想跟我一起工作。"

我说："没有这样的事。"

"你跟刘燕燕都是中国人，你到记录系以后，不会每天就你们两个人凑在一起说话，把我一个人孤立出去吧？"

"你想多了。"我突然想起了一件事，"这一段时间，我觉得你故意不跟我说话，是不是你想多了呢？"

"但是你在背后跟人家说，我在福祉课的时候，也发生过类似山崎辞职的事，还说那个人辞职也是因为我。"

这跟我对刘燕燕说过的原话完全不一样。我想我也不能解释，正所谓越描越黑。我说："我原来的意思是，你太优秀，跟你一起工作的人，难免会有压力。"

她说："你来记录系后，没有必要跟我和刘燕燕比着干。就那么几样活，其实是很简单的，不过有人把它们故意搞得很难干而已。"

她这样描述记录系的工作使我觉得奇怪，因为滨田课长和高桥系长找我谈话的时候，说记录系的工作很难，而她跟刘燕燕都很优秀，跟她们俩一起工作，如果想向她们看齐的话，心理上会很辛苦。不知道谁说的是对的。

我说："我不急，我会慢慢地向你们靠近。"

之后，她滔滔不绝地说了很多，都是关于我，关于刘燕燕，关于系长，关于记录系的事。最后，她说记录系的工作比较琐碎，但没有正式的工作指南，所以把自己在工作中学到和悟到的东西，用电脑做了一个简单的指南，已经偷偷地放在我桌子的抽屉里了。我谢了她，心里面热乎乎的。她嘱咐我千万不要让刘燕燕知道这件事。万一刘燕燕发现了工作指南，也不要说是她为我准备的。我向她保证不跟刘燕燕提工作指南这件事。

决定挂电话的时候，她建议我："如果想在记录系长期工作下去的话，最好给刘燕燕打个电话客气一下。还有，你到记录系后，基本上会由刘燕燕教你并安排你的各种工作。"

四

我拜托系长马上将我调回窗口服务系。但是他用两只手拄着下巴说:"为什么这么急着做决定呢?跟你谈完话,我打算找刘燕燕聊一聊。"

其实,昨天跟刘燕燕通完电话,她很快将电话打回来,问我为什么自己要求到记录系。我说我没有要求。但她根本不听我的解释,说记录系有她一个中国人就够了。她的原话是:"我不想记录系再有第二个刘燕燕。"

出于这个原因,我知道系长找她谈话也是白谈,所以不吭声。系长说:"刘燕燕的脾气的确很坏,的确跟好多人吵过架。但我已经跟你说过了,她跟坂本两个人在工作上很优秀,活干得都是又快又仔细。所以,跟她俩一起工作的人,都会身不由己地感受到压力。山崎就是个例子。但对于我来说,我不在乎这个人是个什么样的人。我在乎的是这个人有没有工作能力。我是把人品和工作能力分开考虑的。"

没想到他会对我说这种话。他是系长,不应该这么说话。我觉得他有点儿自命不凡。

有一件事我没有告诉他。山崎生病辞职的原因看起来是坂本造成的，事实上是刘燕燕一手安排的。关于让坂本在一个月内自动辞职的话，她跟山崎也说了。但山崎没有等到一个月就将问题捅到了课长那里。

有一天，刘燕燕很生气地对我说："山崎不跟我打招呼就跑去课长那里，简直没有把我放在眼里。我很生气，不能原谅她的做法。"

不久之后，山崎告诉我是刘燕燕鼓动她去找课长的。还记得我当时有点儿不敢相信，起了一身的鸡皮疙瘩。以前刘燕燕偷偷地告诉过我，系长在跟她的一次谈话中说："如果在山崎和坂本之间做选择的话，就选择山崎离开记录系。"我想是系长的这句话让刘燕燕鼓励山崎找课长的。山崎最终是被刘燕燕耍了。坂本一贯演的都是黑脸，而刘燕燕耍的却是白脸。

归根结底，山崎是眼前这个男人的牺牲品，我觉得开始讨厌他了。我想马上离开会议室。但在此之前，我觉得有必要提醒他一件事。"你跟课长征求我意见的时候，我说过没有信心跟两个那么优秀的人一起工作，但是你对我说，这一次选择人的时候，考虑的不是工作能力，考虑的是人的性格，就是要找一个跟她们两个人都能和平相处的人。"我耸了耸肩，"看来我一点儿都不合适。"

他皱着眉头沉思了一会儿，对我说："无论如何你先不要急着做决定。我想知道刘燕燕是怎么想的。"

我终于听明白了，原来他是要按照刘燕燕的意思决定我的去留。从这一刻开始，我觉得心底深处有声音咕噜咕噜往外冲，水泡似的浮上来。我生气地说："刘燕燕怎么想跟我没有关系。我是你的手下。手下发出SOS了，作为系长，你首先应该倾听受害者的申诉，然后是解决问题。但是，你却掺和到手下的是是非非里，凭个人的好恶决定手下的命运。如果换一个系长，也许山崎就不会生病了。想想看，山崎有孩子，孩子正好是考中学的时候，正需要钱，但是山崎却不得不辞职。现在你又要这么对待我了。"我住了嘴，怀疑自己的嘴巴里冒出了血泡。我说了原本没有打算说的事。

他迟疑了一下："掺和在是是非非里，这句话说的是什么意思？"

我挺直身子，一发不可收拾地说："我敢说给你听吗？说出来你马上就会传给刘燕燕和坂本。山崎跟你说的话，结果都被传到她们两个人的耳朵里。"

他把椅子往后挪了挪，稍微闭了一会儿眼睛。

我问他："手下跟你的对话，不是应该在你这里开始，又在你这里结束吗？"

他说他不明白，让我举个例子。

我说："为了调我到记录系，刘燕燕找到你，跟你大发雷霆，埋怨你在把我移动到记录系之前没有跟她商量一下。你竟然跟刘燕燕道歉，说对不起她，因为你不知道她不喜欢我。怕她不原谅你，你撒谎说是我自己要求来记录系的。说到底，你为了省事，把一大堆工作全权交给她。只要能完成系里的工作，随便她怎么做。"

我这样跟自己的上司说话很过分,所以我觉得有点儿愧疚。没想到他竟然很耐心地听我把话说完。他问这些话是从哪里听说的。我说不会告诉他。这个时候,如果他叫我滚蛋我想我会滚蛋的。这时候我想,只要能够回窗口服务系,什么我都愿意接受。他歪着头,一脸严肃地看着突然沉默下来的我。出乎我的意料,他温柔地感谢我把这些事情说给他听,但是他劝告我:"因为这些事情并非事实,所以暂时不要说给其他的人听。"

会议室有点儿热,汗水顺着脖子流下来。我掏出手帕擦汗。他问我要不要开空调。我说不要。他开始安慰我,说我在火头上,一定很累,暂时休息一下,什么都不要想。我花了好几秒钟才适应了他的温柔。愤怒在不知不觉间已经转变为疲惫,我叹了一口气:"我没有想到事情会搞到这个地步,给你添麻烦了。但事实证明我根本不是那个最适合的人选,因为刘燕燕不愿意有一个中国人跟她同在记录系。"

最后,我还是拜托他跟课长商量一下,尽快把我调回窗口服务系。

我被移动到记录系的事,说起来也是自作自受。记录系每次有人辞职或者换部署的时候,课长和系长都要物色代替的人选。我的情况比较特殊,被找去谈话的第二天就接到了人事部的调令。不仅仅是我,窗口服务系的其他职员也感到惊讶。小泽跟我的关系比较亲近,问我是怎么想的,竟然同意去记录系。其实我只是不小心说错了一句话。那天跟课长和系长谈完话，临出会议室的时候，我对他们俩说："如果非我不可的话，去记录系也无所谓。"我以为同一个部署中绝对不会安排两个中国人。

小泽说："你说这样的话，当然马上下调令了。要知道，其他的人在谈话的时候，都是直截了当地回绝的。"木已成舟，我不知道如何挽救。他用手指着对面说："你看，课长在那里呢。你现在就去找他，就说你想了又想，觉得还是不适合去记录系，希望能够撤回调令。"

一个叫玉川的职员一直在旁边听我跟小泽的对话，这时候插进来说："人事部正式下的调令，不可能取消的。黎本只能先去记录系，以后见机行事了。"

小泽说："玉川说得也对，好在记录系有刘燕燕在。你们都是中国人，刘燕燕又是大前辈，有什么事的话，你可以跟她商量。万一坂本像欺负山崎似的欺负你，你就跟刘燕燕说。刘燕燕也帮不上你的话，你马上找课长，立刻要求调回来。"

玉川说："对，千万不要等到最后，要在身心破碎之前回来。"

冷静后我想，那天我之所以敢跟系长发那么大的脾气，原因可能就在这里：想在身心破碎之前回到窗口服务系。

这一刻，我深信系长会通过课长把我调回窗口服务系。他沉默了一段时间，用圆珠笔轻轻地敲着桌面。会议室很静，圆珠笔敲打桌面的声音听起来很分明。使我烦恼的是，我的心乱起来，开始同情他。同情一直是我生活中苦恼的种子。但记录系一直不能安宁下来，到底也跟他的领导能力有关。

他决定今天的谈话到此为止："你提前下班吧，回家好好地休息一下。干脆明天也休息吧。不要想工作的事，什么都不要想。"

我提醒他等着输入的申告书堆得像山。他说记录系有那么多的职员，到时候自然会帮忙的。下午我要去雄大的学校见木村老师，毫不犹豫地接受了他的建议。

役所离我家不远。出大门，穿过一个红绿灯，顺着一条狭窄的柏油路，走五分钟就会到家。但我特地绕过一条街，去了贝尔蒙特公园。保育园的老师带着七八个戴着黄色遮阳帽的孩子，正在草坪上玩耍，不过我没有心情观察他们。小不点儿不在。我在石雕山羊的脊背上呆坐了一会儿。

想回家的时候，那个有点儿瘸腿的老头走近我说："再过三个星期，斑嘴鸭的蛋就会孵化出婴儿，不知道这次是多少只。"看到我惊奇不解的样子，他解释说，"斑嘴鸭已经孵了两天的蛋了。"

我谢了他，一口气跑到石拱桥。石拱桥建在池塘的中央，将池塘分为两个部分。靠近草坪那边的池塘里有一个圆形的中心岛。中心岛其实就是假山，长满青草，有几棵树。假山的中央有一个极小的木制楼亭，楼亭里存有麻袋，麻袋里是防洪水用的沙土。相反，靠近正门一侧的池塘里有三个很大的木樽。木樽里种植有草木和树，树是高的，草是矮的。小不点儿就是在其中的一个木樽里出生的。

我伸长脖子张望木樽的时候,身边不知不觉地多了好几个人。一个我觉得很好看的女人问我:"斑嘴鸭是从什么时候开始孵蛋的?"我说不知道。这时候,那个瘸腿的老头来到我身边,笑嘻嘻地问我看见了没有。我说看见了。他说蛋藏在斑嘴鸭的肚子下面,猜不出有几个蛋。根据去年的经验,我想是十个左右吧。

斑嘴鸭的脑袋正好冲着石拱桥。我清晰地看见了斑嘴鸭肚子上的那个"心"。我想告诉老头,但知道这个"心"的,只有我、大出和五十岚,所以就忍着没说。对于我来说,木樽里趴着的斑嘴鸭是小不点儿。我等它等了很久了。而对于老头和其他的人来说,木樽里趴着的是一只随便出现在公园里的斑嘴鸭。与周围的人不同,我的激动是具体的,是亲切的,是好久不见的。正如我的想象和猜测,小不点儿是母的。

回家的时候我故意走草坪。风带着白昼的气味。我的心情比早上好了很多。心里憋着的郁闷一点儿一点儿地弱下去,烟消云散了。我从来没有想到这一层:有时候,有些东西会覆盖另外的一些东西。好像这个时候的我,很兴奋,被一种安慰覆盖着。或者就像我终于耐心地等到相见时的某一种拥抱一样,我觉得很舒服。

五

　　敲门的时候，从小在国内养成的习惯是敲三下，但日本人是敲两下，所以我很小心地在办公室的门上敲了两下。透过门上的玻璃窗，我看到木村老师正从几个同事的椅子间穿过，向我走来。木村老师问我愿不愿意去会议室谈话，我说可以。木村老师又问我在意不在意年级主任也参与这次谈话，我说不在意。木村老师带我去会议室，要我先坐在那里等一等。

　　我还是第一次到会议室，从窗口可以看到身穿体操衣的学生们在操场上运动。不久，木村老师跟年级主任一起到会议室来。年级主任是个高大的男人，肤色黝黑，神情坚毅。我赶紧站起来，相互问过好以后，一起坐下来。年级主任的一双眼睛，好像总是在默默地窥视着我。

　　雄大这个名字是我起的，意味着雄伟高耸的山。

　　雄大在六岁的时候考上了东京都内一所比较有名的私立小学。为了叫起来方便，取校名的第一个英文字母，干脆叫"S小学校"吧。接到入学通知书的时候，我哭了。入学式的时候，我又一次哭了。S小学校的学生，基本上都来自附属幼儿园，所以从外部考进去的孩子极少，用考试圈里的行话来说，

S小学校是"窄门",很难挤进去。尤其S小学校的原身是女子校,改成男女共学后,依然是女生的比例大于男生。好像雄大入学的那一届,一共有五十名新生,而男生只有十八名。

我家住东京都足里区,富裕的人比较少,相反以吃国保的人多而出名。又因为物价便宜,外国人也多。雄大上小学的前一年,我到处收集有关小学校的情报,结果受到的打击很大。足里区的小学校,全国学力模拟考试的成绩,连年居东京都排行榜的倒数第一位。我很后悔,早一点考虑孩子受教育的事,也许就不会在足里区买房子了。那年春天,我决定让雄大去学习塾。

S小学校在文京区。文京区的学力在东京都排第二。从家里出来,走五分钟到车站,换两次电车,再走五分钟就到学校了。大约需要五十分钟。

时间过得真快。雄大现在是六年级的小学生了,个子又长高了很多。我刚刚给他订制了一套新的校服。藏青色的短裤西装,藏青色的圆边帽,藏青色的领带,藏青色的真皮书包,亮铮铮的高腰黑色真皮皮鞋。

几年来我一直坚持送雄大去车站。雄大喜欢仰着脑袋看天空的白云和街道上的树。在足里区,从小学就上私立的孩子可以掰着手指头数。走在马路上的雄大,总会引来好多羡慕的目光。

学校的家长会基本安排在周六的午后。从这个安排上可以看出学校的用心,就是那些平日上班的妈妈不用特地跟单位请假。每次有家长会的时候，我都带着雄大跟几对要好的母子一起午餐。

最近的一次午餐，地点是乔纳森饭店。还记得我跟雄大到饭店的时候，童真、一马和哲士母子已经先到了一步。妈妈们靠窗坐着，孩子们坐在通道旁边。雄大坐到一马的对面。人到齐了，开始点套餐。四个小男孩，几乎不约而同地点了附带炸薯条的三明治套餐。也许是孩子们的肚子都饿了，吃得很快。吃完后不约而同地从书包里拿出游戏机，开始玩赛车的游戏。玩赛车是雄大最拿手的，几乎全战全胜。

每次进饭店之前，雄大都会嘱咐我说话的时候声音小点儿。他说我的发音比较特殊，容易引起人家的注意。他说的是真的，我的母语是中文，说日语时总是带着一股外国腔。但话题扯到教育方针，妈妈们会兴奋起来，我呢，就把雄大的嘱咐忘到九霄云外了。

童真的妈妈跟我同岁，也是四十岁才生孩子。跟雄大一样，童真也是独子。童真的妈妈毕业于音乐大学，钢琴弹得很棒。她对 S 小学校赞赏有加，认为比她们家附近的小石川小学校要好出很多倍。用她的话来说："S 小学校有空调，有上千万册藏书的图书馆，有游泳池，甚至有水族馆。"

雄大不太喜欢她的声音，说她吐字的时候跟弹钢琴似的，太快，直刺耳膜。哲士的妈妈喜欢慷慨陈词。她留给我印象最深的一句话是："我们的孩子，因为都是经过考试才入校的，所以学力的差距不大。"

经历过小学考试的人,差不多都知道小石川小学校这个名字,是有名的国立小学校。在日本,国立小学校是抽签考试制。抽签在先,抽签抽中的人,才有资格参加考试。运气一半,实力一半。但抽签在先,所以主要还是靠运气。除了教学质量好,国立小学校的学费也非常便宜。这些都是我后来才听说的,但是我并没有后悔。我之所以让雄大到 S 小学校读书,是因为比起一个校长的教育方针,更希望雄大在某种哲学的理念下接受教育。S 小学校是教会学校,信仰基督。

事实上,在考上 S 小学校后的几个月,雄大时常尿床。雄大告诉我,他睡觉的时候,会反复做一个相同的梦。梦中的他想尿尿,但找不到厕所,即使好不容易找到了厕所,便器周围却都是他人的粪便,没有下脚的地方。他觉得恶心,想吐,但忍不住尿意,醒来时发现自己又尿了床。

我带雄大去医院看过医生。在一间白色的诊疗室里,干瘦干瘦的、戴着白边眼镜的男医生只对我提问,提的都是一些很简单的问题,不过问问雄大是几点钟睡觉,几点钟吃饭,我和丈夫是否当着雄大的面吵架等等。医生问雄大是否感到有什么压力。雄大说没有。最后医生微笑地对我说:"好多小孩子上了中学也会尿床。但现实是没有几个成年人会尿床。"

他提议雄大除了日常生活要保持规律,最好在睡觉前不要喝水。关于那个恶心的梦,他这样解释:"因为孩子的大脑受过教育,所以大脑用这样的梦来阻止随处撒尿。"

有一件事,我从来不提,而我也不喜欢想起那件事。决定上私立小学校读书的时候，我最早希望雄大去的，是位于千代田区的繁星小学校，也是教会学校。虽然不是什么大学的附属，但小学、初中和高中一贯制，每年有很多高中生考进难关（难考的）东京大学。雄大落榜了。但雄大落榜不是我沮丧的主要问题。后来，当我知道雄大所在的学习塾，除了雄大一个人，其他报考繁星小学校的孩子都在榜上的时候，真是觉得非常沮丧。那时候，雄大只剩下最后一个希望，就是 S 小学校。

那件事，发生在 S 小学校考试日的前一天晚上。我跟雄大出学习塾的时候，天已经黑了。走过几个路灯，我突然站在街道拐弯处的角落里。

"知道你为什么没有考上繁星小学校吗？"

雄大摇摇头说："不知道。"

"一向成绩很好的你没有考上，而一向学习成绩不好的结衣却考上了。老师觉得奇怪，特地问了一下学校。原来你答卷的分数很高。你落榜的原因在于小组活动时你的表现。其他的小孩子高高兴兴地做风筝时，只有你一个人毫无表情地站在旁边看。为什么？"

雄大告诉我，那天的小组活动，一共有几十个小孩参加。孩子们被分成三个班。他本来想用绳子连接风筝，但绳子从一开始就被一个女孩抢走了。场地很小，小孩子们乱糟糟的。他没有心情做那些自己不感兴趣的事。

想不到这一点竟成了雄大落榜的根本原因。所谓的小组活动，其实就是行动观察。在考官眼里，站在旁边一动不动的雄大，不仅缺乏积极性，还缺乏协调性和主导性。

好久以后，我在一个偶然的机会听说，雄大考试的前一年，繁星小学校有一个四年级的学生自杀了，原因好像是受欺负，所以学校在招生的时候有顾虑，专挑那些看上去活泼明快的小孩子。但那时雄大已经考进了 S 小学校，我已经不在乎了。

时至今日，我仍然试图忘记那个夜晚。我问雄大："究竟想不想去私立小学校读书？"去私立小学校读书，本来是我的意思，但雄大点了点头说："想。"我说："既然想去私立，为什么行动观察的时候，你会做出那种表现？你知道那种表现会有什么样的结果。学习塾的老师提醒过你，我也提醒过你。"我忽然有点儿恼羞成怒。也许那是我第一次责备雄大，"到底是因为什么？你说啊，为什么？你知不知道一年的学习塾花掉了多少钱？三百万，是三百万。"

雄大不吭声。他的沉默激怒了我。我扔下他一个人走开了。我被怒火煽动着，走得很快。他远远地落在后面。夜色中车声嘈杂，我有了一种从未体验过的疲惫，不想思考任何事情。或许雄大开始感到恐惧，他跑起来，没多久就追上了我。但是我警告他不要跟着我，走得更快了。雄大无声地哭起来。

十分钟左右到了汽车站，在椅子上坐了一会儿，我慢慢地平静下来。当时的感觉好像刚刚睡醒，而我做了一场噩梦。想到在学费上责备了雄大，我觉得自己很失格。还有，我从来没有想过自己会如此冷漠地对待雄大。感到后悔的时候，我真想朝雄大飞奔过去,却又竭力控制了这个念头。雄大追到汽车站,默默地站在我身边。我想说对不起,但是没有说出口。

雄大后来告诉我,如果不是身边有那么多人,有好几次,他真想跟我道声歉。他说他至今仍然在心底保留着这一份歉意。这真是不幸的结果。应该道歉的人恰恰是我。

考 S 小学校的时候,笔试之外是画画和跟着音乐唱歌。画的主题是:我和我的家族。雄大画了他跟妈妈和爸爸领着小狗散步时的情景。歌是他最喜欢的《红蜻蜓》。来等待室见我的时候,他告诉我"玩"得很开心,两个小时一下子就过去了。

发榜那天,一大早我就去银行取钱。我决定相信自己的感觉,带着入学金和寄付金直接去学校办理入学手续。刚走进银行,我接到了一个意想不到的电话。打电话来的是佳丽的妈妈。佳丽是一个天真活泼的小女孩,在学习塾的孩子里,跟雄大不算是很近乎的。佳丽报考的也是 S 小学校。佳丽的妈妈来电话,我便确定雄大考上 S 小学校了。果然佳丽的妈妈说雄大跟佳丽的号码都在榜上。

而那个时候,雄大一个人在家里等消息。后来,他在一篇作文里这样描写那时的情景:窗外的天空有大朵大朵的白云,白云有各种各样的形状,我先是找到一朵像小狗的云,很快我又发现了一朵像小兔子的云。我的怀里好像也有一只小兔,惶恐不安地四处乱撞。妈妈打电话来祝贺我。我终于松了一口气,因为我通过了"不被淘汰"的这一关。虽然是电话,但我能感觉到妈妈的喜出望外。后来也有人告诉妈妈,说 S 小学校与繁星小学校相反,专挑安静的、善于观察的、有自我意识的小孩子。等待结果的时候不觉得,结果出来后,我觉得全部身心都松散了。过去的一年,感觉真像一场噩梦。噩梦结束了,而我心有余悸。

六

　　木村老师跟年级主任交换了一下眼神,然后转过头来看我。刘海遮住了她的眼睛。她问我雄大决定读中学回地区公立学校的事,为什么没有跟父母商量后再做决定。我老实地说不知道,然后尴尬地问雄大是怎么说的。她告诉我,雄大说他经常会看到地区公立学校的孩子们,放学后成群结队地在一起玩,很羡慕。而自己一旦离开了学校,就一个朋友也没有了。他希望自己的家门口也能够有一大堆玩得好的朋友。还有,地区每年为二十岁的年轻人举办成人节,他不想一个人孤单单地参加成人节。我的心意想不到地抽搐起来。

　　她问我:"身体不舒服吗?"

　　我说:"没事。"

　　她说:"事情来得太突然了。虽然雄大说了两个理由,但我跟年级主任商量了一下,觉得有必要听听家长的意见。"

　　我赶紧回答说:"谢谢老师。"

　　说真的,我的脑子里滑过上千上百个想法,但没有一个想法是好意思说出口的。我迫切地寻找借口,想把眼前的尴尬敷衍过去。我说事情发生得太突然,需要跟雄大好好地谈一次话。我答应谈完话后，再将自己的意见汇报给学校。木村老师小心翼翼地建议我，要"好好地"跟雄大谈，要"慎重地"做出决定。她说得对。按照她的意思，学校最终尊重的是家长的意见，但也不能伤害了雄大的感情。她对我说："现在的孩子都早熟。这也是我们要家长来学校的原因。学校和家庭要沟通好。"

作为雄大的妈妈，我知道他有一个了不起的本领，就是会解读所谓的"空气"。这里所说的"空气"，是指生活中需要意会的那些部分。

比如文艺中的"留白"，可以说是审美的极致，比如齐白石的虾，能够想象出水的清澈；再比如司空图《二十四诗品》中的"不着一字，尽得风流"；再比如贝多芬的名曲《悲怆》第一乐章的引子中，相当多的静静的休止符，给人的感觉却是喘不上气来的沉重。

应用到生活上，我个人觉得，"白"可以说是人性化了的环境。而"留白"是智者的一种生存方式，或者说是处事精髓。小小年纪的雄大能够读"白"，我觉得是与生俱有的。

雄大是在贝尔蒙特公园玩大的。其他的小孩子玩沙场荡秋千，但雄大却会注意站在乌鱼形滑梯旁边的那个白发老头。一年四季，老头从早到晚地待在公园里。我发现他患有一种奇怪的皮肤病。并非全身，只膝盖到脚的一部分是紫红色的。可能是痒痒，所以经常用手指甲抓挠，被抓挠过的地方流出丝丝血迹。他喜欢穿运动套装，但却赤脚穿着凉鞋。凉鞋是粉红色的，特别显眼。他的腿脚不灵，走路时左右摇晃着看起来显得单薄的上半身。他总是随身携带着一个很大的帆布包，里面装的是方便面、鱼罐头和面包等食物。他用公园里的自来水冲方便面。他就着鱼罐头吃面包。他会把剩下来的面包分成一个个小碎块，投给池塘里的那些鲤鱼。

关于这个老头，雄大问我："是流浪汉吗？"

我说："应该不是。你看他的衣服，非常干净。"

"你知道他为什么用自来水冲方便面吗？"

"因为他没有牙。常温水冲出的方便面，放上三十分钟会变得特别软。"

"他是个男人却穿着一双粉红色的凉鞋。"

"也许他的身后有女人的影子。"

"他每天会在亭子下的长椅上睡觉。"

"但他肯定有家，因为他总是在固定的时间离开公园。"

"他有皮肤病。"

"但只是膝盖以下的部分红肿，应该是他的内脏有问题。"

类似的问答很多。有时候我故意试探他："不上不下的状态时，空气是怎样的？"

"暧昧的。"

"模棱两可的状态时呢？"

"尴尬的。"

"那么，僵住的状态时呢？"

"凝固的。"

"想吐的状态时呢？"

"发了霉的。"

但是他总结说："你问了这么多，没有一样是真的空气，不过是人的一些感受而已。我还是喜欢那种自然的空气，用鼻子吸到身体里，再通过鼻子吐出来。"

他的回答出乎我的意料。他是我生的孩子，我对他却感到神秘。

我家附近的房子，很多是木制的二层小楼，看起来跟一幢幢别墅似的。雄大出生那年，我用多年工作积攒下来的钱做头金，买了一栋三层的白色小楼。余下的贷款要十五年还清。十五年！十五年后我六十岁！这是一个令人担忧的年龄。我买了一份生命保险。万一我有什么三长两短的话，剩下的贷款由保险公司一次性支付。死对于我来说就没什么可怕的了。

房子坐北朝南。每层楼梯都装有扶手。二楼和三楼的南面是坐地大窗，附带很大的阳台。阳光明媚的日子，满屋子都是阳光。买房子的时候我曾经觉得是花钱买阳光。到现在我还是这样想的。冬日坐在阳光里有一种无法形容的幸福感。只要出太阳，我就将被褥拿到阳台上曝晒。因为家附近的房子几乎都是二层楼，所以我家的三层小楼看起来鹤立鸡群。有朋友来家里玩的时候，我会带他们去三楼的阳台，给他们看世界最高的电波塔——晴空塔。七月，荒川和隅田川的烟花大会，成了我念念不忘的两个日子。站在三楼的阳台上，就能看见绚丽的烟花与晴空塔交相辉映。我说了这么多琐事，不过想说明我和雄大的日常是多么美好。但丈夫出事以后，这些美好的日常被打破了。除了家长会，我几乎不参加其他的活动。观摩教学、运动会、文化节，因为成了情绪上的负担，我全部逃避了。所谓黑暗的日子，我想把它定义为精神和物质同处于贫瘠的一种状态。归根结底，我失去了安全感。我老是做着相同的梦，总是房子马上就倾倒了，或者雨水顺着墙壁的裂纹已经渗透到家里。我在醒着的状态也不正常。雄大有事叫我的时候，我总是被他的叫声吓一跳。以前我会读一点书，但现在我一个字也读不下去。我常常在屋子里瞎转悠却想不起要干什么。学校开家长会的时候，一马和童真的妈妈邀请过我聚餐，但我以血压高需要减盐为由拒绝了她们。

而这一切呢，雄大当然感觉得到。

年级主任终于说话了。他说昨天跟雄大聊过一次，主要是比较了公立学校与私立学校的利弊。他将这利弊跟我也说了一遍：公立学校的班主任每年都要更换，而私立学校的班主任会跟班到小学毕业。公立学校每个班只有一个老师，学生的人数多，老师根本看不过来，而私立学校每个班级的人数有限，一个班级有两个老师，所有的学生都在老师的眼皮底下。

他说的这些我看得清清楚楚，所以才会让雄大选择私立学校的。不过我不能告诉他，想要"一大堆"朋友，其实是雄大瞒天过海的一个借口。事情发生后，他和木村老师特地找我谈话，征求我的意见，说明学校对自己的学生是真的负责任。我非常感动。同时，这件事证明了我没有看走眼，S小学校确是我理想中的学校。我更不想就这么轻易地放弃了。我对他说："您说得对。"我的样子一定是诚恳的，因为他笑了。

虽然S小学校是小中高一贯制，但形式上的考试还是有的。木村老师说中学部已经要求小学部提示升学者的名单了。我让他把雄大的名字也报上去，但之后却难为情地对她说："有一个问题，就是有可能我要去中国工作一阵子。如果我去中国工作的话，也许要带着雄大一起去。"我说的是假话，脸马上就热了。木村老师看了年级主任一眼。我知道她正在为难，于是解释说："去中国工作的事，因为还没有最终决定，所以我需要一点儿时间才能做确切的答复。"

年级主任沉默了一会儿后，说出了他的主意。他让木村老师先把雄大的名字报到中学校长那里，之后由他本人去打招呼。也就是让中学先备个案：雄大有可能去中国读书。我觉得这样的话，雄大去哪个中学就可以见机行事了。我连着点了好几次头感谢木村老师和年级主任，还说了两遍"给学校添麻烦了"这种客套的话。

我觉得快完事的时候，年级主任问我："您去中国工作的事，最晚能在中学考试之前确定下来吗？错过考试机会的话，无论有什么样的借口，无论有什么人帮忙，恐怕都是无法选择的了。一句话，雄大只能回地区的公立学校了。"

我答应在考试之前一定给学校明确的答复。我补充说："基本上，我会选择留在日本工作的。"

木村老师说："不过，雄大是一个伸缩性很大的孩子。无论处在什么样的环境,都能够适应并且活得很好。"

说者无意,听者有心。不知道为什么,我就是认为木村老师的这句话,是刻意说给我听的。

七

东墙上的照片是雄大五岁的时候拍的。那年的十一月十五日，我跟许多家长一样，给雄大穿上盛装的羽织外衣与和服裙裤，去家附近的神社，祈愿雄大的健康成长。在日本，医学不发达的时候，疾病曾经夺走了很多幼小的生命。所以，日本人认为，七岁之前的孩子，是受神庇护的"神的孩子"。孩子到了七岁，才正式作为世俗社会的一员，迎来所谓的"再获新生"。健康祈愿这一古老的仪式，也被称为"七五三"节。雄大那天穿的和服是白底配墨绿色的花样，裙裤是茶色和白色相互交织的条纹，看上去十分可爱。雄大的手里提着参拜后买的千岁糖。千岁糖装在一个画有仙鹤与乌龟的纸袋里，是一种呈棍状的糖果，非常坚硬。

或许是因为第一次穿和服，也因为紧张，雄大的表情严肃而生硬。雄大的身边是我，身穿藏青色的西装，坐在一把古色古香的椅子上，脸上荡着温柔的笑。在我和雄大的身后站着丈夫。日本夫妇，男人称女人妈妈，女人称男人爸爸，是随着孩子称呼。但我在去小原的出版社之前，跟丈夫也是同事。我就是因为跟丈夫谈恋爱以后，两个人在同一家出版社工作觉得别扭，才跳槽到小原所在的出版社的。我跟丈夫面对面地坐了六年，叫他的名字已经是我称呼他的习惯，结了婚，有了孩子，还是改不了口。

我决定跟丈夫结婚的时候，跟小原汇报。小原不说祝福的话，反而问我："为什么呢？为什么你会选择黎本这个人呢？"

我意识到她的话里有话，她不解释，我也就没好意思追问。但这句话给我留下了深刻的印象。小原跟丈夫做过十几年的同事，应该很了解他。

西墙上的照片是雄大六岁的时候拍的。虽然距离拍"七五三"的时候还不到一年，无论是在神情上，还是在个头上，雄大看上去都有了明显的不同。其实，当时我并没有到照相馆去拍照的意思，但小原打电话来，说雄大连这么难关私立小学都考上了，一定要庆贺一下。我说照相馆拍照太贵，几张照片要花十几万，太浪费了。我想用手机随便拍几张生活照留作纪念就算了。小原说什么都不肯放弃，还坚持十几万的拍照费用由她来出。拍照的那天早晨，雄大穿上学校刚刚寄来的校服，藏青色的西装上衣和短裤，藏青色的领带，黑色的革制皮鞋。雄大看上去非常帅气，让我觉得有点儿炫目。

小原一大早就开车赶来我家了。临上车的时候，我忽然想起了没有带手帕，于是回家去取。拿着手帕出门的时候，丈夫和小原正站在路边上说话。两个人的身后，远远地有一个女人骑着自行车过来。女人接近两个人的时候，丈夫冷不防挥动了一下胳膊，正好碰到了骑自行车的女人。我还来不及惊呼，女人已经从自行车上摔了下来。小原把女人从地上扶起来。丈夫在旁边不断地弯腰道歉。女人的手心因擦破了皮,有一丝血迹渗出来。丈夫急忙从家里取来创可贴。小原一边给女人贴创口一边说:"如果你回家后感到哪里不舒服,请马上去医院。如果需要治疗,请与我联系。"小原拿了一张名片给女人。

我一直不说一句话,心里面特别生女人的气。明明是一个喜兴的日子,却被她给破坏了。再不出发的话,也许无法在预约的时间赶到照相馆。我希望女人赶快离开,偏偏她伸胳膊跺脚,好像非要查出哪里骨折了不可。我走近她的身边说:"自行车属于轻自动车。刚才的情况是,骑自行车的你在他们两个人的身后。你能看到他们,而他们看不到你。是自行车撞到了人。从法律上来说的话,责任在你对前方不注意。如果要追究的话,对您是非常不利的。"

小原先是吃惊地看了我一眼,然后问女人:"怎么样?伤口还痛吗?"

不等女人回答,我抢先问女人:"看到有人在,您为什么不绕开而是对着人冲上去呢?"

女人不看我,也不回答我的问题。她告诉小原手已经不痛了。小原弯下腰为女人拍裤脚上的土。说真的,最令我惊讶的是小原的修养。她为女人所做的事我绝对做不到。今天我的言行缺乏教养。

女人骑上自行车走了。我们坐上了轿车。我对小原嘟囔着说:"纪念日碰到这种事真是丧气。这个女人简直就是个瘟神。"

车跑起来了，我的心痒痒起来，然而我把它归罪于丈夫，当着小原的面冲着他发起火来："你也是，做事不看前后。说话就说话呗，突然间那么猛烈地挥动胳膊干什么？"

他说了一句对不起。小原替他解释，说如果知道会发生意外的话，当然就不会挥动胳膊了。我不是不能理解小原说的，但就是觉得生气。不管他是不是故意的，事情到底是他引起来的，不吉利的感觉是他造成的。我还说我相信缘起。纪念日突生的事，要么带来好兆头，要么预示着不吉利。

女人摔倒的时候，我的一颗心也直直地掉到地面上。

没想到雄大在就学问题上真的陷入了危机。女人果然是一个不吉利的预兆。我的预感不幸地落实了。但对于还是小学生的雄大来说，我不希望人生的试炼来得太早。

晚饭非常简单。豆芽和粉丝用开水煮过，加调料拌在一起。豆腐和西红柿切成指甲大的方块，西红柿码在豆腐上，淋上柑醋。韭菜炒鸡蛋。

雄大从学校回来了。不过他好像已经忘记了我被老师叫到学校的事，一进屋就嚷着肚子饿。他先去洗手间洗手，回到客厅后我们马上吃饭。他看起来有点儿狼吞虎咽。我问他今天的菜好不好吃。但是他问我怎么没有肉。我就是在等他问我这句话。我对他说："妈妈小的时候，妈妈的妈妈曾经说过这样的一句话：手里有一万元的时候，可以吃相当一万元的饭和菜。但手里只有一千元的话，那么就吃相当一千元的饭和菜。虽然跟你说这样的话我觉得很难过，但是，以后的日子里，也许在相当长的一段时间里，我们家的饭和菜，会以豆芽、豆腐、纳豆和鸡肉为主。你知道的，这些东西都是市场上比较便宜的。至于牛肉，不能说不买了，但至少不能像以前似的，天天都能够吃到。"

他把眼前的菜挨个看了一遍："这么节约，是因为那个人的工资少了一半吗？"

"有一点儿关系，但不能说是原因。"看他似懂非懂的样子，我进一步地解释说，"我想说的不是钱的问题，是节约的问题。所谓节约，就是一种调整。而调整呢，是妈妈应该做的事情。怎么说呢，社会是需要分工的。比如老师要教书，而你是学生，所以你要听课。听课是社会分给你的工作。话说回来，我们家也需要分工，比如钱少的时候应该调整什么。假设只有一千元却过一万元的生活，后果一定不是闹着玩的。"我犹豫了一下，看了他一眼，"但是，因为只有一千元钱所以不吃饭也不读书的话，后果就会更加糟糕。"

他小声地说了一句我明白。他的肤色天生白皙。在日光灯下看，似乎可以感觉到大理石一般的凉。我去冰箱取来橙汁，给他的杯子注满。他说谢谢。我有意淡淡地说："今天，妈妈去过学校了。"他不说话。我接着说："老师告诉我，中学你想去地区的公立学校读。"他还是不说话。我去厨房给自己冲了一杯咖啡。"其实呢，你之所以这么做，我知道你是在担心钱。因为私立学校的学费太贵，而你不想让我为难。谢谢你的心意。

不过，刚才已经说过了，钱方面的事不需要小孩子考虑，是妈妈应该操心的事。至于家里的一些情况，也许你了解一下比较好。"我站起来，去抽屉取来存折，一边给他看一边说："家里有一千多万的存款，别说你选择私立中学，去私立大学都没有问题。那个人的工资虽然少了一半，但是妈妈也在工作。只要以后少去外边的饭店吃饭，少去海外旅游，吃的和用的节省一点儿的话，少了那一半的钱也就补上了。"

他说有一件事一直不敢问我。我让他问。他低声地说："有一天，妈妈以为我睡着了，其实我还醒着。妈妈给小原打电话。我听见妈妈说死之前会把房子卖了，然后把卖掉房子的钱，加上存款，加上我，一起拜托给小原。"他的声音变得胆怯起来，"妈妈为什么会想到死呢？"他注视着我，样子看起来非常伤心。

对于我来说，虽然不是每时每刻，偶尔产生不想活下去的心情却是真的。我觉得自己也有病。我曾经在一篇文章里写过：十八岁的时候，爸爸在后院的仓库里自杀了。那时候还没有忧郁症这个病名，所以不知道爸爸其实是死于忧郁症。症状就是莫名其妙地想死。大概是遗传，我十九岁的时候也得了忧郁症。发病的时候，哪怕一点点儿的小事都会流泪，越哭越伤心，伤心透顶的时候觉得自己像茧，内里一片无限的黑暗，就想死，但总是没死。因为去贝尔蒙特公园走走的时候，会看到蓝的天、白的云、绿色的树叶、池塘里的金鱼和灿烂的阳光。我自己也说不明白，这时的我为什么会化茧为蝶，一下子飞出内里的那片黑暗。我总是觉得我身体里有另外的一个人,她与我的距离好像白天与黑夜的距离。而我知道,在这个地球上,白天与黑夜是同时存在的,打一个比喻,好像日本是白天的时候,美国却是黑夜。黑暗从我的感觉里退出之后,明快会覆盖我,然后黑暗会再一次地覆盖我。这种反复好像会永远延续下去。

我觉得很难用语言来回答雄大提出的问题。我想了想,起身去他的书桌那里取来了一张纸和一支圆珠笔。我很快地在纸上画了两条道路,然后在其中的一条道路上素描了房子、人和树,又将另一条道路涂成漆黑的一团。我给两幅画分别起名为"步向死亡"和"死亡"。我问他哪一幅画从意向上感觉比重比较大。他用手指了指漆黑一团的"死亡"。我又问他有什么感觉。他说:"压抑、恐惧、黑暗以及孤独。"我称赞他说得好。我说"死亡"这幅画里没有过去未来,也没有现在。我让他告诉我对另一幅画的感觉,他很聪明,利用我刚才的思路说:"能看到时间和存在。"我真想抱抱他。

以下的解释已经变得十分容易:"我在感到痛苦和恐惧的时候,想从那种感觉中走出来,于是会想到死。同样,想死,是对一种非常痛苦的状态的表达方式,并不是真的去死。好像我给小原打电话,因为我知道她是我的好朋友,会帮助我,所以我打电话告诉她我很痛苦,快受不了了,快帮帮我吧。"

"小原帮你了吗?她在那个时候是怎么回答你的呢?"

"小原当然帮我了。她说雄大又不是我的孩子,我才不会接受他。你自己的孩子你自己养。"

"哦,小原说得对。"

"所以我及时地想起来,在这个世界上,雄大的妈妈只有我一个人啊。能保护雄大的只有我一个人啊。想想看,意识到这一点,我还会真的去找死吗?"

"那你以后会不会反复呢?"

我笑起来:"现在我只想好好地活着。"

事实上,我不能把握雄大是否真的理解了我的一番推理。重要的是我看到他笑了。有一股欲望野草般在我的心里滋生出来,很单纯。我要为一个人好好地活着,因为我是一个人的母亲。

有时候,我觉得内心的感觉很多并且凌乱,像长在脑袋上的头发。

但爱是本能的,也是唯一的。活着是爱一个人的基本。

吃完了饭,我跟雄大有一搭没一搭地聊了很久。我聊到了小不点儿。他说想看看小不点儿,于是我们一起到了贝尔蒙特公园。小不点儿趴在木樽里。木樽的草堆上散乱着一块块面包。

"一直到小鸭子孵出来,鸭妈妈都会一直一动不动地趴在木樽里吗?"

我说:"为了调整蛋的温度,鸭妈妈会不断调整姿势。肚子饿的时候,鸭妈妈会飞去什么地方找东西吃。吃饱了,再飞回来。"

"鸭妈妈飞走不在的时候,蛋不要紧吗?"

"听说鸭妈妈飞走的那段时间,蛋里面的婴儿会停止生长。鸭妈妈回来后,蛋里面的婴儿会接着生长。"

"鸭宝宝的爸爸呢?为什么不来替换鸭妈妈呢?"

我说:"自然界比较独特。就斑嘴鸭的世界来说吧,一旦鸭妈妈开始孵蛋,鸭爸爸就会离开。据说这个时期的公鸭们会凑在一起共同行动。直到鸭宝宝出生,鸭爸爸都不会露面。还听说鸭爸爸不参加育儿,是为了鸭妈妈能够专心育儿。"我指着中心岛上的那只公鸭说:"但事情总有例外。比如今年的鸭爸爸,好像是天天来呢。"

"也许今年的鸭爸爸对鸭妈妈格外地爱吧。"

雄大的神情特别真诚。他对爱的联想令我感动。从池塘吹来的风仍然带着我熟悉的臭味。我喜欢这臭味。来看小不点儿的人,好像约好了似的,一个接着一个地站到石拱桥上。白发老头坐在公园管理处旁边的椅子上。

我跟雄大围着池塘转了一圈,发现池塘里比去年多了好几只乌龟。雄大数了数,说他找到了五只。去年的这个时候,池塘里只有一只巴掌大的密西西比红耳龟。仔细看了一下,多出来的四只乌龟有三只是外来种。两只密西西比红耳龟一大一小,大的有人头那么大,小的有拳头那么小。黑颈龟应该是中国种。另外的一只是日本原种的石龟。公园的管理人路过我身边的时候,问他原因,他说这些乌龟都是被人养过,然后被人偷偷地丢到池塘里来的。雄大说这么浅的人工池塘,除了鱼什么都没有,这些乌龟根本没有东西吃,真可怜,真不知道丢乌龟的人是怎么想的。我说扔掉小动物的人可能缺心少肺。我这么说可能有点儿缺德,但是丢弃动物跟虐待动物没有区别,一样不可以原谅。我觉得,动物一旦成为家族的一员,就要照顾它一生一世。

空气凉起来,身体感觉到冷。我告诉雄大该回家了。

我们走过一小段绿色的草坪。说是草坪,大概有一段时间没有修整,所以可以叫草地了。脚踩下去,鞋子陷进去,鞋子周围留下露珠,亮晶晶的。出了公园的门是一条细长的小路。

在菲律宾人创办的教会前,雄大突然牵住我的手说:"只要妈妈每天都在我身边,我每天吃豆芽也无所谓。"

八

我刚在电脑前坐下,系长就带着刘燕燕过来了。今天她穿了一套银灰色的西装,戴了一副白边眼镜。也许因为她的表情生硬,给我一种陌生的谦恭的感觉。我知道系长带着她来找我是为了昨天吵架的事,马上站起来。系长问我休息得怎么样。我说很好。系长后退了一步,笑嘻嘻地说我跟刘燕燕是两个大人,今后要在一起工作很久,昨天的事根本算不了什么大事,就在这里和好算了。我跟刘燕燕只隔着几步远,脸对脸地看着对方。我以为系长或者课长会找我谈话,然后将我调回窗口服务系,但照系长话语里的意思来看,只要我跟刘燕燕两个人和好,事情就算解决了。

刘燕燕淡淡地对我说了一句对不起。因为没想到她会道歉,我困惑地点了一下头。

系长看着我说:"刘燕燕已经道过歉了,你也表个态吧。"

我也想马上道歉,但身体有点儿发僵。意识到回窗口服务系可能没有想象得那么简单,我有点儿泄气。刘燕燕一声不响地看着我。但我也不能长时间无言以对,就咬了咬牙说:"昨天我也有点儿冲动。我也做了失礼的事。对不起。"

系长使劲儿拍手,说这样互相原谅对方真的是太好了。他还说我们两个人都来自中国,应该好好地相处。在我看来,这一切好像是在电视剧里看过的镜头,是演戏,根本解决不了实际的问题。但系长看起来很高兴,好像解决了一件大事似的回到他自己的座位。系长一离开,刘燕燕马上也离开了。

有一句话叫覆水难收。我跟刘燕燕一整天都没有说话。

噩梦开始以他人看不见的方式降临了。以后的几天,刘燕燕以我是新人为借口,每天都安排我做同一样工作,就是往电脑里输入申告书。客人来的时候,她打发坂本去窗口,而自己寸步不离地坐在我身边。这一招真可怕,我彻底失去了能够自由喘息的空间,情绪也很混乱。

比起平时,我出错的地方明显多了起来。我每次出错,刘燕燕都会高兴地告诉在场的其他职员。她的做法令我非常吃亏,就是大家觉得我是一个不断出错的新人。有一次我让她离开我,让我安安静静地工作。但她客气地对我说:"系长让我多关照你。如果你需要我为你做点儿什么的话,我愿意帮忙。"我不说话,她就进一步地问我:"你没有什么要问的地方吗?你什么都懂吗?"

她问我话的时候声音很大,系里的职员都能听到。我觉得很不自在,这样我在他人的眼里,就是一个不懂又不虚心请教的人。魂不守舍的我,因为害怕再跟刘燕燕打起来,只能默默地承受着。

本来只是我跟她单枪匹马地斗,但一个星期后,我觉得有点儿不对劲儿。我说不清哪里不对劲儿，反正是职场的气氛渐渐地变了。我常常觉得是一群人的目光和神情使我难受。

我试着跟那些人解释，刘燕燕设置了一个盲井，我掉了进去，不要说工作了，连喘气都费劲儿。但是我没有勇气解释。在人生的道路上，刘燕燕比我超前了一大段。她会利用头脑和手段，而我只会沉迷在自己的心境里。关于刘燕燕，我总是在愤怒和伤感之间转来转去，而最终二选一，选的永远都是伤感。

刘燕燕用特殊的方式将我与群体自然地隔离开后，很快放弃了死守在我身边的行为。接下来的日子真不好过，脸色苍白的我，总是坐在最后一排的角落里，低着头工作，不跟任何人说话。也没有人跟我说话。这样每天经历的事和人，因为会构成我内心的背景，所以这段时间的背景非常糟糕。好像被抛在风暴眼里，眼前一个人都没有，我的样子孤零零的。每天下午五点钟离开区役所，七点钟离开贝尔蒙特公园，九点钟上床睡觉，第二天早上四点半就醒了。

有一天，雄大这样对我说："妈妈，你的脸看起来更像动漫里的某一个面具，很痛苦的面具。"

刘燕燕也经常出错。但在其他职员的眼里，她出错不是因为不懂，是因为不小心。她只要哈哈大笑两声，事情就完了。我给小原打电话，说了一大堆烦恼的话，然后悲愤地说："我无法理解，明明是役所里的一个系，而刘燕燕不过是中国出身的一个普通职员，但在我的感觉里，记录系简直是她的帝国。她被赋予了某一种力量，一种任意支使周围的力量。而这力量又好像一盏灯照着周围的那群人。灯照亮哪里，那群人就看哪里。"

有人说最不能直视的就是太阳。这一段时间我不敢直视周围，感觉上有点儿像对着太阳看，如果我不马上躲闪的话，会被灼伤。

小原认为我说的这种情形是洗脑，是记录系里的人都被刘燕燕洗了脑子了。我不太喜欢洗脑这种说法。我觉得那群人心里面什么都明白，知道是怎么回事，只是不想惹麻烦，也怕刘燕燕把矛头指向自己。放下电话前小原鼓励我："你要挺住，绝对不能输。"

放下电话后我很苦恼。我觉得小原不理解我。我一直在想一个想不通的问题：我应该争取的胜利是什么呢？

小原要我挺住，就是不能输给自己。但我已经输了。在记录系，我的存在可以形容为，在那里同时也不在那里。所有的人都当我不在场似的。

这是一种新的痛苦。我开始学着喝酒，每天醉醺醺的。

有一天，坂本去吃午饭，刘燕燕突然坐到我的身边。她小声地对我说："黎本，你的胆子真大。在户籍住民课，还没有一个人敢跟我回嘴。"她用右手的食指，从左到右地指点着正在校对和审查的那些职员的后背，"也包括这一些人，哪个敢不听我的话，敢跟我回嘴的话，我就不教他怎么工作。记录系是什么地方？你以为是你可以闹着玩的地方吗？你想在记录系干下去，就得跟这些人似的，乖乖地听我的话。"

刘燕燕如此傲慢是因为她有一个很牛B的名称，就是"前辈"。在日本，比你提前一天提前一分钟入社的人，都是你的前辈。前辈也是一种资格。前辈与后辈的关系也是上下关系。前辈说的事情是绝对要服从的。有一次看电视，著名演员梅宫辰夫对用身体模仿他的秋山龙次说："后辈是可以利用前辈的。"

碰到这样的前辈是好运。我遇到刘燕燕这样的前辈，只能说我的运气不好。

有一次，我们一大群后辈在一起喝酒，说到前辈这个话题，有一个人打了一个比喻：好比前辈教你怎么打乒乓球，前辈让你俯下身体，用眼睛瞄准球，击球的时候一定要注意观察球的方向。但是，前辈一局都不会输给后辈。前辈带你走路，告诉你往左拐弯是对的，但左边基本上是死胡同。我想打这个比喻的人，一定是喝酒喝多了。我记得所有在场的后辈都使劲儿地鼓掌。

我比刘燕燕晚十五年到役所。一般来说的话，役所里的职员，差不多两三年换一次部署。表面上是为了让职员掌握所有的工作，实际上也是为了公平。户籍住民课这个地方，是役所里最忙最辛苦的地方，职员们巴不得一年就可以从这里移动出去。我从福祉课移动到户籍住民课的那一年，在一家中国饭店开欢迎会，位置刚好在滨田课长的对面。他对我说："因为大多数职员两三年换一次部署，所以很少有人将某一样工作精通到百分之百。但是，有一个叫刘燕燕的，十几年，像一颗钉子似的钉在户籍住民课的记录系。遇到不懂的地方，只要问刘燕燕，没有她解答不了的问题。你还年轻，像刘燕燕似的，在窗口服务系干它个十年八年的话，你也会成为第二个刘燕燕。"

一天下午，小泽办完事路过我的身边，问我有没有受坂本的欺负。我说没有。我觉得提了好久的心放下来了。看来他还不知道我跟刘燕燕吵架的事。他也是刘燕燕的后辈，如果知道我跟刘燕燕吵过架，不知道会不会改变对我的态度。窗口服务系的系长，可能听见了我跟小泽的对话，小泽离开后过来问我："你每天从早到晚地盯着电脑，眼睛不痛吗？滨田课长说你的眼睛非常好。"我没有理解他的意思，说两只眼睛的视力都是一点五。他说："原来滨田课长说的是视力啊。"

我点了点头，模模糊糊地理解了他话里的意思时，他已经走开了。我已经不再是他的部下了。

另外的一天，我刚坐在椅子上，坂本拿了一大堆图纸走过来："这本来是住居系的工作，但住居系只有三个职员，一个老请病假，另外的临时工只能校对一下错别字。所以，办理住居的手续以及画地籍图，也成了我们三个人的工作。"

其实我每天都看到刘燕燕跟坂本两个人在画图，但还是第一次听说图的名称。在日本，新房盖好后，建筑主或者房主，将指南图和配置图拿到役所，役所根据正门的位置和方向来决定门牌号码。

坂本对我说："等日后有客人来的时候，我再教你具体的做法。"

她让我先学习画地籍图。我很高兴，因为这是第一次由刘燕燕以外的人安排我工作，也是我第一次做输入申告书以外的工作。所谓地籍图，就是按照规定的比例，把房子的形状和出口画出来。然后把房主的名字写在画出来的房子上。坂本给了我两支专用笔，说这种笔很贵，使用的时候一定要小心一点儿。她先画了一个房子给我做示范。我数了数图纸，一共有二十八张。她让我把画好的地籍图放在身后的台子上。

这时候，刘燕燕走过来说："黎本，你必须在下午三点之前把所有的地籍图都画出来。"

我不明白为什么这么急，转过头看坂本。

坂本对我解释说："画好的地籍图要由其他的人校对两次，没问题的话，还要在下午五点之前扫描到电脑里。你先画吧，有不明白的地方就问我和刘燕燕。"

画图专用的台灯很亮。一只极小的虫子，围着台灯飞了几圈后被我抓住。我用纸巾包住虫子，去外边把它放了。十一点的时候，刘燕燕指使我先去吃午饭。说真的，因为聚精会神地画了几个小时，又紧张又疲劳，根本没有食欲。我本来想去咖啡店喝一杯咖啡，吃一盘意面什么的，结果我去了一家私人茶馆。我在茶馆里喝了一杯柠檬茶，吃了一块草莓蛋糕。

十二点我准时地回到了记录系。还没坐稳，刘燕燕已经到我面前，兴奋地挥动着手里的图笔说："坂本告诉过你了吧，这种画图的笔很贵，一定要小心使用。刚才我想使用图笔，但是发现图笔的头没有了。笔头怎么会断掉了呢？你怎么这么不小心呢？"

我说："我记得我戴笔帽的时候，笔头还在。"

"那就是你戴笔帽的时候，用劲儿不对，搞断了笔头。"

我从她手里接过没有笔头的笔，摘下笔帽在桌子上磕了磕说："你看，笔帽里并没有什么笔头。"

"难道是笔头长了脚或者翅膀自己飞走了吗？"

她的话令我感到难过。坂本忍不住哈哈大笑起来，笑完后说今天上午只有我一个人使用过图笔，因为她跟刘燕燕没有画图。我觉得更加难过了，不仅没有办法说明不是自己搞断了笔头，反而被坂本提示的一个事实搞得更加被动。这样的事情简直就是灾难。我又觉得浑身凉飕飕的了。说真的，我感到刘燕燕非常恐怖，在她异想天开的行为里，有一种原封不动的非常坚固的东西。我无法调整我的世界和她的世界，只能让这两个世界并存。如果不是我需要这份工作，也许两个世界分开了更好。她为什么会这么想，为什么要这么做，我都无法想象。比如笔头这件事吧，她把每一步都安排好了，既抓不到凶手，也没有物证。一切都是真的，一切又都不是真的。只有舆论如铁证，铁证如山。现在大家都看着我，好像在说：看看你还有什么好说的。

有一阵我什么都干不下去，感觉自己身处的地方跟牢房差不多。其实刘燕燕也未见得有我想象得那么恐怖。只不过痛苦的感觉跟恐怖有相似的地方。不久她到我身后的柜橱里取东西,路过我身边的时候,悄悄地对我说:"不想工作也没有关系,但你可以看看工作指南嘛。"我怔了一下,于是她微笑着说:"坂本不是给你特地做了一部工作指南吗?"

我的心猛地沉下去。她是怎么知道这件事情的呢?她又是什么时候知道这件事情的呢?

太阳开始西逝。我的心情越来越灰暗,甚至可以说越来越黑暗了,已经看不见心的轮廓了。

我看见菊池抱着我画的二十八幅图纸到了刘燕燕那里。坂本说的那个老请病假的人就是她。

菊池站起来的时候,刘燕燕大声地对她说:"对不起啊,今天的地籍图,因为我事先没有看一遍,给你添麻烦了。"

一定是我画的地籍图出问题了。果然不出所料,坂本叫我过去,告诉我连接道路的点线,应该画在房子的正门口。我说对不起。

刘燕燕在旁边说:"自以为什么都懂,不过是照着葫芦画瓢罢了。"

我没有说话。

坂本小声地对我说:"今天是你第一次画地籍图,出错是难免的。以后多画几次就好了。"

我谢了她。但我觉得时间似乎停止了运转。我的脑袋里是一大片的空白。

九

我去了医院。因为我说心忒忒得厉害,医生为我安排了心电图测量,但是从图上没有看出物理性的病变。医生想知道我是否有精神或者心理上的压力。我说有。他并不问那些压力是什么,只问我什么时候忒忒得最厉害。我说早上和晚上。他为我开了安定药,建议我有时间的话,尽量去外边散散步。还说最好去公园那种有树有花、空气比较新鲜的地方。他问我家附近有没有公园。我说有。我告诉他公园的名字叫贝尔蒙特。

跟医生的建议有关,跟小不点儿正在孵蛋有关,我在公园待的时间明显多了起来,心思也慢慢地转移到小不点儿的身上。有一次,我对站在身边的女人说:"无论刮风下雨,也无论风吹日晒,小不点儿总是不弃不舍地趴在樽里,趴这么久,虽然觉得可怜,但又觉得它很伟大。也许比人还要伟大。"

女人说对,于是我们在一起感动了半天。

平时我是下了班后再去公园,所以待不了多久天就会黑了。园灯亮了,散步和玩耍的母子渐渐离去,池子里的鱼聚成一团,木樽变得混沌起来了。我常常有抱一抱小不点儿的冲动。我觉得小不点儿很孤独。我的这种感觉有点儿怪。但从另一个意义上说,小不点儿使我暂时忘记了役所和刘燕燕。有一次,我想起已经好久好久没有抓口袋怪兽了。

五月初是日本的黄金周,连休好几天。心思不再放到役所后,我的心情逐渐明快起来。五月二日傍晚,进了公园的大门,我看见南面的天空有一颗很大的奶油色的星,星光泛滥,像挂在天际的一盏灯。走去石拱桥的时候,我故意走到园灯的影子下,园灯的影子像竹竿,所以我的影子看起来好像正被一支剑击中了要害。到了石拱桥,无意间我听见了几下短促而又微弱的叫声。我熟悉这个声音。去年小不点儿出生的时候,我曾经听到过这样的叫声。我把身体伏在栏杆上,竖起耳朵。石拱桥上四顾无人,有一阵微风吹过了我的额头。我站直了身体,心开始咚咚地跳起来。我知道,这一刻,是那段时间的开始。那段时间真的又来了。

这一瞬,我满脑子都是斑嘴鸭的影子了。

我给大出打了一个电话。大出很快就跑来了。她穿了一件米色的防风用的夹克衫,一溜烟似的跑到石拱桥上。五月初的天气,虽然白昼热得像一个大烤箱,但晚上的气温还是很凉。不知道从什么时候开始的,日本少了春季,气候变得跟亚热带似的。但就是因为晚上会比较凉,日本的气候便跟亚热带的气候区别开了。我把手指竖在嘴上,让大出屏住呼吸。大出把身体伏在栏杆上,竖起耳朵。从这个时候开始,我和大出都不说话。不久,我和大出听见了几下短促的、微弱的叫声。大出看着我,两只眼睛闪闪发光,然后一个高跳到我跟前,跟我拥抱了一下。

大出算了算日子,今年的斑嘴鸭比去年的斑嘴鸭早出生两个星期。

去年,听到鸭宝宝的声音时,是五月十六日的晚上。五月十七日早上五点,鸭妈妈第一个跳下木樽,鸭宝宝紧跟着一只接一只地跳到水里。十只鸭宝宝跟着鸭妈妈左往右往,游水时掀起的层层涟漪给人一种懒洋洋的感觉,很温馨。

自从发现了斑嘴鸭在贝尔蒙特公园的木樽里孵蛋,我从网上查看了好多关于斑嘴鸭的事。蛋攒到十个左右的时候,母鸭就开始孵蛋了。通常需要孵二十四天左右。宝宝破壳的时间不一,全部都破壳了,鸭妈妈才会率领宝宝们一起离巢。我在某网站上看到的一个帖子把斑嘴鸭说得很神奇。斑嘴鸭属于野鸟,所以有一种天生的本能。宝宝们想破壳的时候,会敲着蛋壳相互询问:"我已经准备好了,你们准备好了吗?"出于这样的原因,宝宝们差不多在同一时间破壳而出。但凡事都有例外,总会有一两只宝宝出来得比较晚。

小不点儿是成长最慢、也是最后离开贝尔蒙特公园的斑嘴鸭。我记得很清楚,小不点儿飞走的那天是七月七日,是七夕。有一股很强的台风正好穿过日本列岛。我一直坐在电视机前看天气预报。预报说台风的进速相当慢,所以大风大雨会持续到深夜或者第二天黎明。大出也担心小不点儿,我们两个人一直用手机保持着联系。午后,台风和雨势渐渐增强,天像漏斗,雨水倾盆般地往下漏。大约是傍晚五点左右吧,我跟大出都觉得忍不住了,担心到这种程度,不如亲自去公园确认一下。我们决定在公园见面。我跟大出最初的想法是,万一出了什么意外的话,至少可以趁着天光还亮的时候,把小不点儿保护起来。去公园的时候,我特地带去了一个大号的蜻蜓捕捉网。

风太强雨太大,我和大出只好站在公园管理处的屋檐下。石拱桥离我们并不远,但看起来已经是模糊的一片。小不点儿躲在石拱桥下面的石阶上。有好几次,强风差一点就卷走了我手里的雨伞。其实,雨伞根本不起作用,除了头发和肩头的一小部分,其他的地方早已经湿透。大出的情形比我要好很多,因为她不仅撑着雨伞,还穿着雨衣。

"这么大的风雨,小不点儿的兄弟想来也来不了。"

我说:"是。"

"过一会儿天就完全黑了,小不点儿不会害怕吧?"

我说:"孤单单的,又是第一次经历这样大的风雨,害怕才是正常的吧。"

"看到这样的情景,我想回家都回不了。"

这种对话毫无意义,但我觉得,至少我们的心意使我在想象小不点儿的时候,不觉得它过分凄惨。是的,至少有人惦念它。五点半左右,发生了令人不敢相信的事,雨突然停下来了。天空只有底层积了少量的白云,几乎感觉不到有风。我和大出跑到石拱桥。一群鸟飞过我们的头顶。大出兴奋地告诉我:"无云无风加上飞鸟,毫无疑问,此时此刻,足里区进入了台风眼。"

我也听说过"台风眼",想不到今生今世能够亲身经历。大出说晴空会持续五六个小时。

我对大出说:"小不点儿的兄弟也许会来。"

但是我来不及等待大出的回话了。突然间,池塘里"扑通扑通"地响了几下,我控制不住地惊叫起来。因为我惊叫时的声音很大,公园管理处的职员慌慌张张地跑出来看我们。我用手指着池塘说:"小不点儿的两个兄弟来了。真的来了。"

大出也看到刚刚飞来的两只斑嘴鸭了,几乎是跳着到了我跟前,也许因为我们的身上都是雨水,这次她没有拥抱我。说真的,虽然小不点儿的兄弟天天都来,但此时此刻的感动却属意外。大出拖长声调说:"真不敢相信,奇迹发生了。"接着,她一连说了好几次"感动"。

好像约好了似的,人陆陆续续地来公园,没过多久石拱桥上已经站着一群人了。五十岚也来了。那个花白头发的老头也来了。他走到我和大出的面前,笑嘻嘻地说:"我觉得小不点儿会在这一两天飞走。但是这么大的台风,又害怕它飞走。"

刚刚飞来的两只斑嘴鸭,因为脑袋比较大,身体也比较大,所以我们擅自判断它们是小不点儿的哥哥。鸭妈妈最早带走了两只宝宝,第二次带走了四只宝宝。小不点儿途中受了伤,成长比其他的宝宝慢。其他的宝宝都飞走了,小不点儿才开始练习飞。鸭妈妈带着这两个兄弟来过公园一次,待了差不多三个小时。其间多次追逐着小不点儿,小不点儿被赶得到处逃。我想鸭妈妈是在逼着小不点儿练习飞翔。但继那次以后，鸭妈妈再也没有出现过。我想鸭妈妈把小不点儿托付给这两个兄弟了。两个兄弟天天来公园，用大出的话说："到底是家族，兄弟们绝对不会放弃小不点儿的。"

两个兄弟每次来公园都会带着小不点儿飞一会儿。但不过是绕着公园管理处的洋楼飞几圈而已。两个兄弟从来没有留下来过夜，这是我觉得小不点儿可怜的地方。因为两个兄弟飞走后，小不点儿会追着哭，会哭五六分钟。知道哭也哭不回兄弟后，小不点儿会独自练习飞，从石拱桥的左边飞到石拱桥的右边，飞好几个来回。

人群热闹起来。两个兄弟带着小不点儿飞向天空。这一次的感觉跟以往不同。我仰着脖子，凝视远处的树木尖端，那里能看到三个不断移动的黑点。

大出说："但愿今天这两个兄弟能够留在公园里过夜。"

所有的人跟我一样，也仰着脖子。我们总是仰着脖子看斑嘴鸭飞翔的。慢慢地，树木的尖端那里看不见斑嘴鸭的踪影了，只剩下彩带一样的白云。所有的人都无意垂下脖子。不久，我第一个看见小不点儿独自返回池塘。小不点儿在石拱桥右边的池塘里呱呱地叫。

大出说："小不点儿今夜不得不经受严重的考验了。"

所有的人都往右边的池塘移动。这时候，还是我第一个看见了小不点儿的两个兄弟。它们在头顶的半空中扇动着翅膀，呈弧线垂落下来，冲击感越来越近，"刷"的一声冲进池塘的水面。

我大声地喊:"回来了,两个兄弟也回来了。"

人群爆发出一片欢呼的声音。大出也激动地说:"原来斑嘴鸭的家族爱是这么深。"

五十岚对我说:"你的眼睛真好。"

我说:"左右都是一点五。"

刚才还是蓝天白云,这时候多了一些黑云。风偶尔吹过池塘,越过水面刮到我的面颊上,像一层薄薄的水幕。三只斑嘴鸭在水里游来游去。不久,小不点儿的两个兄弟突然开始上下点头,看得时间长了,每个人都知道斑嘴鸭点头,是它们要起飞的信号。我对大出说:"看来小不点儿的兄弟还是要离开啊。"可是,我的话刚说完,小不点儿也开始上下点头,动作跟两个兄弟协调一致。说时迟那时快,三只斑嘴鸭同时飞离水面,一溜烟似的消逝在东面的天空里。

一瞬间发生的事。人群被什么裹住了似的,好半天,没有一个人移动或者说话。每个人都看着东方,好像时间停止了。过了好久,五十岚拍了拍石拱桥上的栏杆说:"啊,啊,今年的夏天也结束了。"

就这样,小不点儿也离开贝尔蒙特公园了。那个瞬间,我的心里充满了安笃和谢意。小不点儿终于跟家族在一起了。谢天谢地。发现四周都是沙沙的风声时,我意识到台风会再度来临。人群波动起来,一个接一个地离开公园。五十岚回家前说:"愿明年斑嘴鸭再来。今年的夏天又开心又感动。"

只剩下我跟大出两个人了,我们互相瞪着对方。我说:"忽然觉得很悲伤。"大出点了点头。满足了心愿的悲伤有点儿像花。我已经好久没有这样的感觉了。

现在回想起来,那种感觉瞬间又在心里花开花落了一次,仿佛是站在去年的石拱桥上了。

断定小不点儿不会在今天晚上带着鸭宝宝离巢,我跟大出决定先回家,明天一大早再来。我们约好了凌晨五点在公园见面。

十

我一直睡不踏实,三点钟起床,吃了一片面包后,脸也没洗就打算出门了。出门的时候,还不到四点,我有点儿害怕。我还是第一次这么早独自上街。丈夫迷迷糊糊去卫生间,问我一大早去哪儿。我说去公园看斑嘴鸭。

他说:"是宝宝生出来了吗?"

我说:"生出来了。"

晨曦已经划破了天际,街道和公园一片澄明。天气真好。以为一大早到公园的只有我一个人,结果在石拱桥看见了那个花白头发的老头。目光碰到一起,两个人相视而笑。他还是第一次对我做自我介绍。原来他的名字叫大岛。大岛上下穿一套深灰色的运动衣,捆在腰际的黑包油光发亮。裤脚挽到膝盖。脚上还是那双特别显眼的粉红色凉鞋。我说过他有皮肤病,所以不喜欢接近他。还有,每次看到他血淋淋的腿和脚,我都会因为恶心而想吐。出乎意料地我竟然控制不了自己地朝他的腿和脚看了一眼,半天没敢咽唾液。

他示意我看木樽。隐隐约约地,我看见小不点儿半蹲半站的肚子下面有几个小脑袋。我问他一共生了几只。他说他也不清楚，因为鸭宝宝都藏在妈妈的肚子下面，没有办法数。他说得对。

下了石拱桥，在桥边的长椅上坐下来，我用手机给大出发了个短信，告诉她我提前到公园了。回头看了看，大岛还站在石拱桥上。没事可做，我想起口袋妖怪。我已经好久好久没有抓怪兽了，所以抓到的十几只怪兽都是新面目，很开心。

大出朝我走来的时候，系在摄像机上的绳带，秋千似的荡来荡去。我看了看时间，还不到五点。她笑着对我说："我根本就睡不着，几乎可以说一夜没睡。一看到你的短信，马上就出门了。"接着她笑出声来，"我老公，去年对斑嘴鸭那么热心，今天竟然埋怨我吵醒了他。"

我说："今年赶上黄金周，好不容易才有这么长的连休，你老公是想好好地休息一下。"

"哪里啊。我老公正在犯病呢。"

"什么病？"

"忧郁啊。因为他从干了好几年的部署中被移出去了。虽然他被移出去是自作自受，但他已经习惯了那个部署，所以也挺可怜的。"

说者无意，听者有心。我觉得心被什么戳了一下似的，有点儿痛。我没有接她的话说下去，拉着她去了石拱桥。

鸭宝宝的叫声听起来比昨天晚上清晰了很多。我让大出看小不点儿肚子下面的那些小脑袋，她说眼睛不太好，看不见，但可以用摄像机摄下来回家看。她开始用摄像机摄木樽。木樽里的草比较高,尤其草的颜色跟斑嘴鸭相近,只有鸭宝宝活动身子的时候,才会顺着摇动的草找到它们。我的视力很好,所以无论鸭宝宝动与不动,都能看得一清二楚。有几次,几只鸭宝宝跑出小不点儿的肚子,我会控制不住地喊:"啊,跑出来了。看到了。真可爱。"

大出已经拍了好多录像,但小不点儿的样子还是不急不慌的,看不出有离巢的意思。我的腰有点儿痛,让大出跟我回刚才坐过的椅子那里。我们聊了很多,都是去年斑嘴鸭一家的事。提到去年死了的三只鸭宝宝,我说我很担心,因为来公园的时候,看见了对面大树枝上的那个乌鸦巢。前几天有人说看到了新诞生的两只雏鸦。还有人说鸦宝宝出生后,鸦妈妈和鸦爸爸神经兮兮的,连成年猫都攻击。提到乌鸦,我又想起了去年被乌鸦抓走的那两只鸭宝宝,不禁咬牙切齿地骂起那个牵着狗散步的主人。

我对大出说:"明明看见鸭妈妈带着鸭宝宝走过来,却不抓紧狗链。如果狗不冲着斑嘴鸭家族冲过去的话,鸭宝宝就不会惊得四处逃窜。乌鸦也不可能有机会一下子抓走两只鸭宝宝。两只鸭宝宝的死,纯粹是人为的。"

大出说:"最起码知道鸭宝宝是怎么死的。关键是那只失踪了的鸭宝宝,我总觉得怪。按理说,长得有鸽子那么大了,乌鸦和猫已经对付不了的。总觉得是人干的。退一步说,就算是猫干的,公园里应该有残骸。可是公园的管理人连根鸭毛都没找到。"

雄大最讨厌怀疑人，有一次对我说："一个人之所以怀疑他人，是因为怀疑人的那个人的心已经开始腐烂了。"他说这样的话，我觉得是因为他在学校受了基督教义的影响。我也试图不去怀疑任何人，但现实很难做到。就说现在吧，我对大出说："我也觉得是人干的。最狠是人的心，而且防不胜防。"

她说："也不要想得太绝望。但愿今年不要发生同样的事。"

我刚好抬头，看见大岛从石拱桥那里向我们招手。一定是鸭妈妈要离巢了。这时候，他已经扯着嗓子喊起来："鸭妈妈要跳了。"

我和大出飞跑起来。她比我年轻，跑得比我快，先到了石拱桥。我赶到石拱桥的时候，小不点儿已经跳到池塘里了。鸭宝宝们聚成毛茸茸的一团，看起来很可爱。好几分钟过去了，没有一只鸭宝宝跳水。大出一个劲儿地摇头，说这种情形很不正常。照斑嘴鸭的习性来说，宝宝出生后睁开眼睛看见的第一个会动的东西，会认作是自己的妈妈，妈妈到哪儿就跟到哪儿。鸭妈妈已经在水里了，鸭宝宝们还留在木樽里。

小不点儿"呱呱"地叫了几声，又围着木樽转了几圈，鸭宝宝们反而簇拥着回到木樽中央的草丛里。小不点儿重新跳回木樽，又一次跳到池塘里。小不点儿朝着木樽更大声地"呱呱"了几下。这一次好了，顺着小不点儿的声音，鸭宝宝们移动到樽口，终于有第一只鸭宝宝跳到池塘，接着是第二只。每跳下一只我都会跟着数："两只。三只。四只。五只。六只。七只。八只。九只。十只。十一只。十二只。十三只。一共有十三只。"

三个人一同惊喜起来。我说小不点儿这么小，想不到会生这么多的鸭宝宝。大出笑着说："不是小不点儿生的，是从鸭蛋里生出来的。"

一定是兴奋得有点儿迷糊了，我笑起来，连声说："是啊是啊。"

这时候，我看了一眼挂在正门口的大钟，时间是五月三日上午五点十七分。

八点钟，我去管理处找处长，戴眼镜的高个子男人说处长不在。我问去哪里了。他说去买鸭粮了，还说很快就会回来。

去年跟小不点儿同一个时期出生的几只猫，现在长大了，三两步就能跳上池塘里的中心岛。知道鸭宝宝快出生后，处长怕猫糟蹋鸭宝宝，特地用木板做了一个浮漂，安置在猫够不着的地方。小不点儿带着十三只鸭宝宝在水里转来转去，累了就去浮漂上晒太阳。我和大出跟着小不点儿一家转来转去。大出一直忙着摄像。九点左右，浮漂附近的栏杆处已经聚满了人。十二只鸭宝宝作秀似的，毛茸茸地排成"一"字，剩下的一只孤单单趴在"一"字的外边，看上去像一个句号。阳光灿烂，池水亮晶晶的，鸭宝宝萌得让人受不了。我感到心在融化。啊，这个瞬间，如果能持续一辈子就好了。

我一直心神不定地看公园的大门口。处长终于拎着一个大塑料袋走进来了。我飞跑过去，问他能不能马上给鸭宝宝饭吃。他说马上就准备。我兴奋地回到石拱桥,拿出手机,准备把鸭宝宝们第一次吃饭的场面拍下来。

因为是野生动物,动物商店里买不到斑嘴鸭专用的粮食。但斑嘴鸭是杂食动物,处长买了小鸡食用的碾碎的玉米谷。他把玉米谷放到白色的塑料盒里,再加上水,再把塑料盒放在中心岛。一切准备就绪后,他开始敲手里的红色小水桶。我想那个红色的小水桶是哪个孩子忘在公园里的玩具。他对我们说:"如果鸭妈妈真的是去年在这里出生的斑嘴鸭,听到我敲水桶的声音,应该会立刻过来吃饭。"

话音刚落,小不点儿立刻去了中心岛。但是去中心岛吃饭的只有小不点儿。池塘里的鸭宝宝们三五成群,乱成一片,有的在捕捉水面上的昆虫,有的在池塘和栏杆之间的草丛里寻找草籽。

我问大出:"去年的鸭宝宝一直跟着鸭妈妈,是群体行动。今年怎么不一样呢?"

她又开始摇头,说这种情形很不正常,她也不理解鸭宝宝们为什么会四分五散。但是她让我放心,因为鸭宝宝在鸭蛋里的时候吸收过营养,出生后一个星期不吃东西也不会饿死。

大岛一直跟在我和大出的身边,这时候接过大出的话说:"反正粮食一直放在中心岛,早晚鸭妈妈会带鸭宝宝们去那里吃饭。"

我说即使鸭妈妈有意思,但鸭宝宝们不跟随不模仿的话,岂不是永远都不知道中心岛有饭可以吃。他笑了,对我说:"吃是动物的本能，根本用不着担心。"

觉得两条腿走不动的时候，看到管理处旁边的休息处有一张桌椅空着，就去那里坐下来。大出跟过来，坐在我的对面。发现她的鼻子被晒成了茶色，我笑着对她说："刚进五月，想不到太阳这么毒。你的鼻尖都晒成茶色的了。"

想不到大岛也跟着我们过来了。他走近我身边的时候，我闻到了一股腥臭味，马上联想到他的腿和脚。本来我的背包是放在一张椅子上的，我把背包拿下来让他坐。看起来三个人的身上都是热气。

一直以来我都会在公园看到大岛，但正儿八经地一起聊天，还是第一次。一开始谈的都是斑嘴鸭的事，也许我的日语发音暴露出我不是日本人，他突然说他的女朋友也是中国人。对他有女朋友的事，我跟大出都觉得很意外。他从腰包里掏出钱包，从钱包里掏出一张照片。他让我看照片。我不想碰他的东西，只是歪着头看了一眼。

我对大出说："女人长得蛮漂亮的。"

大出把照片拿在手里看。我觉得遗憾，这么漂亮的女人竟然是大岛的女朋友。提到女朋友，大岛的情绪高涨起来，开始滔滔不绝地说起女朋友的事。我不知道他为什么要跟我们说起他的女朋友。说到他住在他女朋友的家里时，大出用怀疑的目光看了我一眼。我没有说话。具体的内容已经记不太清楚了，大致的情况是：他一直在建筑公司工作，工作内容是在现场拆房子。去年三月末，公司找他谈话，希望他自己提出辞职。他都快七十岁了,腿和脚又不方便,建筑公司让他辞职也是他早已料到的事。辞职后,他不能继续住在公司的宿舍里,而少得可怜的年金收入根本不够借房子,准备睡公园的时候,这么巧有一天遇见了照片上的女人。女人听说他没有住的地方后,就让他住到了自己家里。照他的话来说,女人住的公寓就在建筑公司的宿舍的对面,他们经常见面,寒暄的次数多了,就成了好朋友。

大出问大岛:"你女朋友没有家室吗?"

他说他女朋友结过婚,但是离婚了。可能是怕我们不相信,他从钱包里掏出一张折叠的纸。他一边打开那张纸,一边说:"这张纸可以证明我跟我女朋友住在一起的。"

其实,他一打开那张纸,我就认出是居民票了。我对他说:"你最好收起居民票,上面都是个人情报,不要给别人看。我也不想看。"

他重新折叠好居民票,放回钱包里。为了我跟大出不误会他,他说虽然他女朋友说过不收他房租,但他坚持每两个月给他女朋友八万。

大出问:"为什么是两个月一次呢?"

我替他解释,说年金是两个月发一次。他就接着我的话说:"每次我可以拿十二万。我给我女朋友八万,剩下的四万是自己的零用钱。"

我说:"两个月八万的话,你女朋友一个月才拿你四万。四万只能租一个不带洗澡间的房子。"

他说所以他很感谢他女朋友。不过他又说钱的事不足挂齿，真正令他感动的是，他女朋友不仅天天给他做饭，每天早上还会用胡萝卜和西红柿做蔬菜饮料给他喝。他给他女朋友八万的那一天，他女朋友会特地去超市买新鲜的鱼煮给他吃。他女朋友白天要上班，担心他总是一个人在家，万一出了什么事，连救护车都叫不了，所以特地嘱咐他尽量去外边走走，最好整天待在人多的地方。

我说："你女朋友是怕你会突然死。"说完了觉得有点儿失礼，赶紧看了看他的脸色。但他没什么不高兴的样子。我又问："你没有申请生活保护吗？"

他摇摇了头说："没有。"

大出说："你一定是一个好人，不然你女朋友不会让你住到她家里，还对你这么好。"

他笑得合不拢嘴。对他女朋友的所作所为，我无法做出评价。不是我不赞同大出的观点，是我的心理有问题。他的腿和脚令我无法亲近他。

十一

五月四日。早上去二十四小时便利店付健康保险费，途经公园的时候，看见吉泽神色不安地站在大门口四处张望。

我问她："怎么了？"

她紧张地对我说："没有了。"

我问："什么没有了？"

她说："鸭宝宝失踪了，一只都找不到。只有鸭妈妈在。"

我想这是不可能发生的事，就让她等一会儿，说去一下二十四小时便利店就回来。我这样安慰她："说不定在草丛里找东西吃。"

左拐弯的时候，我回头看了一眼。鸭宝宝们拥在小不点儿的身后，小球跟着大球滚动似的，正穿过马路的中央，往公园的方向跑。于是我笑起来，站着看小不点儿一家安全地进了公园的大门。付完费回到公园，吉泽在入口处的椅子上坐着。

我说："回来了。"

她说："嗯。"

我说："不是我回来了。是小不点儿一家回来了。我亲眼看见小不点儿带着鸭宝宝们从马路的对面跑回来了。"

她站起来,悲喜交加地说:"我怎么没有看见呢?"

我们先去石拱桥。果然小不点儿跟宝宝们在浮漂上休息。吉泽用手指着一只站在中心岛的斑嘴鸭说:"刚才我来公园的时候,看见它孤单单地站在那里,以为是小不点儿。但现在小不点儿在浮漂上,那么它是从哪儿来的呢?"

中心岛上的斑嘴鸭长着一副雪白的脸孔,看上去气昂昂的,它就是那只三天两头来的公鸭,也许是鸭爸爸。

听了我的解释,吉泽高兴地说:"今年的鸭爸爸不错啊,会参加育儿。"

我和吉泽数了数,浮漂上只有十一只鸭宝宝。我跟她分头找。我去远一点儿的草坪,她围着池塘转。结果都没有找到。她对我说:"刚才去对面公园的时候,说不定又被乌鸦抓去了。"

我说不可能,因为那个时间天刚亮,乌鸦还没有活动呢。我猜是那几只流浪猫干的。我问她愿不愿意跟我一起去对面找那两只鸭宝宝。她二话没说就跟着我去了。树底下,草丛里,全都找遍了,但没有发现那两只鸭宝宝。我知道这里的流浪猫有人喂,不会吃鸭宝宝,怕就怕鸭宝宝成了流浪猫的玩具。我知道吉泽不喜欢猫,所以只字不敢提猫的事。回到石拱桥,我给大出发了一条短信。她很快就回信了,问我都找了哪些地方。听了我的回答,她问我为什么不去小右卫门稻荷神社找一找,因为公园附近有池塘的地方,只有小右卫门稻荷神社。我说我不知道名字这么长的神社在什么地方。她说她去找找看。

我回家吃了早饭。再回公园的时候，池塘边围着一大群人。大岛也在，一头银发看起来特别显眼。立刻有人告诉我少了两只鸭宝宝。因为去年乌鸦害了两只鸭宝宝，人们都认为"肯定是乌鸦干的"。我本来想把早上看到的光景说出来，但那个光景并不能证明不是乌鸦干的。还有，人们肯定会问这问那，我也害怕没完没了的解释。我最担心的是，如果说出了我的猜测，也许会将人们愤怒的矛头转向那些可怜的流浪猫。最近我特别关心流浪猫。关注流浪猫也许跟我的心情有关：人越多，我越觉得孤单。

大出从小右卫门稻荷神社过来，看她的神情，我就知道她也没有找到那两只鸭宝宝。不知从什么时候开始的，我发现身边有好多人在骂那只白脸公鸭。原因是这样的，白脸公鸭一直寸步不离地跟着小不点儿，而小不点儿可能是担心白脸公鸭会伤害鸭宝宝，所以躲来躲去。但是，小不点儿从池塘躲到池塘外边的草坪，白脸公鸭就追到草坪。要是小不点儿从草坪躲到池塘，白脸公鸭再追到池塘。一个是躲，一个是追，永远反复。去年也出现过类似的情形。有一只公鸭来过两次池塘，鸭妈妈不躲不藏，相反主动扑上去攻击。两次而已，公鸭再也没有来过公园。

眼前的情景令我心痛。我对大出说："可怜的是这些鸭宝宝，本来就没吃过东西，没有体力，再跟着鸭妈妈从池塘到草坪，从草坪到池塘，连休息的时间也没有了。"说到这里我再次焦虑起来，"为什么鸭宝宝不去中心岛？为什么鸭宝宝不吃鸭粮呢？"

大出的目光掠过那只白脸公鸭，又落在池塘里的鸭宝宝身上，"我也不知道为什么。按理说，鸭妈妈去中心岛吃鸭粮，鸭宝宝们没有理由不跟着去。"

"会不会是今年买的鸭粮不好吃呢？"

"怎么会呢？这些鸭宝宝一口鸭粮都没有吃过，哪里会比较好吃或者不好吃呢？"她说得对。没有比较，怎么可能知道好与不好呢？她接着说："穿过对面的公园，再往前走就是小右卫门稻荷神社。也许是小不点儿为了躲开那只公鸭，想带着鸭宝宝们搬家，但在对面的公园遇到了意外。"

我想告诉她对面的公园里有三只可爱的流浪猫，名字分别是"羽生""三色"和"小白"，天天早上在对面的草丛里出没，可能是它们干的，但是我忍着没说。大出只是喜欢鸟而已。鸟类中又特别喜欢会飞的鸟。据她自己说，第一讨厌的是青蛙，第二讨厌的就是猫了。我不想增加一个本来就讨厌猫的人对猫的憎恶，因为我是个猫痴。正所谓人各有志，不可强求。

人群突然喧哗起来，我问站在身边的老头发生了什么事，他说有个女人捧着一只鸭宝宝来，放到池塘里了。鸭宝宝有十二只了。我问那个女人在哪里，他说已经走了。我说应该留住那个女人，问她在哪里找到了鸭宝宝。说不定另外一只鸭宝宝也在同一个地方呢。他以为我在埋怨他，对我说："那个女人捧着一个小纸盒来，一声不响地从里面取出鸭宝宝，一声不响地放到池塘里,还没反应过来是怎么回事,她已经匆匆地走了。"看到我失望的样子,他接着解释说,"事情来得太突然了。我只记得她穿了一件粉红色的衣服。"

他说到粉红色的衣服,我马上想到了惠子。惠子喜欢穿粉红色的衣服。还有,惠子在照顾那三只流浪猫。这下我敢肯定是流浪猫干的了。大出说另外那只鸭宝宝也许还活着。我知道活着的可能性不大,但也不愿意放弃希望,就跟着大出去对面的公园又找了一遍。灰心丧气地回到池塘那里,看见我满脸都是汗水,老头说:"斑嘴鸭可是水鸟,天这么热,已经失踪这么久了。"

他没有把话说完。大出也明白他的意思,对我说:"剩下的就看鸭宝宝的命了。"

几天后,我在对面的公园里看见惠子正在给流浪猫喂粮。单刀直入,我问她是不是那个放鸭宝宝到池塘的女人。她老实地承认了。她说有一家人养的猫,叼了一只鸭宝宝回家,因为还活着,就放回到公园的池塘里。惠子家离公园不近,她也不说是谁家的猫。我问她:"只有一只鸭宝宝吗?"她说是。我觉得不好再问下去,事情到此也就结束了。再说这并不是她的错。猫也没有错。鸭宝宝的死,也许就是希腊人所说的命运。

大出说要回家做饭。我想我也该回家了。一起往外走的时候,大出说:"昨天五十岚约好了说来,但却没有来。"

其实,好几次我也想过同样的问题,想来想去只有一个结论,就是五十岚有了什么脱不开身的事。我之所以说得这么肯定,是因为有去年的那段时间为证。斑嘴鸭在池塘的日子,只要是休息天,总能看见她跟我,跟大出,跟着斑嘴鸭一家转来转去。特别是乌鸦糟蹋了两只鸭宝宝之后,有一些人几乎天天到公园保护剩下的鸭宝宝,但风雨无阻的只有我们三个人。大出说斑嘴鸭出生后的生存率相当小,只有百分之二十。所以我觉得,是人对生命的敬畏与爱,维系并发展了斑嘴鸭一家的生命。所谓对生命的敬畏,乃是一个过于庞大的主题,涉及生命观以及生命伦理,我根本说不明白。不说也罢。

我对大出说:"五十岚深夜会来。她说她每天深夜都来看鸭宝宝的。"

大出说:"不会是她儿子出事了吧?"

"她儿子?"

"她儿子不是有病吗?"

看到我不解的样子,她用手指了指自己的脑袋。我知道她误会了。有好几次,我看见五十岚跟一个比她稍微年轻的男人在一起,有时候是看斑嘴鸭,有时候是抓怪兽。有一次,我对她说:"你跟你老公的关系真好。"

她解释说:"是我儿子。"

从某种意义上说,我挺羡慕她跟儿子的亲密关系。日本男人,基本上从中学开始就不太跟妈妈一起上街了。大男人跟着妈妈一起逛公园,一起抓怪兽的话,难免会让人家产生误会。后来她告诉我,她儿子大学毕业后一直换工作,到现在还是个临时工。她还说,做妈妈的只是瞎操心,帮不了什么忙。

大出很聪明，看我不说话，立刻换了话题，问我夜里有没有来过公园，还说她很害怕。夜里我也没有来过公园，不知道夜里的公园是否可怕。但五十岚曾经告诉过我，公园里几乎二十四小时都有人在。回家的路上，我发现马路上街灯的影子很可爱，像极了小蘑菇。

时间过得真快，连休一眨眼就完了。想到明天要去役所上班，我的心又开始忑忑了。那种上不去下不来的感觉真难受。跟大出约好了早上在公园见面，但她给我发来了短信，说傍晚才能到公园。她解释了一大堆。连日在公园转来转去，体力消耗得很厉害，如果不休息一下的话，明天上班也许会崩溃。还有心理上的问题。心思都投在斑嘴鸭身上，明天都不想上班了。用她的话来说："要在家里温习一下工作的情绪。"

我决定一个人去公园。起床的时候，雄大还在睡觉。我在饭桌上留了一张纸条：我去公园看一下就回来。

有没有太阳，身体的感觉真是不同。没想到会这么冷，想回家加一件衣服又觉得麻烦，干脆缩着双肩小跑起来。

大岛把面包撕成小块扔向池塘。其实，出门前我也特地拿了一片面包装在一个透明的塑料袋里。看到我手里的面包，大岛笑出声来。他看上去很高兴，对我"嗨"了一声说："早上好。"

我说："早上好。"

大岛举起手上的面包说："本来是想喂鸭宝宝的，但是鸭宝宝根本不吃，都被两只大鸭子吃掉了。"

我看了一眼池塘："啊，鸭爸爸又来了啊。"

"刚来。大约十五分钟前来的。"

"小不点儿真善良。去年的鸭爸爸，来了两次就被鸭妈妈赶走了。"

大岛笑嘻嘻地说："去年的鸭妈妈赶走公鸭时的那股劲儿，看得出是真的，根本就不让公鸭着水。小不点儿不来真的，要么张着嘴巴示威，要么就是躲来躲去的。到底是不是鸭爸爸，其实也搞不清楚。照斑嘴鸭的习性来看的话，鸭妈妈育儿的时候，鸭爸爸应该在另外的地方。我总是觉得这只是刚刚爱上了鸭妈妈的公鸭。"

我笑着说："你知道小不点儿的胸前有一个'心'吗？不赶走公鸭，说明小不点儿是个情种。"

"有一个'心'吗？我怎么不知道？在我的眼里，所有的斑嘴鸭长得都一样。"

"你看小不点儿的胸脯，真有一个'心'的。"看见大岛在笑，我说，"你先别笑。你看了那个'心'再笑。"

"我的眼睛不好。看也是白看。"

"我，还有大出和五十岚，我们都知道那个'心'，吉泽也知道那个'心'，好像很多人都知道那个'心'。一传十，十传百，传得很快的。"

"难怪大家都叫鸭妈妈小不点儿。总算明白原因了。原来这些鸭宝宝，都是小不点儿的孩子啊。"

我说："是。"

"真有点儿感动了。"

大岛对重逢和新生如此感动,我一时觉得无语。去年小不点儿是最后一个离开公园的。想象中她应该在天涯海角,却突然回到眼前,还做了妈妈。命运与角色的转变,是生活中小小的奇迹,很神秘,超出我的想象。不知道为什么,我觉得有点儿喜欢大岛了。因为不想喜欢他,心里有点儿茫然。

喂完了手里的面包,大岛在离得最近的椅子上坐下来。他问我要不要坐一会儿。我说不坐。他挽起裤腿,开始用手指甲抓腿和脚,被指甲抓过的地方有血流出来。他用手掌心拂去血,把血擦在裤子上。平时我看到他这样做会恶心得想吐,但今天竟然没有这样的感觉。可能这就是所谓的爱屋及乌吧。他说他四点半就来了,来的时候看见中心岛上有一只黑色的猫,就把猫吓跑了。我本来想在公园再待一会儿,但雄大的早饭还没有准备,不得不马上回家。对大岛吓跑黑猫的事,我表示谢谢。他说反正女朋友让他尽可能待在人多的地方,待着也是待着,能保护鸭宝宝,也是顺便的事。他从包里取出一盒鱼罐头,让我拿回家吃。我撒谎说我不吃罐头。我走得很快,一溜烟似的,连头都没敢回。

雄大刚刚起床。我问他想不想吃鱼罐头,他说无所谓。吃罐头的时候,我告诉他有一个老头,刚刚要送我鱼罐头,但是我拒绝了,还一溜烟地跑回家。雄大说拒绝就拒绝了,干嘛要跑。我说:"说了不知道你懂不懂。如果你拒绝一个人的好意,不是因为这个人不好,而是因为你在生理上厌恶这个人,那么你就会觉得对不起这个人。"

雄大用他在学校刚刚学到的单词说："妈妈，你说的是'颓丧感'。"

我真想抱抱雄大，但是我没敢抱，以后也没有机会抱他了，他长大了。

下午，进了公园的大门，我听见鸭宝宝尖厉的叫声持续不断。池塘的排水口正聚集着几个人。我快步跑了过去。声音从排水口里面传出来的。连接池塘和排水口的是一个拳头大的圆洞。小不点儿脑袋钻在洞里，疯了似的想进排水口。我问那几个人，有谁通知了管理处。他们都回答说没有。我撒腿往管理处跑，途中碰见职员铃木正在草坪那里跟什么人说话，于是气喘吁吁地告诉他鸭宝宝困在排水口里，请他赶紧去救。铃木去仓库，来排水口时手里拎着一个大号的蜻蜓捕捉网。他用两个铁钩子钩起盖在排水口上的铁盖，还好水中浮着的五只鸭宝宝看起来安然无恙。他用蜻蜓捕捉网将一只鸭宝宝捞上来，扔石头似的扔回池塘。我求他动作轻一点儿，不要扔。他照我说的把剩下的几只放回池塘。

可是我马上发现有什么地方不对劲儿，池塘看起来空空荡荡的。我开始数鸭宝宝，数来数去都是六只。另外的六只鸭宝宝去哪里了呢？问身边的人，都说不知道。我想起问大岛，也许他知道。环顾四周，看见他睡在木亭下的椅子上。我走过去，想叫醒他，但看到几只苍蝇在他那尚有血迹的腿和脚上爬来爬去，不由得起了一身的鸡皮疙瘩，于是打消了叫醒他的想法。

我围着池塘转了一圈又一圈,在草坪中找了很久,无法理解六只鸭宝宝为什么会突然消失了踪影。可怕的事情继续发生。回到石拱桥,我眼睁睁地看到两只鸭宝宝喝醉酒似的,左右摇着它们的小脑袋和身体,慢慢地倒下去。接下去是第三只鸭宝宝第四只鸭宝宝第五只鸭宝宝,踉踉跄跄地,慢镜头似的倒在中心岛和岛周围的草坪上。凉风一阵阵吹过池塘,风吹处池水荡起轻微的涟漪。我的心被什么东西抽紧,觉得快喘不上气来了。

不知如何是好的时候,有一个肤色很白的女人问我发生了什么事,我上气不接下气地说了个大概,她说这种症状是低体温症,得赶紧把鸭宝宝们捞上来取暖。她坚定地说:"也许还有得救。"我想再去找铃木帮忙,但是她说找人帮忙就来不及了。她跳进栏杆,这里那里拾起了鸭宝宝。

我用手帕包着两只鸭宝宝,放在膝盖上。女人用刚才系在脖子上的丝巾裹着另外三只鸭宝宝。看见她用嘴巴往鸭宝宝的身体上呼气,我也照着她的样子做。她说她叫青山,偶尔到妈妈家玩儿,偶尔路过贝尔蒙特公园,想不到竟然碰到了这种事。原来她妈妈跟五十岚住的是同一幢公寓。我觉得膝盖冰凉冰凉的,用手触摸了一下鸭宝宝,手指的感觉也是冰凉冰凉的。我对她说:"鸭宝宝冰凉冰凉的。"

她想了想,问我能不能等她一会儿,她想去妈妈家拿一个保温的盒子来。我当然愿意等。她用丝巾捧着三只鸭宝宝去妈妈家，回来的时候带了一个白色的泡沫盒。照她的吩咐，我把膝盖上的两只鸭宝宝，轻轻地放到盒子里的毛毯上。我重复刚才说了好几遍的话："鸭宝宝的身体冰凉冰凉的。"

她一边掀开毛毯给我看，一边对我说："我在毛毯的下面放了好几个暖宝宝。"

围观的人多起来，有人打听是怎么回事。青山不回答，我想如果我不解释的话，会一直被一群人围着，于是把刚才发生的事简单地说了一遍。人群一阵唏嘘，对我说的话并没有人进一步提问。我看到大岛也在人群里，不知道他是什么时候醒过来的。他走到我身边，看着盒子里的鸭宝宝说："这些鸭宝宝，我觉得够呛能活下来。一口鸭粮都没有吃过，哪有体力啊。三号就出生了，身体跟刚出生的时候一样大。再说排水口里的水可是死水，特别特别凉。"

有人接着他的话说："那么鸭宝宝就是饥寒交迫了。另外的六只鸭宝宝，八成也死了。"

说这话的是一个女人，我想叫她"闭嘴"，话出口却成了："请你先不要说这种话。"我的脸色一定不好看，女人马上就离开了。

每年的5月到8月，有斑嘴鸭的池塘是贝尔蒙特公园活着的风景。但十二只鸭宝宝突然消失了一半，只剩下一半斑嘴鸭的池塘空空荡荡。其实我也觉得另外的六只鸭宝宝已经死了，但无法想象的死亡比眼见为实的死亡更令人难受，是一种潜伏的痛苦，没着没落，很虚幻，却一直晃荡在脑子里。

青山用手指触摸着盒子里的鸭宝宝说:"啊,还是硬了三只。"我的眼泪一下子涌出来,只差失声了。她无语地看了我一会儿,然后对我说:"剩下的两只鸭宝宝,我想带回我妈妈家,试着用电灯泡给它们取暖。你觉得我可以带它们回家吗?"

我反问:"我可以拜托你这么做吗?会给你添麻烦的。"

"不麻烦。我很喜欢小动物,也曾经救过一些小动物。"

我说:"那就拜托你了。"

"但是,我不敢保证一定能够救活鸭宝宝,只能试试看。"

我说:"我懂。"

"那么,明天早上我会联系公园的管理处。你可以通过管理处了解鸭宝宝的状况。"

我说:"谢谢你。"

我们去公园管理处,把死去的三只鸭宝宝交给铃木,顺便请示了是否可以带鸭宝宝回家的事。得到铃木的认可,青山跟我打了声招呼,马上回她妈妈家了。气温更低了,我去石拱桥,看见池塘里只剩下小不点儿和一只鸭宝宝了。鸭宝宝还是我行我素,根本不在乎小不点儿。有人开玩笑,说鸭宝宝是不良少年。这个时候的我,哪有心思开什么玩笑。我还是第一次在同一天里感知到这么多的死亡。我也是第一次尝试着挽留生命。我问大岛:"你觉得那两只鸭宝宝会活下来吧?它们一定会活下来的吧?不然就是我们的努力还不足够。"

他沉默了一会儿才对我说:"该做的都做了。其实这里的鸭宝宝足够幸运，有这么多人自觉地保护它们。"

看到大出，我才想起刚才发生的事忘记通知她了。对鸭宝宝失踪和死亡的事，她表示很难过，但看起来她并没有我想象得那么吃惊。她真是个冷静的人。

消息传得很快。傍晚来公园看斑嘴鸭的人，都知道失踪了六只鸭宝宝，死了三只，两只被一个女人带回家了。传话的人多起来，斑嘴鸭的事故变得像事件。只是没有人知道细节，比如六只鸭宝宝是什么时候失踪的？是怎么失踪的？凶手是乌鸦还是流浪猫？使我烦恼的是，多数人认为，造成鸭宝宝大量死亡的原因是那只白脸公鸭。这些人的逻辑很简单：如果公鸭不一直纠缠小不点儿的话，小不点儿就可以专心育儿，可以教鸭宝宝们去中心岛吃饭。小不点儿不在池塘和草坪之间躲来躲去的话，鸭宝宝们就不会得不到休息。鸭宝宝们吃了饭，就不会得低体温症。不得低体温症的话，即使误进了排水口，也不会一下子死了那么多。我也是这么认为的。

有一个老头说："那只公鸭简直就是痴汉，是凶手。"

大岛说："公园管理处也有责任，管理没有到位。宝宝们出生之前，应该用石头把那个洞口给塞上的。"

于是人们的愤恨也指向了公园的管理处。

有人说："应该给役所打电话申诉苦情，建议役所更换公园的管理人。"

大出苦笑着对我说："把一只斑嘴鸭说成痴汉是不是太荒唐了？"依我看，一只公鸭追求一只母鸭是自然，但死亡跑在了生命的前头。说实话,灾难来得太突然了,大家都没有心理准备。就说我吧,我感到非常紧张、慌乱以及无能为力。我能理解人们的心情,但是不理解怎么会一下子失踪了那么多的鸭宝宝,而且连一只残骸都看不到。她对我说:"只有一个可能,就是鸭宝宝们死在连接池塘和排水口的管道里。"

我被她的语气吓着了。

五点,下班了的铃木从管理处的大门走出来。我截住他,问那几只死掉的宝宝是怎么处置的。他带我和大出到南边那棵茂盛的橄榄树下,说鸭宝宝们睡在这里。一阵风吹过树枝,树叶沙沙地响。其实我每天散步都会经过这里。我喜欢这棵年龄很大的橄榄树。橄榄树的旁边有一小块花园,我问铃木可不可以摘一朵花给鸭宝宝们。他回答说可以。我挑了一朵黄色的小花,把它插在橄榄树下。我觉得风消失在这朵小黄花上。我在感情上很混乱,觉得做了想做的事,但是做得还不够好。我对铃木说谢谢。他严肃地朝我点了点头。

晚上,雄大说我看上去心事重重的。丈夫在一旁替我解释,说原因是明天要去役所上班。他自言自语地说:"如果觉得太痛苦的话,不如辞了职待在家里。人啊,身体才是最重要的。"

十二

我不断地看时间，离不得不出门的时间还有三十分钟，还有二十分钟，只有三分钟了。天气预报说今天白天多云，但我出门的时候阳光灿烂。阳光拥抱着大地。阳光下的大地看起来起伏叠嶂。我很疲惫，明明是想压抑心里的悲伤，悲伤却像阳光下的影子，藏也藏不住。

想跟职员们问好，但嗓子里却发不出声来。默默地坐到椅子上的时候，有两个职员不可思议地看了我一眼。我不自然地朝他们点了点头。我的心忐忑得很厉害。我知道不跟大家问好是一件很失礼的事，但"早上好"几个字肥皂泡泡似的漂浮在我的脑子里。我觉得很沮丧。

刘燕燕手里拿着那支断了头的画图笔走到我身边，一本正经地说有事要告诉我。我被她脚上的黑凉鞋吸引了注意力。我在很多商店里见过这种款式，脚后跟露在外头，前半部像编织的网。很多男人穿这种凉鞋。真皮凉鞋。男式凉鞋穿在一个女人的脚上，给我一种滑稽的感觉。她示意我看画图笔。我不大清楚，问她怎么又说起这件事。她说我从今天开始不能画地籍图了。我说无所谓，下意识看了看四周，大家都低着头在干自己的事。我的呼吸突然变得自如了。对于刘燕燕的话，我发现自己什么感觉都没有，什么感情都没有。我打开眼前的电脑，因为我知道今天的工作是什么。

刘燕燕还不走，站在我身边说："你不擅长使用这种很贵的画图笔。你那种一天坏一支笔的使用方法，会浪费役所很多钱。买画图笔的钱，是区民们交的税金。如果区民们知道你这么浪费钱的话，一定会有意见的。这件事已经决定了，没有商量的余地了。我跟系长也谈过了，系长也认可了。"

我心想她真会上纲上线。我对她说了一声"哦"。

她去前边抱来一摞子申告书，放在我眼前的桌子上。她对我说："相当长的一段时间内，你的工作就是输入这些资料。"

我咽了一口唾液。四周非常静寂，所以咽唾液的声音听起来很大，冲击着耳鼓。从某种意义上来说，无论我做哪一样工作，结果都是一样的。她绝对不放过任何一个见证我出错的机会。她让我显得像一个大傻瓜。我对她的敬重早在她破口大骂的时候就烟消云散了。我只是畏惧现在的情形：为了工作，不得不彼此往来，却又相互憎恨。老实说，有时候我觉得混乱并且崩溃。比如我老是琢磨日本人会怎么看我们。户籍住民课就我跟她两个中国人，我觉得日本人可能把我们俩看成了所有的中国人。再说一遍，一想到我跟她被看成是所有的中国人，我就很崩溃。

我经常陪雄大一起看动漫。动漫里有一种人，因为在身心两方面拥有金属般坚硬的盔甲，所以受再大的伤，都会在一夜之间自动愈合。有时候我会想,我要是《妖精的尾巴》里的纳兹·多拉格尼尔就好了。如果有人对我进行火系攻击的话,我将使用古代魔法灭龙进行还击。不要说伤害不到我了,连伤害我的对手都会被我直接吸收。但这种想象挺蠢的,毫无现实意义。反正,人有时候需要自我安慰一下。好多人喜欢读书看电影,也许就是为了自我安慰吧。

进入工作状态之前,我做了一下深呼吸。刘燕燕突然朝我大吼了一句:"你叹什么气呀?要叹气的是我们才对。想想看,你给我们添了多少麻烦。"

她不说"我",说"我们"。我对语言很敏感,一字之差隐喻出她心底的恶意。她吼完了,什么事都没有似的去干活了。

我感到一种冲动。但慢慢我发现她庞然大物般地占据了我。她在我的身边,在我的脑子里,在我的心里,在我的喘息里。她挤压着我,令我喘不上气。这是一种灰溜溜的感觉。我对她毫无招架之力。这是真的,我突然想触摸一下她的身体,看看她是否跟我一样,也是肉长的。有几分钟我什么都不想干,因为我迷迷糊糊的。这种状态最容易出错。我想回家,但不现实。我离她相当近,就几步远。她的脸庞跟她的躯体一样尖瘦,头发从左侧分开,分开的地方有新长出来的白发。我始终盯着她。我是下意识的。她突然问我为什么老盯着她看。我回过神来,想了想后告诉她想换个位置。

她的眼球左右转动了一下,生硬地对我说:"随你的便。"

我去了排在最后的那张桌子。这一招我以前怎么没有想到呢？我跟她的距离远了。所有的人都背对着我了。没有人能看到我了。我本来想找一个地方休息一下，但意外的是，我突然觉得很孤单。不是孤独，是孤单，好像站在高台上的肉体，看游离出去的一缕魂。

偶尔有电话打来，刘燕燕和坂本会去接电话。客人来了，刘燕燕和坂本会去接客。她们的声音和脚步声在我的心里激起回音。她们走到哪里，我的心依旧会跟到哪里。无论我如何努力都无济于事。我死死地抓住那一缕魂，随着它晃动，心想它能带我离开这么痛苦的地方就好了。

中午，刘燕燕去休息的时候，坂本拿来一摞子信封和刻着役所地址的印章，要我帮忙把印章盖在信封上。坂本跟我一起做这件事。她身上的香水味特别浓，一阵阵地刺激我的胃。我简直不敢喘气。役所规定职员不许使用香水，不许穿大红大绿那种原色的衣服。她没有认真对待。可能是惧怕刘燕燕，平时她不太敢跟我说话。我明白她是有话要跟我说。"你比在福祉课的时候衰弱很多。"怕我不明白，她补充说，"我是指工作方面。"

我本来以为她是理解我的，比如刘燕燕那么仇恨我，我总是处在一种非常糟糕的状态里，越是全力以赴，越是容易出错。结果我总是精疲力竭，而这种恶性循环永远持续下去。其实，最令我痛苦的是，刘燕燕对我的攻击，已经到了人格和人身方面。日本汉字跟中国汉字的区别十分微妙。"黑"字用日语写是"黒"，上面是"里"。"别"字用日语写是"別"，下面的"力"不出头。看起来相似，但是不同。我有时会不小心，随手将日本汉字写成中国汉字，刘燕燕就说我，连小学生都会写的这么简单的汉字也出错，真的是笨蛋。有一次，刘燕燕突然小声地对我说："你是不是患有老年痴呆症，最好去医院检查一下。"

最令我感到痛心的是，坂本说我"衰弱"并没有说错，但我还是希望得到她的理解："我知道不应该说这样的事，但说出来对理解我非常重要。就我所知，来记录系的几个人都是同样的结局，还没等学会新的工作，已经被人为的环境糟蹋病了。"说完后我真想抽自己的嘴巴，因为我突然想起了山崎和坂本之间的事。虽然我并没有说错什么话，但说话的对象是坂本，所以跟说错了话是没有区别的。坂本没说什么，也没什么表示。我机械般地往信封上盖戳。过了一会儿，我小声地说："对不起。"她装着没听见。我接着对她说："为了那个丢失的笔头，我连画地籍图的工作都被罢免了。"

"你真觉得役所会在乎一个笔头吗？"

我有气无力地说："役所当然不会在乎一个笔头。"

"也不全是刘燕燕的错。"

"我承认。但是她做的好多事情都很过分。"

"说公道话，第一天你被她指出打错字的时候，应该马上道歉才对。"

"我想道歉的，但刚好客人来窗口办事，她去接客了。没想到途中她到复印机那里复印，突然间破口大骂。也就是说，我还没有来得及道歉，事情已经变得不可收拾了。话说回来，即使我没有道歉，她也不该当着大家的面破口大骂。我觉得她是有意针对我。"

"就算她是针对你，也不能成为你衰弱的理由啊。"

她说她刚到记录系的时候，因为出错，也被刘燕燕骂得很惨。但是她每天睡觉前会把刘燕燕骂她的话，一遍又一遍地在脑子里过，反思自己错在哪里，从此绝对不在同一个地方出错。她对我说："你觉得你有退路，大不了回窗口服务系。我一来就被分派在记录系。我可不想因为没有工作能力而被移动到其他的部署。"

我觉得她很了不起，有着钢铁般的意志。我跟她真的有天壤之别。我从来不会惹是生非，却总是将身边的事情搞得乱七八糟。同样是被刘燕燕骂，我不过是想着如何把刘燕燕从脑子里和心里赶出去。但结果很糟糕，我越想赶走她，越是神魂颠倒。越想不出错，越是破绽百出。我这种类型的人，大概就是所谓"人化了的环境中的牺牲品"。我说我没有办法学她，也没有信心像她那样保证自己不出错。我没有战斗精神，也没有战斗力。我想说我心里纠结得很厉害，但是却没有说出口。

她对我说："真糟糕。如果你想离开记录系，或者你想辞职的话，我想我不会劝你留下来。"

她的话也属自然，但我感到一丝失意。停了一会儿，她说想问我一个问题。为什么我早上来上班的时候，不跟大家问好。我说我想问好，但不知为什么，就是说不出口，也许是心式忒得太厉害了。其实,最近我已经感到身体正在发生着某种变化,会经常想起山崎患的所谓"恐慌症障碍"。但是我不想再一次刺激坂本,只说了一句:"我好像病了。"

坂本说:"你太在乎刘燕燕了。"

我说:"是的,我真的非常在乎她。虽然她归她我归我,但这么大的部署里,就我跟她两个中国人。我不想当着日本人的面闹得你死我活的。这种事让我觉得悲哀和羞耻。我们中国有一句话是退一步海阔天空。我的存在已经跟影子差不多了,但她还是不肯收敛。"

坂本问我是否后悔跟刘燕燕闹翻脸了。我说不如说我觉得闹心,觉得烦。她让我想开点儿,并嘱咐我:"最起码早上要跟大家问好。如果连问好都没有的话,恐怕真的没有一个人想理解你了。"

在日本,早上相互问候,除了寒暄之意,还包含赞扬和感激对方的勤劳刻苦之情。稍微说一点儿题外话。在窗口服务系工作的时候,好心情是从早上的问候开始的。相互问候之后,话题肯定是天气。从理论上来解释的话,日本人崇尚自然,讲究顺从并感恩于自然,也就是所谓的"天人合一"。由寒暄到天气,不知不觉中大家就拥有了共同的话题。在共感中一起工作,关系自然变得亲密而温馨。

所以坂本让我跟大家问候,我就很感激她,甚至想中午跟她一起吃顿饭了。幸亏她及时地提醒我:"虽然我也想找个时间,像在福祉课的时候那样一起吃顿饭,好好地说说话,但你知道的,刘燕燕不可能安排我们俩在同一个时间午休的。"

她看了一眼手表。我知道刘燕燕快回来了。

快下班的时候,刘燕燕要我去一下会议室。我以为移动到窗口服务系的事有了新的进展,很兴奋。但进了会议室后,看见的却是一个陌生的男人。男人坐在靠墙边的椅子上,神情非常严肃。按照他的示意,我坐到他的对面。他开始做自我介绍。原来是人事部的部长斋藤。我吓了一跳。

役所里职位最高的是区长,再往下是部长,再往下是课长,再往下是系长。系长是最出力不讨好的差事,连工资都跟普通的职员没什么区别。

斋藤部长说他正在调查一件事,希望我可以合作。我不安地说好。他说事情与户籍住民课的滨田课长有关。我点了点头。他一脸小心地对我说:"有人检举滨田课长对女性有痴汉行为。不过呢,我们不能听一面之词。这就是你被叫来谈话的原因。不是只跟你一个人谈话,课里所有的女职员都会被叫到这里谈话。"我又点了一下头。于是他问我:"你在户籍住民课工作的期间里,有没有受过来自滨田课长的性方面的骚扰?"我说从来没有。他在笔记本上把我的话记录下来。他又问我:"你有没有看见过滨田课长在性的方面骚扰过哪个女性职员?"我回答说没有。他再一次把我的话记录在笔记本上。他接着问我:"你觉得这种事有可能发生吗?"我说绝对不可能发生这种事。他问我为什么说得这么绝对。我对他说:"户籍住民课就这么大块地方,有墙有门的就只有这个会议室。"

他说他明白我的意思了。然后他谢了我的合作，就让我回记录系工作了。我出门的时候，他让我顺便通知坂本到会议室。坂本也是去了一下就回来了。我听见她对刘燕燕说："问了我好几个问题。我每次只回答'没有'两个字。"

十三

刘燕燕曾经交代我,关于那些打印出来的资料,不要一份一份地去印刷机那里取,太浪费时间。她让我攒到最后,取一次就行了。跟斋藤部长谈完话,因为是顺便,我就取了打印好的一摞资料,结果在整理时发现少了一份。役所有一个规定:凡是跟个人情报有关的印刷物,即使是一张纸,如果丢失的话,一直到找到为止,整个系的职员都不能回家。

印刷机是公用的,所以我想那张纸也许夹在某个人的印刷物里。汇报给刘燕燕和坂本,刘燕燕不说话,坂本让我拜托其他的职员看看有没有混在自己的资料里。每个人都说没有。窗口服务系那边虽然也有印刷机,但偶尔也会有人使用这边的印刷机,所以我去窗口服务系,拜托那里的职员们也找找看。结果还是没有人找到。

丸山负责校对审查,跟坂本很要好。他看着坂本说:"我在役所工作了十多年,还是第一次发生这种事。"

坂本将事情汇报给系长,系长命令把那些还没有投寄出去的信封都拆开,看看是否混在信里面。结果也还是没有找到。能想到的地方只剩下资料架了。所有职员处理过的当日的资料,都统一保管在资料架里。我去资料架的时候,看见坂本和丸山已经先我在那里寻找了。我过去的时候,两个人正低着头,没有注意到我。

我听见丸山说:"又是那个家伙惹的麻烦。"

坂本说:"就是啊,又是那个家伙惹的麻烦。"

我的心猛地沉下去。可能坂本感觉到身后有人,回头发现了我,偷偷用胳膊肘碰了一下丸山的后背。丸山看坂本时,眼睛与我的眼睛相对,但他平静地告诉我:"这里我们已经找过了,也没有。"

我知道他们俩口口声声说的"那个家伙"指的是我。虽然我觉得有点儿伤心,还是说了声:"谢谢。"使我烦恼的是,虽然不是我搞丢了那份资料,但那份资料是我打印的。马上就是下班的时间了,但所有的职员却不能回家。

事情被汇报给滨田课长。他特地来记录系。我把事情的经过从头到尾说了一遍,一边说一边想他是否知道人事部正在调查他。说真的,赶这种时候给他添麻烦,我觉得挺抱歉的。他问我是否有可能没有打印过这份资料。我告诉他已经查过电脑记录了,印刷时间是十六点三十七分。他又问我是否不小心把那份资料当废纸切碎了。我说不可能,因为我从印刷机取回的资料中根本不存在少的那份资料。

后来,关于这件事,再加上几个细节,被传得满城风雨。有一个跟我要好的朋友骂我蠢。我问蠢在什么地方。朋友说:"你真以为那么大的役所,从来都没有丢过一张纸吗?这么点小事,换个人的话,再印刷一份就完了。你不说,永远都没有人知道的。"

千叶小姐的工作其实就是给系长做秘书。我喜欢她是因为她非常安静。没想到这时候打破一片沉默的竟然是她。她看着课长说:"那份资料应该没有打印出来。"课长问理由,她说在整理自己的资料时,也少了一份,马上去印刷机那里寻找,原来是印刷纸用光了。她强调说:"因为我发现得比较早,及时补充了印刷纸。"

印刷机由电脑控制。如果她补充了印刷纸,我的那份资料也应该印刷出来。但是我没有说话。我无法解释自己心头的困惑。这只是一种感觉,说不清道不明。再说我也想尽快有一个答案。课长松了一口气,断定资料的丢失不是人为的,是印刷纸没有及时补充造成的。

我也松了一口气,总算可以按时下班了。但是我总也抹不掉心头的困惑。我老是会把今天的事跟笔头联系起来。两件事发生的时间真是挨得太近了。我模模糊糊地觉得刘燕燕是凶手。她演得干净利落。但这样想的时候,我又觉得自己的心地不干净,像一个小人。到记录系后,我的身体经常起鸡皮疙瘩,凉飕飕的。鸡皮疙瘩退了又起,起了再退。这个过程持续了很久,好像一次马拉松长跑。鸡皮疙瘩退了后,我忽然意识到,虽然所有人找得翻天覆地,但刘燕燕从头到尾没说一句话。

可以说我是乘人之危吧。我有一种感觉,就是眼下的课长比较软弱，向他提出的任何要求他都会同意。满怀渴望地去课长那里的时候，我不得不穿过客人使用的中央大厅。即便是这样，我还是没有料到那么多人看我。记录系的职员看我。窗口服务系的职员也看我。平时根本没有这么多人关注我。我觉得自己穿越了一个新的世界，现实被留在我的身后。这情景好像我当年乘飞机来日本，把中国留在身后似的。我已经坐在飞机上了。我非这样做不可了。

课长让我坐在他对面的椅子上。我坐下来。他对我说："已经知道是机器的故障了。你可以不用在意了。"

我说："我想回窗口服务系。"

他问为什么。然后他自己回答说："还是跟那两个人合不来吗？"

我点了一下头："主要是事情太多了。一言难尽。就一个要求，我要回窗口服务系。"

他的样子跟平常一样和善，只是今天看起来有点儿忧郁。他对我说："你知道，调令刚下来没有几天。下调令的是人事部。我不能让人事部马上撤回调令。"

听到"人事部"三个字，我又觉得对不起他了，不由得说了句："对不起。"他以为我妥协了，嘱咐我再忍耐一段时间，时机到了就解决这件事。

好不容易有这样的机会，好不容易才鼓起这么大的勇气，我不想就这么不了了之。但我找不到合适的话，于是小狗似的，一声不响地坐在他的对面，一刻不移地盯着他的眼睛。他对我说:"还有什么事吗?"我摇了摇头。他说:"我说过已经知道了你的愿望,会记着你的事,会找机会把你调回窗口服务系。"

我问他:"大致我要等到什么时候?"

他说最早也要等到明年的四月。四月是日本的新年度,役所从上到下有一场人事上的大调动。

我还是不说话。于是他问我是不是觉得不满意。我说:"不是。"然后我用手指着胸口说:"我等不起了。我的心每天都忒忒,上去下来,很难受,严重的时候简直喘不上气。我可能生病了。"

他上下看了我几眼,说他解决不了我心忒忒的问题。他说:"这是产业医生的工作。我不会治病。你应该去十楼找产业医生。"

没想到他真的会这么回答。山崎以前告诉过我,她找课长谈话,课长让她去找产业医生。于是我对他说:"以前您也让山崎去找产业医生。但是产业医生不过提示了几点养生的方法。"

他问我:"山崎好点儿了吗?"

我说:"不知道算不算好一点儿了。山崎不来役所就不会发症。但是她至今还不敢走近役所。"

我意识到话里以及语调上都有埋怨他的情绪。

他解释说:"那个时候,我已经决定了调山崎到窗口服务系,但是她自己拒绝去,后来干脆不来役所上班了。"

原来他对自己的部署和部下根本就不理解。说起来，山崎不上班是另外一种形式上的自杀。有时候，人太痛苦了会觉得不如死掉的好。如果不是我亲身经历过，我也无法想象山崎天天被欺负的那种感觉。这时候，我觉得有什么东西激怒了我。

我问他是否知道山崎为什么不来役所上班了。

他说："是因为生病。"

我无法接受他的回答："山崎为什么生病了？"我的呼吸变得急促起来。

他说："我也想帮助她。但是我征询过很多人的意见。没有办法。因为很多人对山崎的看法都比较冷。"

问题就在这里。冷眼看弱者差不多是人的一种通病。有时候我想，会有人为自己的视觉负责任吗？一个人的视觉跟一只鸟的眼光差不多，但很多人的视觉倾向跟无形的水似的，会载人也会淹死人。前几天读太宰治的《斜阳》，里面有一段话："不过，真正让我觉得痛苦的并不是这些事，我清楚地预感自己的生命在这样的日常中，宛如没有落下来之前便已经腐烂在树枝上的芭蕉叶。而腐烂的我也这样站着，这使我惊恐万分。我受不了啦！我要从现实生活中逃脱出去。"

我说："所以您跟系长得出了那个结论，就是刘燕燕和坂本太优秀了，以致跟她们一起工作的人，因为无法跟她们看齐，力不从心，从而产生了心理问题。换句话说，不得不离开记录系的人，是因为他们自身有劣等感，他们的病是自身的劣等感导致的。真是太荒唐了。"

我说话的时候,他一直朝前倾着身体。我住嘴的时候,他看上去有点儿紧张。他让我跟他说说我工作的情形。我早就希望他了解一下的,于是讲了笔头的事和至今为止我除了电脑输入还什么工作都没有做过。他的声音变了,问系长有没有出面干涉。我说:"没有。"因为想知道他的看法,我接着说:"丢失笔头的事发生了没几天,今天又丢了一份资料。两次事关重大的丢失,这么巧都发生在我身上。我不否认偶然性,但是觉得非常害怕。"他下意识地点着头。

我很客气地问:"记录系在一年之内走了四个人,作为课长,您不觉得这种状况是不正常的吗?"

他想都没想地说:"不正常。"忽然,他放低了声音对我说,"你刚被移动过,很难再移动。但是,如果把刘燕燕和坂本两个人分开的话,也许比较容易。你觉得分开她俩会不会比较合适?"

我有点儿混乱了,分开刘燕燕和坂本是当然。山崎辞职后,背后有人说过同样的话。但我模模糊糊地觉得这个选择对我来说并不是最有利的。很明显,如果在刘燕燕和坂本之间选择一个人的话,坂本被调离的可能性甚大。那么剩下的就是我跟刘燕燕。说到底,这是课长试图解决问题时思维上的漏洞。我跟刘燕燕的关系明摆着是你死我活。至于另外一种可能性,我觉得刘燕燕不可能被移动,根本不可能被移动。所以我不说话。

他又问了一遍:"你觉得怎么样?"

我耸了耸肩膀，说我不想回答这个问题。说真的，我不可能直截了当地对他说"那么就把刘燕燕调走吧"，或者说"把高桥系长也调走吧"。他问我不回答是不是因为不信任他。我说我不信任的不是他而是系长。因为山崎跟他的谈话，通过系长被传到了坂本和刘燕燕的耳朵里。山崎的问题没有得到解决，是是非非却闹得满城风雨。我感叹地说："有时候，高桥的所作所为很难让我相信他是一系之长。"

他低下头，沉默了一会儿，然后抬起头对我说："好吧，我会尽快把你移动到窗口服务系，但我真的不能具体说是哪一天。"

我真的觉得应该被调走的人是高桥系长。从山崎跟坂本闹分歧，到山崎生病，到山崎辞职，到我被移动到记录系，整个过程只用了三个月，简单得跟一个人转了一下身体似的。他将一切工作托付给刘燕燕，因为是这样的原因，刘燕燕间接地拥有了他所行使的权力。记录系是刘燕燕的一块袖珍版帝国。不过，这只是我的一个想法而已，听起来也似乎荒唐。有时候，我会忘记了自己身受折磨，觉得刘燕燕非常伟大。一个中国出身的女人，可以控制日本区役所里的一个系，并且没有人会追究这是因为什么。这么想的时候，我又差一点儿要赞美刘燕燕了。

回家前，我先去了贝尔蒙特公园。公园黑乎乎的。站在石拱桥上，我看到鸭宝宝睡在小不点儿身边。小不点儿的旁边睡着鸭爸爸。公园里只剩下几对谈恋爱的男女。没有风，感觉上非常静寂。一只黑色的猫坐在塘边盯着池塘里的鱼。不久它喝了一口池塘里的水，悠悠地摇着尾巴去了对面的草丛。我又看了一会儿斑嘴鸭。有个女人走过来跟我打招呼，我只知道她在一家旅馆做服务员，总是天黑了才下班。我想我该回家了。

　　虽然今天很糟糕，但也说不上糟糕透顶。明天又是星期六了，我的心里有一丝奇妙的快感。

十四

一群人聚在池塘的栏杆附近,一个老头正往池塘里抛石头,石头落在鸭爸爸的身边。为了不弄错,我问老头在干什么。他说他要杀了那只公鸭,因为它老是缠着小不点儿不放,所以鸭宝宝们都饿死累死了。

小不点儿在木樽的附近,身后跟着一只鸭宝宝。另有一只鸭宝宝左往右往地捕捉水面上的虫子。我知道被青山带回家的两只鸭宝宝有一只活下来了。还没有来得及高兴,老头手里拿着一块石头回来了。他走近池塘,做出往池塘投石头的姿势。我叫他住手。他问为什么。我说那些鸭宝宝的死跟这只公鸭无关。他说我没有看见鸭宝宝死亡的经过,怎么能够断定与公鸭无关呢。我说我正是亲眼目睹了鸭宝宝死亡的经过。他看上去有点儿急,结结巴巴地说:"你亲眼看见又怎么样呢?归根到底,鸭宝宝们死亡的原因就在这只公鸭身上。是它死缠着小不点儿不放,把小不点儿从池塘赶到草坪,又从草坪赶到池塘。鸭宝宝们一直跟着小不点儿,当然没有时间吃饭,也没有时间休息。如果不杀了这只公鸭,剩下的两只鸭宝宝也会死。"

我的心中涌过一阵苦楚。真叫不幸,实际上老头说的话,是以前我跟大出说过的话。可能我说这话的时候被其他的什么人听见了。但想不到人们以讹传讹，发展到现在，老头愤怒到要杀了公鸭。我做了一个动作，但是连我自己都不知道表示的是什么。我瞅着老头，老头瞪着我，并不放下手里的石头。我觉得不自在，还恨自己，后悔当初不该当着人的面说这种话。从某种意义上说，老头的行为是由我造成的。我接近于求他："这些斑嘴鸭是野生鸟类。自然界发生的事，我们人类最好不要插手。"

我没有责备老头的意思，只想劝他住手，但是他根本不看我，把刚捡来的石头用力朝池塘扔过去，差一点砸在公鸭的头上。我皱着眉头，难以置信地看着他。死了十一只鸭宝宝，我理解一些人的情绪会比较高涨，但旁边有那么多人在看，一定会有什么人出面阻止。我想我一个外国人尽可能不出面为好。我等了一会儿，但没有人出面。我期待老头扔完了石头就消了气，但他看了我一眼，又去树下捡石头了。

我只好出面了。老头拿着石头回来，刚刚举起手，我扯着嗓子大叫了一声："住手。"我从未如此确信，我在愤怒的时候也是强大的。我站到他的对面。

他一边儿绕开我一边对我说："你可以不看。你也可以装着没看见。"

我感到血液都冲到脑子里，冲着他吼道："但是我已经看见了，现在正在看。"

他偏不听我的劝阻，还是将石头投到了池塘。公鸭明显被吓着了，惊恐地四处张望。这一次是我惹到老头了，所以他故意挑了一块很大的石头，似乎要跟我作对到底。"该死的老家伙！"我在心里恶狠狠地咒骂着，一步跨到他前面，一个字一个字地说："请你放下手里的石头。"

两个人面对面地看着对方。老头背后的天空很蓝，阳光泛着橙黄色的光，天气真好。僵持了一会儿，他把石头摔到脚下说："你为什么不走开呢？你不看就好了嘛。告诉你吧，并不是我要杀死这只公鸭，是公园管理处的人让我杀的。"

我说我这就去问问管理处。我开始往石拱桥那边走。我知道，凭我一个人的力量无法阻止他的暴行。途中我突然返回，再次走到他的身边说："我现在就去跟管理处确认这件事。如果你撒了谎，我就打110报警。斑嘴鸭是野生动物，你用石头砸斑嘴鸭，等于触犯了野生动物虐待法。警察会来抓你。结局你想过了吗？要么进监狱，要么遭受罚款。"

老头怔愣了一下没有回话。我相信那只公鸭暂时不会出事了。

从公园管理处回来，老头已经不在了。我问站在身边的短发女人："人呢？"她说刚走。我知道老头是被我的话吓跑的。刚才还在喊喊喳喳的人群，突然静下来。我看得清清楚楚，所有的人都在看我。我有了一种刚喝完酒的感觉，很冲动："如果不是我刚好到公园来的话，公鸭可能已经被杀死了。你们一大群人，为什么没有一个人出面制止老头呢？结果要我这个外国人出面。"这个声音明明是我自己的，我却觉得是回荡在体内的他人的声音。

距我最近的短发女人看着我说:"你这个人怎么这个样子啊?又不是我要杀死那只公鸭的,你冲着我发火干什么啊?"

我对她说:"我不是冲着你发火。刚好你站在我身边。是误会。"

她将瞪着我的眼睛转向人群,顺着她的视线,我看到了两个矮个子的女人。我认识她们。她们总是同时出现在公园,双胞胎一样。她们来到我身边。其中的一个女人告诉我,虽然她也知道老头朝公鸭扔石头的行为不对,但却不敢出面制止。因为她害怕老头会冲着自己来。她对我说:"现在这世道,人是最可怕的。只有人才会什么样的事情都干得出来。"

另外的女人对我说:"你真伟大。没有几个人有你这样的勇气。我们都没有。就凭这一点,足够证明你对斑嘴鸭的爱是真的。"

我苦笑,发现她们并不理解我的行为。即便不是斑嘴鸭,哪怕是猫狗,如果发生了同样的事件,我也一样会出面阻止。我不是想说我有多伟大。我这个人一向只对动物动感情,人死了我几乎不会流泪,动物死了我会崩溃好几个小时。可能我的前世是动物吧。

两个矮个子女人其实是吉泽的熟人。她们三个人几乎天天去老年馆。后来吉泽告诉我,那个短发女人叫西川,也是老年馆的会员。有一点我觉得奇怪。今天我竟然当众提示自己是外国人。这样的行为不像平时的我。这么说吧,我分明在纠结一些我自己也说不清的什么东西。

过了好久，铃木才从公园管理处的大门口出现。人群已经散了。扔石头的老头的朋友们坐在池塘边的椅子上聊天。铃木走过去，对那几个老头大声地说："希望大家以后不要往池塘里扔石头。斑嘴鸭是野生动物。不能杀野生动物，只能保护。"

他转个身就回管理处了。跟着是管理处的处长来了。几个老头从椅子上站起来围住处长。我听不见他们在说什么。过了一会儿，处长来到我身边，请我放心，因为他已经"严厉地警告过老头们"了，以后再也不会发生同样的事了。我谢了他。于是他很和气地问我："还有什么问题吗？"

我说那个扔石头的人没有听到他的警告，因为他已经离开公园了。他说今天没听到警告没关系，反正那个老头天天来公园，明天见了面，再警告他一次。我又一次谢了他。他去草丛那边转了一圈，跟一个退休的中学老师聊了一会儿。之后他又一次到我身边说："刚才跟小幡老师聊起扔石头的事，老师说那个老头要杀公鸭也是出于一种善意，就是希望剩下的两只鸭宝宝不死。"

我说："我当然知道他是出于善意。但善意跟暴行是两码事啊。"我说的是真的。一下子死了那么多鲜活的鸭宝宝，目睹生，目睹死，人多少要找出一些理由才能接受死。我解释说："我说打110，其实不过是吓唬吓唬他，让他住手罢了。"

天空已经转变为深灰色，一如我的心情。想不到处长对我说："也还是要感谢你。如果你不制止老头扔石头，而是直接打电话给110报警的话，现在他已经在警察局了。即使他不用坐监，也会被罚掉一大笔钱。他可是靠养老金生活的。从这个意义上说，你帮助了他。此外，公园里发生了什么事情的话，责任都在公园管理处。对我们管理处来说，也避免了一件相当麻烦的事。"

被人家感谢的感觉还真不坏，我的心情变得明朗起来。我想起从昨天开始在意的一件事，对处长说："公园里的草坪好像修整过了，草籽都被割掉了。说真的，鸭宝宝还没有去中心岛吃鸭粮，能吃的东西，除了水面上的几个虫子，剩下的就只有那些草籽了。我以为，至少池塘和栏杆之间的杂草应该给鸭宝宝留下来的。现在鸭宝宝吃什么呢？"

他马上跟我道歉："啊，是我不好。因为我没有想到这一点，所以没有指示割草的人将池塘和栏杆间的草籽保留下来。真的很抱歉。"

轮到我不好意思了。我有什么权利对公园管理处指手画脚的呢。不过我就是这样的一种人。我从来没有什么坚定的立场，只会浪费感情。感觉大于思考。老是在同样的地方打转转。一件微小的起端会改变对整个事物的看法。一言以蔽之，事情一涉及动物，我马上就迷迷糊糊的了。

他要回管理处的时候，我叫住他："处长是一个了不起的人。"看到他不解的样子，我解释说，"管理一个公园，如果只是拔拔草，收拾一下垃圾的话，谁都干得了。关键是出了问题的时候如何应对。应对得好坏，可以看出一个领导人的手腕高低。"我觉得很痛苦。因为有一种更加强烈的绝望感支配了我。归根结底,人的目光所及的地方,跟理性毫无关系,基本上是自己所站的那个立场。我有了一种突然清醒的感觉。处长歪着头看我,还是没有理解我说的到底是什么。我说:"自从斑嘴鸭来公园,人们说三道四,各指所见。比如不应该给野生动物提供食物啦,再比如我刚才说到的草籽的事情啦。面对一大堆意见,我从来没有看见您流露过一丝不快。能做到这一点不容易的。我是说,没有胸怀的人是做不到的。"

他对我说谢谢。过了一会儿,他说我:"你也了不起,因为你看事情的角度,跟绝大多数的人不同。不知道是否跟你不是日本人有关。"

我笑了。他说为了给客人们提供最好的环境,他愿意倾听大家的意见。正如他自己所说,公园有很多地方可以看出管理处所做的努力。比如池塘的栏杆上装了好几个牌子:"不要喂池塘里的鱼""不要捡死鸟的尸体""不要擅自到池塘里"。最令我感动的是直接写在石拱桥铁栏杆的那排字:"夏天温度高的时候,铁栏杆灼热。小心烫手。"字是黄颜色的,非常显眼。

这时候我重新审视处长。他长得并不帅,身体不修长,头发黑了一半,单眼皮,咖啡色的眼球,细长的眼睛却是我喜欢的。他观察了一阵公鸭,突然对我说:"我就是觉得这只公鸭不是鸭爸爸。可能是这个时期爱上了小不点儿的另外的公鸭。"

到底是不是鸭爸爸,最终也不可能有人搞得清楚。但我觉得他对公鸭的想象绝对是属于男人的。我笑着问他:"是您的经验让您这样想的吗?"他笑着否定:"哪里哪里。"我说我希望公鸭是鸭爸爸。他大声地笑起来。

十五

我跟大出站在石拱桥上。她看着池塘说:"你看这只鸭宝宝,一直独来独往的,真的是规则外。小不点儿也随它的便,真是不可思议。"

我曾经希望这只鸭宝宝寸步不离地跟着小不点儿,但现在不这么想了。鸭宝宝之所以能够活下来,我想正是因为它打破了习性和规则。它一直盯着水面上的昆虫,从头到尾只干一件事,就是吃、吃、吃。虽然吃乃是生命本体的求生本能,但对这只鸭宝宝来说,似乎又有点儿不同。我只是觉得它一定能够活下来。我能感觉到它一定会活下来。

远远地我看见五十岚走进公园的大门。"嗨,五十岚。"我挥动着手臂。五十岚疾步跑过来,说她早上路过公园的时候,只看到小不点儿和一只鸭宝宝,整整担心了一天。我说只剩下两只鸭宝宝了。她问为什么。我把排水沟、低体温症、青山等事情一一说给她听。她说:"但是一共有十三只鸭宝宝啊。死了五只,活下来两只,另外的六只鸭宝宝呢?"

我说:"消失了。"

她问我:"怎么消失的?"

我说："很奇怪，就那么消失了，无影无踪。"

大出说："我觉得那六只鸭宝宝在连接池塘和排水口的管道里。可惜没有办法查看。"

我们都不说话了。过了一会儿，五十岚说没想到今年的斑嘴鸭会是这样的结局，可以说是"斑嘴鸭悲剧"。她说得对。去年小不点儿的妈妈生了十只鸭宝宝。虽然被乌鸦抓走了两只，小不点儿也被自行车撞伤了腿，瘸了几天，比其他的兄弟姐妹成长得慢了两个星期，但正因为有了这个意外，反而让我们看到了兄弟姐妹间的深情长谊。我们都以为那就是斑嘴鸭家族应有的样子。还认为今年的小不点儿家族也应该是那个样子。去年的这个时候，池塘里池塘外都特别热闹。此时此刻的公园看起来特别寂寞。

大出说："自从鸭宝宝成批地死去，以及六只鸭宝宝莫名其妙的失踪，可能大家觉得压抑吧，来看鸭宝宝的人突然少了很多。"

五十岚说鸭宝宝很容易因低体温症而丧命，一旦症状出现了，马上要取暖，最好是放在电灯泡的下面烤。昨天一下子死了那么多，肯定是暖取得不够。我说事情发生得太突然了，没有思想准备，也没有经验。这时候，我看了一眼被青山救活的那只鸭宝宝。不过真的是很意外，我看到它正在摇头摇身子。我不由得尖叫了一声。大出和五十岚几乎同声问我怎么了。我让她俩看那只鸭宝宝。大出问鸭宝宝那是在干什么。我就说："昨天死去的那几只鸭宝宝，一开始就是这么摇头摇脑袋的。就是低体温症啊。"

好在我们站的地方离公园的管理处很近,五十岚的行动比我跟大出快,处长很快被她叫来,鸭宝宝很快被处长用蜻蜓捕捉网打捞上来。

因为昨天有过相同的经验,我大显身手,从口袋里取出手帕将鸭宝宝包起来,然后把包着鸭宝宝的手帕装在怀里,专心致志地用我的体温给鸭宝宝取暖。处长看着我做这些事,摇了摇头说这只鸭宝宝可能也"够呛"了。他没说"死"这个字,但我能感到他的绝望。日本有"言灵"一词,指语言本身有威力,有内在的神灵。所以他这样说使我觉得不吉利。我对他说:"够呛也得试一试啊。总不能眼睁睁地看着它死啊。"

他说我说得对,还问我需要什么帮助。我想不到他能帮我什么。他就回管理处了。过了没有几分钟,我看见他背着肩包下班了。说真的我很意外,我以为他会等鸭宝宝的事情有了结果再回家呢。

我揣着鸭宝宝在管理处的附近走来走去,胸口一点点儿凉起来,感觉怀里抱着的是一小块石头。有两个女人过来问我:"又不行了吗?"

这时候我正使劲儿控制着不让泪水流下来,没有办法回话。大出帮我把发生的事情说了一遍。其中的一个女人从脖子上取下丝巾递给我说:"这个比手帕保暖。"

我说丝巾给鸭宝宝用了,人就没法再使用了。她说丝巾不用还。我谢了她,将丝巾裹在手帕上。

三个人都知道，除非鸭宝宝活过来了，或者鸭宝宝死了，否则谁都不好意思先告辞。慢慢地我开始感到焦虑。五十岚若有所思地说："如果昨天我也在场的话，我会带着鸭宝宝去医院。"大出看我，我跟她交换了一下眼神，但是我们都没有说话。五十岚突然对我们俩说："我们带这只鸭宝宝去医院好吗？"

我说好，然后我看大出。她沉默了一会儿，低声地说："如果每个人承担的费用不超过两千的话，我也同意去医院。"

事情总算有了进展。五十岚给公园附近的动物医院打电话，然后沮丧地说："太不巧了，动物医院休息。"

三个人又不知如何是好了。我的焦虑变成了双重的负担，一是鸭宝宝一直不见好；一是雄大快从学校回家了。又过了一会儿，我想无论如何都必须回家给雄大做饭。我说看起来鸭宝宝一时半会儿不知结果，不知该怎么办。大出和五十岚都不说话。我又说我很想带着鸭宝宝回家烤电灯泡，但家里有一只很大很大的猫。我还说猫是刚刚保护的流浪猫，野性尚在，对鸭宝宝来说肯定是危险的存在。大出说她家里虽然没有猫，但做人有一个原则，就是绝对不把野生动物带回家。五十岚说她家里有一只狗。三个人又沉默了。

我想给雄大打电话，让他来公园取钱，然后去二十四小时方便店买盒饭吃。但五十岚突然开口骂公园管理处的处长，说他不该在发生了问题后，毫不负责地溜掉。我也跟着骂了两句。站久了，我的两条腿累得又酸又胀。但我忍着。我想最先忍不住的人必定是带鸭宝宝回家的人。五十岚先开口了,但是她看起来很不高兴,语无伦次地说:"那么我就带鸭宝宝回家烤电吧。我家也有狗啊。真想救鸭宝宝的话,跟猫狗都没有关系。"

大出不说话,我一再向五十岚表示谢意,并觉得自己很虚伪。她说她不敢保证一定能够救活鸭宝宝。我小心翼翼地告诉她,那个裹着鸭宝宝的手帕和丝巾不用还了。她问可以当垃圾吗。我说可以扔掉的。她带走了鸭宝宝。我的心轻松起来。说真的,从一开始我就知道,最终带鸭宝宝回家的肯定是五十岚。

不过大出看起来也很累的样子。我对她说:"明天,也许只剩下一只鸭宝宝了。"

她点了点头,对我说以后会尽量减少来公园的时间。我问为什么。她说去年的斑嘴鸭家族,带给她的是感动和治愈,但今年的悲剧使她感到压抑和苦闷。她问我有没有同样的感觉。我说:"有是有,但好不容易才诞生的生命,还是想保护到底。"

她说:"你知道吗?每次我看到鸭宝宝濒临死亡,或者死亡,心情就变得糟糕透顶。不知不觉地我开始害怕来公园。"我点了点头。小不点儿的孩子们确实过于悲惨了。她带着疲倦的表情说:"说到底,斑嘴鸭是野鸟,你担心也没用。你插手也避免不了它们的死亡。这是命。但大多数人以为自己可以改变他们的命运。总之,让我坦率地说吧,我来公园不过是想得到某一种愉悦。"

我觉得很佩服她。因为她拿得起放得下。而我过于感情用事。就因为这个原因，我的生活总是乱糟糟的。已经活了几十年了，看到很多人无忧无虑地活着，而自己连所谓的稳定期都没有尝试过。不过，我也有属于我自己的生活经验：发现陷入泥潭的时候，想办法跳出来继续往前走。反正以后的时间会解决那时候的问题。打一个比喻来说，好像脚上的鞋子在走路时发出的"踢踢踏踏"的声音，我感觉到这声音，而时间在我感觉的同时不断地向前。活着就是向前走，就是从眼前的生活向前走，从身处的世界向前走。我觉得活着的每一天都像仪式。

太压抑了，我想换一个话题。我对她说了老头用石头砸鸭爸爸的事。她对我说："如果当时我在场的话，我也不会站出来阻止。"

我问为什么。她说怕那个老头也向她扔石头。我问她："那就眼睁睁地看着鸭爸爸被石头砸死吗？"她说那种情形下应该先打110报警。我想警察还没有到，鸭爸爸已经死了，于是有点儿激动地问她："难道不是救鸭爸爸在先吗？"

我还是第一次在她的脸上看见这种奇特的神情。她咬着嘴唇，歪头沉思了一阵，突然弯下腰，慢慢地从我的眼前往后退。她一边倒退着走，一边对我说："对不起，我想我该回家了。"

我无意识地说了一声再见。直到她的背影消失在公园门口，我才恍惚理解了她突然离去的真义。我觉得她再也不想见我了。我在昏暗的石拱桥上待了一会儿。风吹过的时候,我闻到了池水的臭味。我的心慌乱地忐忑着。这一刻,我觉得特别特别孤独。我累了,一些事也不愿意多想了。雄大还在等着我回家做饭。

刚吃完晚饭,突然接到了五十岚的电话。她说鸭宝宝抱回家后特别精神,满屋子乱跑,抓都抓不住。考虑到斑嘴鸭是水鸟,还考虑到野生动物在人的家里可能会产生心理负担和压抑,想把鸭宝宝还给小不点儿。我说好。但是她要我去公园为她作证,证明斑嘴鸭已经不在她家里了。关于斑嘴鸭,日本法定的狩猎时期为11月15日到2月15日三个月。之外的时间里,除了保护行动,狩猎或者擅自饲养斑嘴鸭,都属于犯法,会遭罚款等制裁。我答应为她作证。

我比五十岚先到公园。小不点儿搂着唯一的那只鸭宝宝在中心岛休息。不久她捧着一个纸盒箱来了。她要我出主意,看看在什么地方放出鸭宝宝。但是,因为纸盒箱里传出了鸭宝宝的叫声,小不点儿已经冲着我们游过来了。她小心翼翼地打开纸盒箱的盖,把箱口冲着小不点儿。鸭宝宝从纸盒箱里出来,跟迎过来的小不点儿嘴对嘴地碰了几下。小不点儿带着鸭宝宝去了中心岛。很快,两只鸭宝宝都睡在小不点儿的翅膀里了。

她说她试着掰开鸭宝宝的嘴,用滴定管滴了几滴米汤,但米汤可能没有全部灌到肚子里。最主要她不敢长时间地接触鸭宝宝,怕沾上了人气,惹小不点儿放弃育儿。

我们依着栏杆看小不点儿。晚风吹拂,我的心变得温馨。

因为吃过了饭,我们都不急着回家。五十岚跟我讲她与动物的故事。我很感动。原来她跟她儿子救过好多小动物。关于那一只受伤的鸽子,被她带回家里治疗,虽然伤治好了,但因为伤的是翅膀,鸽子已经不能飞了。她对我说:"把一只不会飞的鸽子归还自然,鸽子就成了乌鸦和流浪猫的粮食。所以呢,我一直把它养在家里,足足养了十年。"

我觉得她很伟大。小时候妈妈和老师都告诉过我,野鸟的身上有寄生虫,如果看到受伤的野鸟,最好不要直接用手去接触。她说我自我矛盾,因为小不点儿的孩子也是野鸟,我却将它们抱在怀里。她哈哈大笑。我对她说:"小不点儿的孩子跟野鸟是两码事。小不点儿是我看着长大的。鸭宝宝是我亲眼看着从蛋里孵出来的。凡事都有例外。"

她说:"我倒觉得不是例外,是你把小不点儿、鸭宝宝、冲动、爱情,全部都绑在一起,打成一个包裹了。"她说得很形象,我忍不住地笑起来。她又说:"所以我没有你想的那么伟大。我根本没想那么多。受了伤的鸽子被我碰上了。我觉得鸽子可怜,觉得不忍心,于是就出手救了它。"

这一刻,我觉得有点儿喜欢她了。不过,喜欢她是因为她对动物好。她不一定非是我要喜欢的人。她的热情超出了我的想象。她告诉我,如果小不点儿和它的孩子有什么问题的话,保证全力以赴。我被她的话感动了,不由得抱了她一下。从这时起,我们之间的关系一下子亲密起来了。日本人不太对别人展示自己的内心和隐私,但是她开始跟我谈起大出。她说她不太喜欢大出。我觉得很意外。她对我说:"像她那种人,我可是看得清清楚楚。让我给你举一个例子吧。"她告诉我,她是新干线的清扫员。她希望我可以保密,不要把她是电车清扫员的事告诉任何人。我答应了替她保密。有一次,她跟大出闲聊,听她说每天上班都要赶早上的始发车,大出做出惊诧的样子,说这么早出门的人基本上干的都是体力活。她"啧"了一声说:"换了是我,看到对方沉默的表情,会意识到自己说错了话,马上住嘴。偏偏她不会解读空气,说我很伟大,换成她的话,根本不可能有体力来公园看斑嘴鸭。她当场问我干的是什么工作。我很厌烦,说差不多就是她想象的那种活。"

我觉得,人跟人之间之所以难以维持长久的友情,根本原因在于人对他人的事情太感兴趣。五十岚跟大出的事,再一次证明了我的看法是对的。五十岚问我:"你有没有问过她是干什么工作的?"我说没有。她又滔滔不绝地说起来:"鸭宝宝大量地死了以后,她跟我说想成立一个动物保护中心,让我也参加,但是被我拒绝了。"我"哦哦"了几声。她愤愤地说:"你知道吗?她最近经常去元渊江公园,因为那里也出生了十几只鸭宝宝。听她说成活率很高,至少也活了八只。问题不在这,问题是她劝我也去元渊江公园。她说虽然远了点儿,但是比这里愉悦。这里的鸭宝宝这么惨,她却让我到别的鸭宝宝那里寻找愉悦。我有贝尔蒙特公园的鸭宝宝就足够了。这种自私自利的人,竟然要搞动物保护中心,简直就是个笑话。"最后的一句话她说得很快,好像话是从她的嘴里蹦出来的。

　　我也不理解大出为什么想成立动物保护中心。她那么讨厌青蛙和猫。我喜欢动物，对一切动物着魔。但我还是讨厌毛毛虫。毛毛虫也是动物。有谁可以告诉我，为什么蝴蝶是由毛毛虫变化出来的，而我喜欢蝴蝶却讨厌毛毛虫？有时候我的情感和信仰是背道而驰的。所以我相信大出的逃避正缘于她的悲痛。五十岚说："你认为她悲痛？她已经在算计那只公鸭跟小不点儿的孩子了。"我说小不点儿刚孵完蛋，不可能这么快来第二茬。再说小不点儿在育儿呢。她"唉"了一声说小不点儿跟去年的鸭妈妈不一样。还说有人看见小不点儿跟公鸭交配了。她带着敌意说："大出在我面前说过好几次新家族了。她只是想满足自己的欲望罢了。说实话，她不来公园更好。她要是来了，我反而觉得这两只鸭宝宝可怜呢，让可怜的鸭宝宝治愈她。啊，她想得真美。她还是不要再出现了。"

　　回家的时候，为了能多说一会儿话，我们故意穿过对面的公园，在道路上说再见。眼前一个人影都没有。路的两旁是一家家黑乎乎的院子。风很温柔。

　　第二天晚上，我在公园管理处的门前遇见了处长。他问我大出在不在。我说不知道。他说如果碰见大出的话，请帮他转告，管理处并没有介意她提的那些意见，相反很感谢她。我说："什么意见？什么感谢？我一点儿也不明白。"于是他解释说，大出一大早跑来道歉，说自己不是公园管理处的人却不知深浅地提了那么多意见，希望处长原谅她的失礼。他还说："这话我跟你也说过,凡是来公园的人,就是我们的客人。让客人高兴,满足客人的愿望,是公园管理处的工作。所以呢,请你把我的话转告给她,希望她继续给我们更多的建议。"

我半天没有说话。如果说提意见,提的最多的人是我。我也不是管理处的人。我觉得大出说的"不知深浅"同时也包括了我。我有了一种说不出来的感觉,觉得不太愉快。

昨天她突然丢下我独自离开了公园,无疑在我的心头留下了一个伤口,我本来没有注意到有伤口的,但这件事使伤口恶化,令我意识到伤口的存在。

我的心情坏透了,最近干什么都失败,到哪里都碍人家的眼。以前不是这个样子的。这时候的我心眼比较小,竟然希望处长也能够理解我。"我知道管理一个公园不容易,也知道自己没有提意见的份。"我对处长说,"但是小不点儿回来了。小不点儿的孩子出生了。以为小不点儿的孩子们会长大,但一下子就死了十一只。希望活下来的两只可以长大,但是它们连鸭粮都没有碰过。公园里有乌鸦,还有流浪猫。我的意思是,我真的很焦虑,但指手画脚可能令您不舒服。"

我说话的时候,他一直点头。他安慰我说:"你想得太多了,对于管理公园的我们来说,同样希望小不点儿的孩子可以长大。说真的,我们非常感谢小不点儿。因为小不点儿回来了,公园里的热闹比平时多了一倍。"

我怀着感激的心情看他。他看起来很真诚。今天他穿了一件金黄色的衣服,真的很好看。

十六

我处于一种很少有的状态里了。纯粹是因为担心,每天早上四点半我就会醒来,半个小时后我会跑去公园查一下鸭宝宝少了没有,我总是担心流浪猫,因为流浪猫经常在中心岛过夜。

到公园的时候,大岛正在休息处吃方便面。我问他池塘里有几只鸭宝宝。他说只有一只。这说明不了什么,因为有一只鸭宝宝是单独行动的。跑上石拱桥,我看到小不点儿和公鸭趴在浮漂上睡觉,独来独往的鸭宝宝在捉水面上的虫子。沿着池塘的栏杆找下去,在喷水附近,我看见鸭宝宝一片枯叶似的浮在水面上。

大岛来到我身边。我对他说:"死了。"他顺着我手指的方向看了一阵,然后对我说:"看到了。"我问他能不能把尸体捞上来,因为我想埋葬它。他说尸体靠近栏杆的话没问题,但尸体在喷水附近,需要蜻蜓网。我跟他去公园管理处的后面找蜻蜓网,但是没有。可能蜻蜓网是放在仓库里的。我看了看时间,到公园管理处的人来开锁,至少得等两个小时。

回到喷水附近,我看见一只乌龟在尸体旁打转。我问大岛乌龟想干什么。他结结巴巴地说:"乌龟是杂食动物,可能想吃鸭宝宝的尸体。"

我着急起来,不过除了使劲儿拍手,用声音吓跑乌龟,没有其他更好的办法。乌龟根本没有反应。我问大岛怎么办。他不说话,一脸无奈地看着乌龟。我从脚边捡了一块花生米大的石头投到乌龟附近,也一点作用不起。乌龟咬住了鸭宝宝的一只脚。我全身发热,抬起右腿试着跳过齐腰的栏杆,但没有成功。大岛对我说:"没用。"因为我不明白,他就指着乌龟说:"跳过栏杆也没有用,除非你敢下水。"他指了指我身边的一块广告牌。牌子上写着"不可擅自进入池塘"。

我感到很无奈。不知什么时候身边多了两个人,是那对每天来公园散步的中年夫妇。男的对我说:"大家都说乌鸦和流浪猫糟蹋鸭宝宝,其实最可怕的是乌龟。从看不见的水底深处咬住鸭宝宝的脚,拽下去,然后吃掉。乌龟不仅什么都能吃,还很凶猛。"

这对夫妇姓小根泽,妻子患了脑血栓,半身不遂,每天来公园散步是为了康复训练。我说我想把尸体捞上来埋到对面的橄榄树下。他没有说话,但是皱着眉头似乎在考虑要不要这么做。我就说鸭宝宝太可怜了。他说:"自然界的规则就是强者生存。"

这一次,我盯着他的眼睛说:"可是这只鸭宝宝从生到死,连一口鸭粮都没有吃过。没有吃过鸭粮的宝宝却要被乌龟吃掉了。"

他好像下了决心,对我说:"好吧。我试试看。"他跟妻子借来拐杖,一个高跃过了栏杆。但是天算不如人算,意外的情形发生了。乌龟拖着鸭宝宝的尸体躲到了木樽的下边。那里离栏杆更远了。他提着拐杖,无奈地站着不动。阳光下他的眼睛看上去很亮。他环视四周,跟我的目光相遇。他摊开两只手说:"没办法了。"

我重复他的话:"没办法了。"

他跳出栏杆。我谢了他。

不久,从木樽下漂出一团团绒毛。绒毛散开,覆盖了比我想象要大的一块水面。过了一会儿,绒毛看不见了,水面看起来非常干净。刚才的那只乌龟活泼地游来游去。我起了一身的鸡皮疙瘩。

回过神来的时候,吉泽站在我的身边。她一脸紧张地问我:"乌龟吃鸭宝宝的时候,鸭宝宝是活着的呢,还是已经死了?"我说是死了的。她说:"没想到乌龟这么可怕,竟然吃斑嘴鸭。"

我觉得脑子里有东西闪亮了一下,大声地对她说:"现在我终于知道真相了。失踪的六只鸭宝宝,我知道凶手是谁,也知道消失在哪里了。"

她盯着乌龟说:"被乌龟吃了。"

她说从来没有人往乌龟的身上去想,如果不是亲眼看见的话难以相信是真的。然后她问池塘里怎么这么多乌龟,都是从哪里来的。我说是人偷偷地扔在池塘里的。她问池塘里的乌龟是什么种。我说基本上是外来种,只有一只日本种。她说可以驱除日本种以外的外来种。我说不能这么做,因为乌龟没有罪,有罪的是扔掉乌龟的那些人。她同意我的看法,不安地说:"但乌龟已经尝到了滋味,接下去也许会吃另外的那只鸭宝宝。"

小根泽先生告诉她:"乌龟只吃衰弱的或者死了的鸭宝宝。"

她不相信。我说:"是真的。弱肉强食正是为了生态平衡。"

没想到她开始哭起来,并一直重复地说:"真可怜。真可怜。"

我被她哭得心痒痒的。为了安慰她,对她说:"我跟你一样难受。但鸭宝宝本来就是死的,所以我们可以这样想,就是鸭宝宝的生命在乌龟那里得以延伸。"

小根泽先生附和我的话说:"对。乌龟肚子也饿,也要吃东西,不然乌龟也得死。"

傍晚,我从役所直接去公园。管理处的处长向我招手。他带我去石拱桥看中心岛。他高兴地对我说:"你自己看吧。"

我看见鸭宝宝在跟着小不点儿一起吃鸭粮。

十七

　　因昨天受的冲击很大,虽然四点半醒了,但是觉得身心疲惫,好像虚脱了似的。我决定休息一天。请假时间规定在八点十五分,我想就睡到八点十五分吧。丈夫以为我睡过了头,跑上楼来叫我。最近我常常有一种感觉,只要丈夫在我的眼前晃来晃去,立刻会觉得闹心。有一天,我对雄大说了这种感觉。他问我:"你自己不明白这是怎么回事吗?"我说不明白。他说:"你在大学院攻读的是心理学,所以你应该知道,假如你非常讨厌一个人,那么你看他就会觉得他的身体障眼,你听他说话就会觉得他的声音障耳。"看到我怔怔的样子,他告诉我,"你已经非常讨厌那个人了,非常。说得再明白一点儿,你已经在生理上讨厌那个人了。"

　　我没有搭理丈夫,一动不动地望着天花板。去年刚换过壁纸,木纹模样,给人温暖的感觉。他很快离开了,再回来的时候,手里端着一杯咖啡。我没有在被窝里喝咖啡的习惯,翻身下楼,坐在饭桌前。他端着咖啡跟下来。

　　他已经穿好了西装。他穿的西装仍然是藏青色的。他穿的衬衫仍然是浅蓝色的。他一直喜欢藏青色和浅蓝色。他说藏青色是浅蓝色的延伸。他说他喜欢"青"是因为"青"有洁净感。也许因为我蓬头垢面地坐在沙发上不动,他不安地问我:"不用上班吗?"我没好气地说我打算请假。他很惊讶。这是当然的,因为我几乎没有无事请假的先例。但是我也懒得跟他解释。他担心地问我:"是身体不舒服吗?需要去医院吗?"我还是不搭理他。他无缘无故地问:"是公园里的鸭宝宝有事了吗?"

我气汹汹地说:"你能不能不要提这么多的问题。我已经够烦的了。"

他说:"我知道了。一定是刘燕燕。如果你觉得辛苦,干脆就这个机会辞职好了。"

他的话刺激了我。我问他:"我敢辞职吗?现在你连自身都不保了,保护得了我吗?保护得了雄大吗?"我实在不理解他一再鼓励我辞职的心理。"房子的贷款,雄大的学费,煤气和水电费,以及通信费和饮食费,你的那点儿工资能负担得起吗?"每次我瞪他或者骂他,他都会无声地低着头。

雄大在一旁说:"睁开眼睛就开战,简直就是灾难期。"

我对雄大说:"妈妈最讨厌的人就是笨蛋。想想看,作为一家出版社的社长,如果自己不签字不盖章的话,会有人把他从社长的椅子上硬拉下来吗?一个人怎么可以笨到这种程度呢?他是自己砍了自己的头!我想有一只蟑螂跑进他的脑子里了。关于出版社,我本来想等你长大了就让你接管。我还打算在你上了高中以后就辞职,旅游全世界。啊,我的计划和梦想,就因为有人是笨蛋,全部都被毁掉了。"在我失去理性的骂声中,丈夫对雄大说了一声对不起。我的心又痒痒了,尖着嗓门对他说:"说对不起有什么用?一句对不起,能把失去的东西找回来吗?我的人生被你搞得乱七八糟。你添乱没有关系,但应该选我年轻的时候。最主要你不该跟我撒谎。如果事情发生的时候你跟我说实话,跟我一起商量的话,结局绝对不会糟糕到这种程度。你为什么要撒谎呢?归根结底,我不能原谅你的地方,是你对我撒谎。"我把他骂得狗血喷头。这本来不是我的意思。虽然不能确定是什么,内心有什么东西坏掉了却是事实。我已经控制不了自己了。我接着骂他:"你一个大男人,希望你做的事,你做不来。你做的事,都是我不需要的。"我突然住了口。这句话是我到记录系的第一天,刘燕燕用来骂我的话。真的很糟糕。意识到自己其实也很蠢,我不禁悲从中来。结果难过的还是我自己,受惩罚的也是我自己。他还是一声不响地低着头。我对他说:"你快滚吧。别在我眼前烦我了。最好从我的人生中消失吧。"

他走了。

打过请假的电话,我又去了公园。在家里待着,从早到晚想役所的事,心会忒忒。在公园里,满脑子都是鸭宝宝的事,心一样会忒忒。但两者之间有着很大的差别。役所给我的感受是压抑和痛苦。公园像一面镜子,观看鸭宝宝的同时也在体验它,阅读它。这种感觉很像所谓的"临场",或者说"现场"也可以。

在恐惧和不安的边缘，我仿佛可以看到另一面的东西，也就是付出很大代价后才能得到的那个东西。我还不知道那个东西是什么，但我相信有一天会看见或者得到那个东西。而我现在要做的，就是绝对不放弃鸭宝宝。

大岛在喷水池那边，我先过去跟他打了声招呼，转过身发现小根泽夫妇和吉泽也在。前一天吉泽告诉我，她年轻的时候跟小根泽的太太在同一家二十四小时便利店打过工。他们早就认识了。吉泽示意我看浮漂。我很惊讶，因为多了一只斑嘴鸭。新来的斑嘴鸭通体发黄，脸却是灰色的。吉泽说新来的灰脸肯定是公鸭，因为只有公鸭的羽毛才会漂亮如彩。小根泽先生遗憾我来晚了一步，没有看到刚刚结束的火拼。我想知道火拼是怎样的情形，他回答说："用鸭喙啄对方的翅膀和脖子，水花四溅。"

吉泽补充说："情绪很激动，死劲儿扇动着翅膀。叫声听起来很苍老。"

吉泽的话音刚落，两只公鸭再一次火拼起来。灰脸一次次飞过中心岛，逃到对面的池塘。原来的那只白脸穷追不舍。公鸭为了争夺配偶大打出手的时候，鸭宝宝正好有机会跟妈妈在一起，若无其事地在中心岛吃鸭粮。几只鸽子在木制楼亭和鸭粮之间飞来飞去。令我惊叹的是，鸽子想蹭鸭粮的时候，是鸭宝宝冲上去赶走鸽子。看到的人兴奋无比。我拍手拍得手心痛。

吉泽对我说："看到鸭宝宝比妈妈还勇敢，我觉得它一定不会死。"

五十岚来的时候,灰脸刚好被白脸赶到池塘外,从草坪远远地眺望着这边。吉泽自言自语地说:"同是斑嘴鸭,为什么就不能好好相处呢?水鸟不能待在水里,倒觉得灰脸可怜了。"

我们都担心地望着灰脸。灰脸的背后是公园的侧门,那个短头发的女人正好走进门。我说:"西川来了。"

小根泽先生朝西川看了一眼,转过头对太太说:"我们该回家了。"夫妇俩微笑着跟我们说再见,很快离开了公园。

我觉得小根泽夫妇不喜欢西川。每次西川来公园,夫妇俩能躲即躲,躲不掉的时候寒暄两句就离开。但我觉得西川本人并没有意识到这一点。吉泽忍不住去草坪那边看灰脸了。大岛去长椅那里休息。喷水附近只剩下我跟五十岚。五十岚用下巴对着越来越近的西川说:"你认识那个短头发的女人吗?"

我说:"前两天因为一场误会刚打过一次交道,听吉泽说她的名字叫西川。"

"因为是你我才说的。两天前,我跟她站在这里,你从正门口进来。看到你,她说她很讨厌你。可是,当你来跟我们寒暄的时候,她又什么事都没有发生似的跟你打招呼。我理解不了这种人,两面三刀。"

我想了想,我跟她俩打招呼的时候,正好是老头扔石头砸鸭爸爸的第二天。于是对她说:"那天老头扔石头砸鸭爸爸,我生气骂人的时候,正好她站在我眼前,所以误会了我是朝她发火。如果她因为这件事讨厌我,我觉得情有可原。"

五十岚说:"她不只是这样对你,对其他人也很过分。有一次,看见小根泽夫妇进大门,她竟然当着我的面,说那两个老家伙来了。称人家两个老家伙,太失礼了吧?不管怎么说,我觉得这个女人不怎么样。你也小心她一点儿。"

我说:"好。"

我还是第一次仔细地打量西川。她又矮又瘦,肤色白而细嫩,粉红色的衬衫跟她的气质很配。黑色的水洗布裤子紧紧地箍在细细的腿上,粉红色的球鞋,头顶的黑色遮阳帽很大,她的脸看起来显得更小了。她一来就开始挑毛病,说盒子里的鸭粮太少,一大半都是水,根本不够吃的。她说话的时候嗲声嗲气的,所以后来我知道她已经七十岁的时候,真是大吃一惊。五十岚不想跟她说话,故意跑到几尺外的地方看鸭宝宝。我呢,心想既然她讨厌我,还是不要主动跟她说话为好。吉泽从灰脸那里回来,西川又跟她埋怨刚才的那些话。吉泽说:"那么你去找处长说啊。"

她真去管理处了。我担心处长误会我跟她是一伙的,故意跑到五十岚身边。不可思议的是,我偷偷地在心里感激她。自从大出跟处长道歉,我尽量不跟管理处的人指手画脚。她回来后说处长答应补充鸭粮。我从心底谢了她。我们都去石拱桥等着看处长补充鸭粮。不久,处长拿着那个红色的塑料桶到中心岛。他大声地对西川说:"盒子里还有好多鸭粮啊。"

西川说:"可是从这里的角度看上去,盒子里装的都是水。"

处长说:"斑嘴鸭是水鸟。鸭粮是米谷。米谷不加水的话,斑嘴鸭怎么吃得下呢?"

我的脸热起来,暗自庆幸的同时又有点儿幸灾乐祸。西川对吉泽做了个鬼脸,悄悄地说:"叫他加点鸭粮而已,至于发这么大的火吗?"

吉泽说她也觉得盒子里面都是水。我说我也觉得盒子里面都是水。我们都不说话了。过了一会儿,我有点儿难为情地说:"我没觉得处长不高兴啊。说真的,我倒是觉得管理处做得不错了。尤其是处长,不仅亲自做了浮漂,还亲自去市场买来鸭粮。一般人恐怕做不到这程度的。"

西川撇了撇嘴说:"你干什么要感谢他?买鸭粮的钱用的是税金,是你跟我交的税金。"

晚上,家里发生了一件意外的事。丈夫到家后,从包里拿出了一张纸。他对我说:"这是我考虑的有关出版社今后的企划书,你帮我看看怎么样。"

我冷笑。他让我看完了再笑。我说我不想浪费时间,不要逼我说更难听的话。他就把纸放到我的眼前。我对他说:"你的脑子里是不是又进蟑螂了?你只是一个契约社员,我理解不了你为什么要展望出版社的未来。出版社的未来跟你有什么关系吗?在我看来,你这样做,就是把你自己当笑话了。"

他说:"求求你。"他的样子跟当年向我求婚的时候一模一样。

我说:"不。"

他沉默了一会儿，然后说他知道我不信任他，但这一回绝对是真的，这份企划书至关重要，决定他最终是否能够夺回自己的出版社。

不过我让他说说"夺回出版社"的可能性。他说出版社的特聘律师、现任社长板仓，都站在他的立场上。我问他："凭什么要站在你的立场上，尤其板仓，他自己做社长不是更好吗？"他问我记不记得老板死后到手的生命保险金。我说："记得，有两个亿。"

他说："对。古贺利用做会计的权限，偷偷为自己办理了退职手续，以退职金的名义从保险金里拿出了上千万，之后她又偷偷地为自己办理了再就职。"

我觉得古贺在手续上并没有触犯法律。但他说已经咨询过律师，虽然古贺的行为构不成犯罪，但可以通过理事会迫使她返还退职金，不返还就强迫她自动辞职。其实，我觉得古贺不是他说的这种人，但如果涉及钱的话就很难说了。他还说古贺已经答应辞职了。至于板仓呢，除了编辑之外对什么都没有兴趣。我熟悉板仓，这一点他倒是没有说错。虽然我仍旧是半信半疑，但他说得有鼻子有眼的，所以让他给我点时间好好地考虑一下。

他高兴起来，话也多起来。他说出版社到手后，工资自然会恢复到以前的数。既然我在役所工作得那么痛苦，干脆辞了职去出版社帮他。他已经提前给我安排好职位了。他说："你来出版社做主编吧。"他看出我动了心，接着说："你帮我看一看企划书。我希望这份企划书可以一次性地得到银行的信赖。如果银行也支持我的话，理事会决定我当社长就是板上钉钉的事。"

我开始考虑什么样的书能赚钱。他认识的作者多是医学和心理学的专家和学者，所以这方面的书照旧出版，但中心还是要放在教科书上。在日本，教科书基本上由老师自己挑选。很多老师自己写教科书。新生入学的时候，出版社一下子就能卖出去几百本书，第二年会接着卖出去几百本。年复一年，一直会持续卖下去。教科书从来没有赔过钱。说到新增项目，很多年轻人阅读电子书，我自己也读亚马逊 Kindle 的电子书，所以想增加几个电子书平台。

他向我表示感谢："你这样全心全意地帮助我，我很感动。"

三个人一起吃晚饭，饭桌上的气氛很好。好久没有这么好的气氛了。但是，我不好意思这么快就改变对他的态度，尽可能跟雄大说话。没话找话，我说起公园里那几只乌龟的事。一次，一大一小的两只密西西比红耳龟想晒太阳，奋力从水里往缘石上攀。其实是那只大的乌龟在攀，左往右往。小一点的乌龟跟着大乌龟左往右往。差不多有一刻钟的时间，两只乌龟就专注这么一件事。我想动物世界也有所谓自我实现的境界吧。当时，除了我，身边还有好几个人也在看乌龟。一个女人不禁喊着"加油"。我在心里也跟着她一起喊"加油"。大乌龟终于攀上了缘石。人群发出一阵欢声。我担心小乌龟的时候，小乌龟一下子就攀上缘石了。喊"加油"的女人使劲儿地鼓掌。我以为一大一小的两只乌龟是母亲和孩子,但鼓掌的女人说它们不是母子。她说她亲眼看见它们交配,大乌龟在下,小乌龟在上。我以为"公的"应该比"母的"大,结果却相反。真的是很惊讶。

十八

高桥系长对坂本说课长有事跟她商量,让她去会议室。也许是无意的,他看了我一眼,我的心马上就忐忑起来了。没过多久,坂本回来了,直奔刘燕燕的身边。我眼睛盯着电脑,却伸长了耳朵听她俩的对话。坂本说课长让她考虑去窗口服务系。可能是不想我听见,刘燕燕说话的时候,将嘴巴紧贴着坂本的耳朵。不久,刘燕燕叫丸山过来。坂本对丸山说:"课长认为我跟刘燕燕不在同一个部署比较好,想把我移动到窗口服务系。"

丸山看了我一眼。我听见他劝坂本不用太担心,因为只要跟课长表示不去就行了。他还说课长肯定会征求大家的意见,到时候他会说出不同的意见等等。之后他们三个人突然将脑袋靠在一起,开始用小声说话。我听不见他们在说什么,但猜出他们是在说我或者商量什么对策。使我烦恼的是,分开刘燕燕和坂本,这原本是滨田课长的意思,我却没有办法对他们解释。再说了,解释也没有用。归根结底,事情是因我找滨田课长谈话引起的。

整整一个上午,坂本看起来很不高兴,经常给我点脸色看。不过，我能够理解她的心情，所以一直保持着沉默。我想找个适当的机会跟她单独解释一下。没想到，下午突然有一个客人来电话，说回到家后才发现，刚刚申请的住民票，跟户主的关系的那个栏里，应该是"父亲"的地方成了"弟弟"。在记录系，住民票有错误出现的时候，通常由负责审查的人用职权将错了的档案删掉，之后重新输入正确的内容。如果客人已经回家了，高桥系长会亲自将新的住民票送到客人家里。想不到坂本开始追查"犯人"。她让丸山将当时的输入记录找出来，看看是谁"干"的。我发现所有的职员都看着我。最近，出现了什么错误的时候，他们都是用这样的目光看着我的。我知道坂本也认为是我出的错，还想利用这个机会来惩罚我。

没等丸山查出来，刘燕燕已经冲到我面前，问我记不记得松本这个名字。我摇头。她提示我："是搬进足里区的申告书。"

我苦笑着说："不记得。"说真的，每天输入那么多的申告书，我哪里记得住所有人的名字呢？

坂本在一旁说我："你这个人啊，知道自己最大的问题在哪里吗？就是永远都慌慌张张的。"我已经决定了不生她的气。但她说得这么过分，我还是挺难过的，就一声不响地坐着。她问我："说你慌慌张张的，你就闹情绪。你是不服气吗？"

我告诉她我在等丸山查寻的结果，如果证明了是我"干"的，我会亲自跟高桥系长和大家道歉。刘燕燕在旁边小声地笑，我不理解她在笑什么。

十一点，刘燕燕要我午休。我一声不吭地离开了记录系。一点儿食欲都没有，我只吃了一个饭团子。为了下午不至于昏倒，我去二十四小时便利店买了一罐可可。十二点，刘燕燕午休。下午一点她回来后坂本午休。坂本刚离开记录系，丸山悄悄地来到我身边，对我说："上午说的那个错，不是你干的。"接着他开了个玩笑，"犯人是刘燕燕。"不过，我很难高兴起来。我只是觉得松了一口气。想不到他转了个圈又回到我面前，"刚好出错的那天你休息。你休息是你的运气。"

我完全理解他的话里所包含的意义。如果那天我不休息，那么就会是我输入资料，出错的人就是我了。也就是说，换了是我的话，同样也会出错。问题不在于他是怎么想的。毫无疑问，我已经是个被一棒子打死的人了。实际上，在他告诉我事实之前，连我自己也认为"一定是我干的"。不知不觉中，我也习惯了将"出错"与自己联系起来了。原以为自己跟"洗脑"这个词永远都不会沾边，到头来发现，自己也会被洗脑的。真实与非真实纠缠在一起，难以分解。有时候我想，真实的世界有血有肉，而非真实的世界只有血没有肉。或者换一个比喻，真实的世界是自我在生活，而非真实的世界是角色在生活。现实给角色赋予了跟自我同样真实的身份。这样想好像在绕来绕去的，不想也罢。

去厕所的时候，路过正门，天空看起来很蓝，太阳看起来很温暖。一直式式的心稍微安静下来。我感到了一丝安慰。因为我想起了公园里的那只鸭宝宝。对于鸭宝宝来说，今天的天气绝好。

丸山去他的座位后,刘燕燕悄悄地来到我身边,小声地说:"丸山已经跟你说了吧?"我抬起头,但没有说话。丸山证明了不是我"干"的,我觉得已经足够了。再说我也不想跟她说话。她在我身边的椅子上坐下来,对我说:"住民票的错是我出的,但我冤枉了你。对不起。"

她竟然对我说了"对不起"这三个字!因为太出乎我的意料,感觉上好像还没有来得及接住,一下子掉在我的心脏上,心脏反而被重重地击了一下。正敲击键盘的手指一下子僵硬了。究竟是自己释怀了呢,还是自我满足了呢?或者是一时的解脱呢?不过它们之间有那么大的区别吗?

她从口袋里掏出一块糖递给我,是一块薄荷糖。我剥下糖纸将糖块含到口里,立刻觉得满嘴都是冷气。可能我急于表态,语无伦次地说我并没有在意那件事。再说事情已经过去了,根本没有必要再提起了。她看上去很高兴地说了声:"谢谢。"

她的口吻使我有了一种心生慰藉的感觉。我觉得我在她身上发现了一点儿东西。说到底,没有什么人是十恶不赦的。如果我没记错,应该是在尼采的书里看到这样的比喻:人并没有好坏之分,跟树一样,有的树是会生病的。这时候我满脑子都是尼采的这个比喻。我告诉她不用说谢谢,最糟糕的是,过了一会儿我对她说:"如果哪一天可以一起午休,我们应该一起吃顿饭。我想我们需要好好地聊一聊。"

我以为我们终于有了一个和好的机会，但是她只是以古怪的神情看了我一下。她没有回答我，没有告诉我行或者不行。我觉得有点儿丢脸。

坂本午休回来，听说她要找的"犯人"是刘燕燕，哈哈大笑。她调侃刘燕燕："把人家的爸爸换成了弟弟，你这是在干预人家的家政啊。"

刘燕燕也大笑。刘燕燕的一个错，让她俩笑了一个下午。我试图不去在意她俩的笑声，但是没有用。笑声一直在我的耳边鼓噪着，刚才的感悟令我觉得自己简直是个白痴。我工作得比以往的任何时候都慢。每输入完一份申告书，我都会校对好几遍。

还有五分钟就下班了，我关掉电脑，开始整理写字台。坂本突然叫我跟她一起去窗口。她对我说："从明天开始，我现在教你做的事，就由你来做。"她从笔筒里拿出几支铅笔，"这些铅笔，每天下班之前，你要用自动削笔机全部削一遍。我提醒你注意的是放铅笔的位置。你总是到处乱丢。从你来了以后，铅笔总是东一支西一支的。铅笔要放在固定的位置。"她说得实在没有道理。我工作时只使用电脑，根本不用铅笔。我想为了让她去窗口服务系的事，她的心情不好，而事情又跟我有关，我不应该再刺激她。她又让我把台历以及印章的日期都改成第二天的日子。我照做了。然后她带我去碎纸机那里，指示我将一天积攒下来的纸张全部切碎。我也默默地照做了。干完了这些事情，正好是下班时间，我想她已经用我撒了气，应该满意了,所以去后边的水池把手洗干净。当我拿起手包往外走时,她突然叫了一声"黎本"。我停下来看她。她对我说:"刘燕燕还没有回家,你怎么可以先回家呢?"

这是我到记录系后听到的最陌生的一句话。一直以来,无论工作多忙,她俩都不让我加班。役所的加班费按小时递增,是一笔相当可观的收入。说真的,我当然也想多挣点儿钱,但刘燕燕曾经对我说过这样的话:"加班没有你,我们反而干得更快。"一般的情况是,五点的钟声一响,刘燕燕或者坂本就会对我说:"你该下班了。"所以我问她:"不是说好了我不加班的吗?"

她对我说:"但是,今天我们并没有说你不用加班。"

我没有回话,因为没话好说。我试图不去惹恼她,于是看高桥系长,希望他能够出面。他正好也在看我。尴尬的沉默中,坂本朝刘燕燕看过去。刘燕燕走到她眼前,对她说:"我不在乎黎本先回家的。"然后把头转向我说,"你可以下班的。"

这时候,坂本突然微笑地对我说:"刘燕燕这么说的话,你可以下班了。"

我耸了一下肩膀。刘燕燕不动声色地笑着。也许是我过于敏感了,在她嗤笑的面影里,我似乎看到了一种近于胜利者的鄙视,但又不完全是鄙视的东西。

我像逃跑似的离开了役所。回家的路上,我的心情非常糟糕。我的脑子里浮现的都是一些不安的念头。回家前我去了贝尔蒙特公园。石拱桥上站着五六个人。吃过鸭粮的鸭宝宝,身体明显大了起来。鸭爸爸依然执拗地追逐着小不点儿,但鸭宝宝独来独往,根本不受影响。在公园管理处邻接的休息处我看到了大岛。他躺在长椅上睡着了。几只硕大的苍蝇在他的腿上爬来爬去。前天我劝他去皮肤科,他说他有去,医生也有给他开药。据医生说,他的皮肤病比前两年好多了。但是我看不出好在哪里。很多人跟我的想法一样,就是他患的不是皮肤病,而是他的内脏有毛病。我想是糖尿病吧,又或者是肝炎。吉泽曾经对我说:"他的中国女友,为什么不督促他去医院做全面检查呢?"我也是这么想的。有时我觉得不可思议,他整天用指甲将双腿抓得鲜血淋漓,却不会被细菌感染,不会得败血症。有一种人,他们的生命力很强,非常强。我想他就属于这一种人。

但我跟坂本的关系,却是意想不到地恶化了。刚进家门,我的手机就响起来了,屏幕上显示出坂本的名字。我吓了一跳,马上不安起来。我以为在工作上又出了什么错。坂本单刀直入地问我:"你很想跟刘燕燕搞好关系吗?"

我说:"为什么这么问呢?事实上已经是不可能的了。我跟她都不是小孩子,可以互相道个歉,然后转个身就将什么都忘记了。"

"既然如此,为什么趁着我不在的时候,你竟然要请刘燕燕吃饭呢?"

我说:"因为住民票的事,刘燕燕中午跟我道歉。我从来没有想到她会跟我道歉,所以很吃惊。也许你不相信,我还有点儿感动。说真的,我以为我们终于有机会和好了,慌乱之余不由得对她说,如果赶巧了一起午休,想一起吃顿饭,好好地聊一聊。"

"你真的没说请她吃饭吗?"

我说:"真的没有。"

"如果你背着我,想跟她搞什么特殊关系的话,那么我现在就警告你,你最好小心点儿。你知道我是什么样的人,我想我会彻底地报复和打击你。"

感觉她在电话的另一边是咬着牙齿说话的。由她嘴里发出的音符,好像是被一个个地挤出来的。这时候,内心的动摇和不安,已经不再是一种感觉,而是我皮肤和神经的一部分。我的身体开始出现了剧烈的变化:心上上下下地跳,呼吸急促,全身都是汗,双臂充满了鸡皮疙瘩,几乎无法站立。我想跟她解释什么,能发出来的声音却是暧昧的"哦哦"两个字。

她还在滔滔不绝地说:"山崎跟我闹别扭的时候,你竟然替她出主意。之后你去滨田课长那里告我的状,说我在福祉课的时候也欺负人。你还举了本间做例子,说本间因为我的原因而不得不离开福祉课。"

我明白我的处境不妙了。如果连她也跟着刘燕燕一起攻击我的话,我在记录系连跷跷板都坐不成了。我一边听她说话,一边在房间里走来走去。我第一次觉得,最消耗能量的恐怕是内心的这种抗争。我无非想靠自己的汗水挣几个钱,但有人却想让我失去工作。进一步来说吧,即便我想请刘燕燕吃饭,坂本有必要反应得这样激烈吗？不过我没有时间理论这些事。我以尽可能友爱的语气对她说："你说的都不是事实。事情跟你说的完全不同。"

"那么你能告诉我，在我跟山崎闹别扭的那段时间里，你为什么突然间跟她热乎起来了呢？还有，滨田课长找你谈话的时候，你跟滨田课长说的关于我的那段原话是什么呢？"

我只好把当时的情形再说一遍。于是她问我："你为什么要提本间的事呢？"

"就是所谓的话赶话吧。"

她沉默了一会儿，然后对我说："好吧，今天我就相信你一次。但如果刘燕燕再一次告诉我你请她吃饭什么的，我会不再相信你，会让你吃不了兜着走。那时候，我会公开跟她站到一起，跟她一起打击你，把你赶出记录系。"

"用不着说得这么狠吧？"

"没有办法，谁叫我们的关系是三角关系呢。三角关系是所有关系里最难摆平的一种关系。如果是四个人或者五个人的话，也许就是另一种状态了。不用我说，你也知道刘燕燕是记录系的一颗钉子。所以我跟你的关系就是你死我活的关系。从这个意义上说，我不是冲着你个人去的。换成是其他的人，我也会这么做。"

"为什么非要你死我活呢？"

"啊，我给你打电话，不是为了跟你理论这些事。"

我软软地坐到沙发上，差不多全明白了，对于坂本来说，其实只有一个要求，就是不管是谁，假如在记录系工作的话，绝对不可以跟刘燕燕搞好关系，把她甩在外边。我想这跟她从小没有被人爱过有关。一起在福祉课工作的时候，她曾跟我说过一些她家里的事。她年少的时候父母离异，有一个姐姐。她妈妈一个女人把她和她姐姐抚养成人。她很聪明，考上了日本理工大学。那可是难关大学，学费也很贵。她妈妈告诉她，如果她想上大学的话，就去借奖学金，毕业后由她自己挣钱还。如果不想欠债，就放弃上大学。她分别从两个地方借了两笔奖学金。在日本，所谓的奖学金，其实就是无利息或者低利息的贷款，是一种社会福利制度。就是没有钱交学费的人也有读大学的机会。她说她在上大学的时候就开始打工还债了。还债令她的生活很艰辛，好在后来结了婚，丈夫帮她还掉了全部的残债。跟她相处得久了，我常常觉得她没有安全感。但是我还是第一次意识到，为了保护自己，她会不择手段的。

我说："好吧，我答应你，绝对不单独请刘燕燕吃饭。"

"你能跟我保证吗？"

我说："我保证。"

放下电话，从紧张中释放出来的同时，新的不安也萌生了。通过这件事，坂本也成了我的敌人。我根本控制不了事情的发展，已经无能为力了。从明天开始，只要我稍微不小心，就会有两个人来折磨我。我觉得自己像秋末的蚊子，不知道还能坚持多久。大学院我攻读的是教育心理学，学习如何对待人以及人的尊严和自由。现在我感到自己非常不幸。也许我应该学习山崎，放弃役所，尝试着在某个新的地方工作。留下来也许我会被刘燕燕和坂本折磨死的。山崎辞职后，我还没有见过她，听说她至今不敢走进役所，连役所附近都不行。如果我离开了役所，会不会跟她一样，也不敢走进役所呢？

十九

　　午休我去了设置在役所北馆一楼的银行提款机。几个人在排队，轮到我的时候，心脏突然就开始忒忒了。按"照会"（查询）键，将存折塞入取款机的时候，我觉得就要喘不上气来了。一阵咯吱咯吱的印字声后，存折自动地退出来。我看了一眼上面的数字，立刻就变得不安了。总是在感到恐惧哀伤的时候，黑暗会覆盖我。明明是正午，阳光灿烂，但是我感到眼前是漆黑一片。

　　我去了外边的公园，在人听不见我说话的地方给丈夫打电话。电话打通了，但是他根本不接。我知道他又是在故意地躲避我。我漫无目的地走了几步，站在一棵大树的下面，有了一种天要塌下来的感觉。我说的是真的。这一刻我突然想到了死。但是我怎么也摆脱不了对雄大的牵挂。我死了，雄大就只剩下"那个人"了。我想起了小原，并想给她打电话。但是我知道打电话给她也没用。关于我拜托她照顾雄大的事，她已经拒绝我好多次了。关于我说的想死的话，她已经很生我的气了。在她的眼里，我选择丈夫这种人，以及碰上刘燕燕和坂本这样的同事，都是我的命。最主要小原认为人的命运可以通过

"革命"而改变。我觉得她也不可能理解死。某种意义上，死是不需要他人理解的。一个没有死亡勇气的人，又怎么可能理解死亡呢？

正胡思乱想的时候，我的手机响了。竟然是丈夫打来的电话，我立刻就接了。好像他已经知道了我想跟他说什么，不等我开口，先对我说了声"对不起"。我问他工资是怎么回事儿。他不说话。我说我刚刚才离开了提款机。他还是不说话。我急了，大声地说："你说你已经是社长了。你说从这个月开始恢复原有的工资。但是工资还是上个月的那个数。到底是怎么回事？"他回答说："对不起。"

这三个字令我难受，等于告诉我之前他说的话全部都是谎话。我问他："社长的事、律师的事、银行的事以及古贺的事，全部都是谎话吗？"他说不是。然后他用暧昧的语气拜托我等一等。我问等到什么时候。他说他已经追问过古贺了，是古贺往账号里汇款的时候，不小心使用了上个月的记录。还说古贺刚刚道过歉，答应午饭后去银行，把剩下的钱补到他的账号里。

他重复了好几遍："你等一等。下午就应该收到钱了。"

对我来说，他让我"等"的时间是最难熬的一段时间。等待的过程中，我会想象两个正相反的可能性。令我感到沮丧的是，我总是觉得负的可能性大于正的。除了我不敢相信他，还与我的思维方式有关。发生什么事情的时候，我总是会把结果往坏的方向想。比如现在，我觉得他让我等到下午，说不定又是在跟什么人借钱。他妹妹已经不可能借钱给他了。他妈妈和爸爸没有钱。我想到了那些融资广告，那些高利贷，于是恐惧野草般疯狂地蔓延开来。我已经没有勇气听他的声音，只好给他发了一条短信，告诉他绝对不要再用借钱的方式来骗我，不要再坑妹妹了，更不要借高利贷。我的心比上午跳得还要厉害，感觉要从嗓子眼里跳出来。小原曾经教给我一个方法，快喘不上气的时候，深呼吸，然后把吸进来的气，慢慢地吐出去。小原给我做了示范，说深呼吸好像踩油门和刹车，可以相互调节，能够安神减压。我深呼吸了几次。

正如我的想象，下班后我去车站附近的银行，他的账号里根本没有钱汇进来。我本来想去贝尔蒙特公园看小不点儿和鸭宝宝，但是我直接回了。回家的路上我给他打了几次电话，他一次都没有接。雄大还没有回家，房间非常寂静。我突然感到一阵轻微的耳鸣。我一直拿着手机在房间里走来走去。不久，眼前的东西开始模糊，那一瞬突然开始了，天花板开始旋转，然后天旋地转。我身不由己地扑倒在沙发上。有一刻，我好像听见窗外有一阵鸟啼，但啼声很快就逝去了。

醒来的时候，丈夫坐在我身边。虽然没有那么晕了，但我觉得恶心，简直坐不起来。他帮忙扶起我的身体，想让我靠着他坐。现在想起来了，扑倒在沙发上后，我马上就睡着了，所以那种铺天盖地的恐怖，是不知不觉地挨过来的。其实，我有一种特殊的本能，就是以睡眠逃避痛苦和恐惧。我是生雄大的时候发现这一点的。我四十岁才生雄大，是高龄产妇。可能骨盆太硬的原因,明明看到雄大的头发了,但无论我怎样使劲儿,骨盆就是开不到十指。最可怕的是,我一使劲儿,雄大就停止呼吸。只好等。从开始到结束,阵痛长达十八个小时。其间我睡睡醒醒,但睡的时间明显比醒的时间要长。医生那个时候对我说,这种事没有科学记录,但应该与我身体特有的本能有关,用睡觉来逃避疼痛。

我不想靠丈夫的身体,于是抓过坐垫放在沙发的靠背上。我靠着坐垫,我觉得这样更舒服。从窗玻璃望出去,天空是一朵朵黑色的云,乌云密布。我想晚上可能会下大雨。他知道我这时候正生着气,知趣地坐到饭桌前的椅子上。他面对着我坐,两只手放在膝盖上。该是开电灯的时候了,开关在沙发后边的墙壁上,我顺手按了一下开关。光铺天盖地而来。我跟丈夫四目相遇,但我很快将视线移开。相视的那一瞬,我相信我彻彻底底讨厌他了,已经从生理上讨厌他了。我真的不想再看见他,也不想跟他说话了。可能我在沙发上睡得太死了,脖子有点儿痛。

他问我:"哪里不舒服吗?"

说真的,我不想回答他的问题,但事情也不能就这么不了了之。我问他:"为什么你一句真话都没有?"

他认真地回答说:"我真的没有说谎,请你相信我。"

"那么你说的钱呢?昨天你说今天可以拿到,到了上午你又说下午可以拿到。现在已经是晚上了。"

"古贺说好了下午把钱打到我的账号里,但她吃完午饭后，不巧来了一个很重要的客人。客人待到三点钟。你知道的，三点以后银行就不办理汇款了。古贺答应明天上午把钱打到我的账号里。你放心吧，一定没有问题。你再等一天，就一天。"

最近我发现，他每次说谎都说得有鼻子有眼，跟真格儿似的。他的样子看起来也很真诚。我对他说："你又在哄我了。你总是这样。你说是上午。上午过去了，你又说是下午。下午也不行了，你就推到明天。到了明天你一定会推到后天了吧？你会永远这样推迟下去的。你把我当傻瓜啊？你骗了我这么多次，我怎么还会相信你呢？我已经没有办法相信你了。"

"现在你当然不会相信我。但是到了明天，当你拿到现金的时候，自然就会相信我了。那时候就可以证明我说的是真的，不是谎话。"

我说："又跟我说明天了。你嘴里的明天已经不值钱了。你说的明天已经一点儿分量都没有了。我听你说明天都听厌倦了。你答应我的明天没有一次是兑现的。我只是不明白，你为什么一定要说谎呢？还有，你说的谎为什么会那么具体呢？那些骗我的细节你是怎么想出来的呢？你为什么不写小说呢？你明白不明白，我现在感到最痛苦的，不是你拿回来的钱少了，而是你撒谎。因为你撒谎，所以你说什么我都无法相信了，而你是雄大唯一的父亲。"

他一连声地说："我知道。我知道。"

"你知道为什么还撒谎呢？"

"我没有说谎。"

我摆了摆手说:"算了,算了。翻来覆去的,我们老是在说同一件事,你不烦我可是非常厌倦了。我不想这么无聊。你说你没有撒谎,那么你用结果来证明给我看吧。"

这时候我看见雄大站在客厅的门口。从他的神情上,我能看出他听到了我跟丈夫之间的对话。雄大说:"我回来了。"

我说:"啊,你回来了。你的肚子饿了吧?"

他说:"不饿。"

于是我问他在学校过得怎么样。他生硬地回答我说:"挺好的。"

丈夫拿出面在锅里炒。面里加香肠、豆芽和韭菜。他把面端到饭桌上的时候,我跟雄大都没有说谢谢。一边吃,我一边觉得难过。想到雄大小小的年纪就要承担大人们的负担,我觉得对不起他。吃完饭,我对雄大说我有点儿不舒服。我说的倒是真的。但他看了我一眼说:"不要以为我什么都不知道。"他说话的时候,我在他脸上看到了一双清澈的眼睛。晚上,丈夫去浴室洗澡的时候,他突然对我说:"妈妈,你还会相信一个患有谎言癖的人所说的话吗?如果你相信的话,以后的痛苦就是你自己找的。"

我点了点头,有气无力地说:"我懂。你已经不是第一次警告妈妈了。"

他用清澈的双眼死死地看着我说:"他就是那个样子的人。他绝对改不了的。"

我对他说:"我知道的。你不用担心,妈妈会没事的。"

第二天,我根本没到银行查看钱有没有进账。但恐惧带着活生生的热度一直焐在我的怀里。我的心忒忒了一整天。晚上,雄大想吃西红柿,我去了超市,回家时在门口遇见了丈夫。我在前,他在后,我们先后上了二楼。说真的,我已经失去追问他的心情了。结果是他主动提起钱的事。他对我说:"说到那件事情的结果,快把我气死了。我觉得那个女人的脑子有毛病。那个女人是个神经病。说好了上午把钱打到我账号上的,突然就变卦了。"

又是老一套。我叫他不要再演这么拙劣的戏了。他说他没有演戏,明天就跟"那个女人"认真地谈一下。他让我再给他一天的时间。我说:"白天你不来电话我就知道结果是什么了。所以你也不要装模作样了。你早一点说实话,也可以尽早得到解脱。你老是被谎话牵着走,你不觉得累吗?"

从这个时候开始,我们再没有说话。夜里,雄大去自己的房间后,我突然对他说:"言归正传,我想你回答几个问题。"他说你问吧。我希望他不要撒谎。他说好。我问他:"你说律师在帮你,那么古贺的事情进展到什么地步了?"

他迟疑了一下,回答说:"实际的情形就是,虽然表面上我拿回了出版社,但因为古贺以前是做会计的,出版社的钱一直由她一个人掌控,所以她不交出存折的话,暂时就动不了她。"

我没有经营过公司,也不了解出版社的近况,无法判断古贺的情况是真是假。我就是觉得他在欺骗我。"算了,"我说,"你不要浪费我的时间了。我知道古贺并没有出事,你也没有拿到出版社。你还是住嘴吧。"

他看起来一副挨打的样子。我想,他空气似的在我的视野里消失就好了。不久他一本正经地对我说:"对于我来说,只剩下最后的一个办法了,就是将古贺解雇。"

如果用动物来形容一个人,我觉得可以用马来形容丈夫。是的,他的脸很长,双眼皮很大,肤色不白不黑。从整体上来说,他的相貌具备马的一切特征。而马给人的印象是忠诚并且老实的。换一句话说,他给人的印象是诚恳的,是和蔼可亲的。我又想起结婚前小原说的那句话:"嗯,请告诉我,为什么你结婚偏偏要选择黎本呢?"当时我觉得小原很失礼,回答说我结婚是冲着他的忠厚和老实,小原无语地歪着头。

我跟他之间的缘分是这样的,去役所工作之前,曾经是他的同事。两个人的办公桌正好面对面。他经常趁着身边无人的时候给我小纸条,上面用日本的片假名写着"ウォアイニ",读起来就是汉语的"我爱你"。有一次,办公室就我跟他两个人,他叫我看他的电脑,我看了一眼脸就热起来了。他给我看的是毛片。

"性"对日本人来说是文化,渗透在生活的方方面面。所以他让我看电脑里的毛片,我也没有太当一回事儿。但因为是工作时间,觉得他有点儿不正经。但我觉得没有几个男人是"正经"的。再说毛片刚看了一个开头,有同事进来,他立刻更换了画面。看毛片成了两个人共同拥有的小秘密，反而增加了我与他的亲密度。还有一次，我也是犯迷糊，因为走路危险，他开车送我回家。那时我在一个叫北绫濑的车站附近租了一间公寓，一室一厅。他搀扶我进了房间。我躺到床上，他帮我盖好了被子。他叮嘱我好好休息。在他说要离开的时候，突然冒出了一句话："干脆你辞了这么辛苦的工作，让我养活你吧。"这话让我的血液都沸腾了，眩晕一下子就好了。我理解他是在向我求婚。我真的希望那个时刻能够永远地延伸下去。那时候我独身一人在日本，经常生病，身心都十分十分脆弱。我愿意如他所希望的，把自己像一只宠物似的交给他。休息日，他开车到公寓接我，带我去台场玩。他穿着我喜欢的款式的球鞋踩油门的时候，我忽然觉得他其实蛮"帅"的。当天晚上他留下来过夜，我们同居了。

那份我与出版社的契约书，是丈夫不久后拿回家的。我对他的暴言暴行也是从这件事情开始的。

他解释说，虽然解雇了古贺，但因为有一些工作和账目需要交接，古贺会在出版社再待上一阵。他让我等到夏天，那时古贺肯定会从出版社消失的。那时候我就可以去出版社上班了。关于工资，他说一半就一半吧，反正是暂时的，古贺离开了出版社以后，作为社长，他想给自己多少工资就给多少工资，因为再也没有人会控制他。听起来，他说得合情合理。既然一切都坏在古贺那个女人身上，那么她离开后问题自然就会迎刃而解。

好久以后我才意识到，我之所以这样被他骗了又骗，相当大的程度是我自愿的。对于我来说，他的谎言一直随带着副产品。他的谎言似未来的憧憬，总是给我希望，让我觉得可以逃离眼前的苦海。有时候，他的谎言的确像发动机似的拖着我往前走。这么说我还真有点儿不好意思。嘴上说讨厌他欺骗我，他欺骗我的时候也真生气，但我就是在乎他的谎言。他的谎言像止痛药，在我觉得特别痛的时候为我止痛。而止痛药吃得太多是会上瘾的。雄大早就看出这一点了，所以会一再提醒我。

想尽快辞去役所工作的愿望，变得一发而不可收。我等待着夏天的来临，第一次觉得讨厌春天。整个春天我都是提心吊胆的。但是，有一天我忽然觉得不对劲儿。他下班回家，我对他说："有一点我觉得很奇怪。你每天准时下班回家，但你说你已经是社长了，社长能这么早就回家吗？古贺那里不是有很多账目和工作要交接吗？"

"我讨厌古贺啊，一分钟都不想多看见她。"他耸了耸肩，"我觉得古贺走了再努力也来得及啊。"

"你一直都没有告诉我，你是哪一天解雇古贺的。"

他愣了一下说："应该是二十五号吧。"

雄大在旁边悄悄地告诉我："妈妈，你看墙壁上的挂历吧，那天是星期六。"

他听到了雄大对我说的话，不自然地说："现在我也想不起具体的日子。明天我去出版社查一下。"

我拖着长音对他说："拜托你说实话好不好啊？"

"如果你不相信我说的话，可以给特聘律师打电话，手续都是经他办理的。我可以把他的电话号码告诉你。你直接问律师吧。"

"我不可能做这么没有常识的事。"

"除此之外我也想不到让你相信我的办法啊。"

"好吧。那么我什么时候可以去出版社上班呢？当然我的希望是越早越好。"

"干脆就定在古贺离开出版社的那一天吧。"

第二天，他果真带回来一份雇用契约书。雇主是出版社。他是代表取缔役（社长）。雇用条件不坏，除了每个月可以拿二十八万的工资外，一年还有两个月的奖金。他履行诺言，给了我一个主编的职位。出版社的大红印章盖在右下方。他是甲方的代表。他说你也签名吧。我把大红公章举到头顶的荧光灯下，问他这个大红公章是真的还是假的。他反问我："公章怎么可能是假的呢？"

我再一次问他："这个公章不是彩色复印吧？"

他说："当然不是彩色复印。"

我这么问他也是有原因的。说起来已经是十几年前的事了。他搬到我的公寓不久，把住民票也迁过来了。从役所接二连三地来了几次信，督促他尽快缴纳区民税。最后的那封信里警告他，如果再不缴纳税金的话，将会动用法律手段强制性解决问题。问他拖欠的原因，他说忙。我特别不喜欢被人家追着还债的那种感觉，再说缴纳税金是所有公民应尽的义务。我让他马上付钱,并吓唬他不尽快缴纳的话就跟他分手。他答应我马上办理这件事。但没过多久,役所又寄来了督促状。我真的不高兴了,问他到底是怎么回事。他说:"好吧。我现在就去付钱。"他去了二十四小时便利店,回来后把收据交给了我。但很快家里又收到了役所的督促信。我给他看信的时候,他对我说:"你不是已经拿到收据了吗?一定是役所搞错了。"我抓起电话打到役所的纳税课。接电话的是一个男人。说明了来龙去脉后,我很不高兴地指责对方:"几天前就付过钱了,过了这么多天,为什么还会搞错。"

男人先跟我道歉,然后说他想知道是在哪里付的钱。我说是二十四小时便利店。他问有没有留下收据。我说有。他说他这就调查清楚,也许会用得着那张收据,所以千万不要搞丢了。

我刚放下电话,他立刻把电话又打回去。他对男人说:"对不起,刚才说税金已经缴纳了,但那是我家人的误会。税金还没有支付。"我莫名其妙,要他跟我解释。他坦白说那张收据是假的。我将收据举到眼前说:"不可能是假的。二十四小时便利店的公章好好地盖在上面啊。"他抓了抓自己的头发说:"公章是我用彩色复印机复印的。"我大吃一惊。一般人绝对想不到这种作假的方法。问他为什么要这么做。他说刚买了茨城一家高尔夫球场的会员资格。我问多少钱。他说两千万。我不相信有人会拿两千万买一个球场的会员资格。他立刻拿出会员证给我看。结果是我替他支付了那笔税金。因为是婚前留下来的麻烦，我也没有过于追究。本来早就忘记了这件事，但看到契约书的公章，突然就想起来了。

我强调说："你的工资还没有恢复。我的收入对生活费和教育费来说都十分重要。万一你用假公章来骗我，万一这个契约书是假的，而我真的将工作辞掉的话，你知道结果会怎么样吧？"

他说："我知道撒谎的话会有什么结果，但这个契约书是真的。公章也是真的。所以你就放心地辞掉工作吧。出版社绝对没有问题。"

虽然我没有从心底相信他的保证，但我的心情好起来却是真的。前面已经说过了，对于我来说，有时他的谎话并不是一个死结，我的期望也被搅在里面。也许我的身心也需要这样的调整。是的，一方面我讨厌他说谎，一方面又被他的谎话拯救。这样的矛盾也许正显现了我内心的挣扎。

《玫瑰的名字》的作者翁贝托·埃科说："一个空洞无内容的秘密具有强大的魔力。"

这是另一类独特的人生经验。至于具体的，我说不清楚。

二十

刘燕燕说:"今天你坐这个位置。"然后她问我,"你知道坐在这个椅子上对你来说意味着什么吗?"

我说:"不知道。"

她说:"你不是跟人家说想做新的工作吗?"

"嗯,我说过。"

"好吧。我今天就是来成全你的希望的。今天你就坐这个位置好了。但是坐这个位置的人,除了要输入那些申告书,还要接电话,还要去窗口接待客人。"

记录系的电话基本上是户籍照会,照会时必须遵循独特的规则。以前坂本说有了机会就教我如何照会,但一直没有机会。我在窗口服务系干了好多年,去窗口接待客人并不可怕。但窗口服务系的主要手续是搬迁,比如搬进足里区,搬出足里区,在足里区里面移动。其他的手续有结婚、离婚、死亡、住民票的发行、印章的登录等等。原则上,新人来的时候,通常要学习两个星期的工作指南。然后再用两个星期在后边校对。然后前辈职员去窗口接客的时候,坐在前辈的旁边实习两个星期。然后实际接客的时候,前辈职员坐在旁边辅助两个星期。

而记录系的主要工作是搬迁申告书的电脑输入，以及外国人永住者的国籍变更、外国人永住者的子孙的永住申请、新建或者改建房子时的住居表示，也就是确定所谓的门牌号码。

关于住居表示，一般由盖房子的人拿来建筑物的指南图和部署图，然后职员根据指南图所指定的位置，加上部署图标识的建筑物的大小和形状，以及正门的方向，以及建筑物与周围道路和相邻土地的边界线的距离，当场决定门牌号码并交付门牌。我对这一切可以说是一无所知。

我问刘燕燕："记录系的新人都是这样直接上阵吗？"

她说："不。因为是你自己要求干新的工作。"

她跟坂本一起有说有笑地画地籍图。我一边用电脑输入申告资料，一边接电话，一边去窗口接待客人。我一直都是慌里慌张的。因为坂本说有什么不懂的地方可以问她，我就不断地找她给我解释。我就这样在窗口、电话和电脑之间跑了一个上午，浑身都是汗。

下午，我接到母子支援课打来的电话，说记录系刚刚输入完的出生资料，不知是同名同姓，还是同一份资料输入了两遍，希望确认一下。放下电话后，我的心开始忐忑，立刻去查看电脑。说真的，我觉得血液一下子凝结了，满脑子只有一个想法：如果双重输入这个错误被大家知道了，我会怎么样。

我想这下我完蛋了。打错字或者搞错了身份是可以修改的，但双重输入等于我给同一个人发了两个身份证号码。在日本，每天都有大量的婴儿出生，身份证号码是按出生顺序取得的。删掉一个人,就会出来一个空号。换一句话说,我凭空捏造了一个根本不存在的婴儿。最麻烦的是,日本各役所使用的系统管理服务器,因为是全国共通的,所以在我敲下结束键的同时,所输入的资料就在全国备案了。我想跟刘燕燕汇报,两条腿却挪不动步。一定是我的样子非常惊慌,刘燕燕走过来问我:"出了什么问题了吗?"我没有说话。于是她问我:"刚才的电话是什么内容?是谁打来的?"

我生硬地告诉她:"对不起。我将同一份资料输入了两遍。"

她二话没说就去高桥系长那里了。

高桥系长对我说:"你来记录系的那天早上我跟你说过,出生和死亡绝对不能出错。让一个不存在的人出生,让一个活着的人死去,你一个键敲下去,这里要处理一天或者好几天,是庞大的事务工作。"

我觉得被什么人打了一个耳光似的,脸烧得很厉害。我不断地说对不起。在日本,如果你做错了什么事,最好就是道歉。你越解释,日本人越是不肯原谅你。周围的气氛一下子紧张起来,所有的人都看着我。一个叫松本的职员甚至跑到我身边,冷漠地对我说:"拜托你以后要格外注意,绝对不能再出同样的错误。"

我去丸山那里道歉,因为是他处理这件事。他没有看我,头也不抬地说:"没关系。"我咽了好多回口水。

以为事情就此可以告一个段落,想不到母子支援课的职员又来电话，说同样的情形又出现了，这一次竟然是两份，但都是出生申告。一瞬间，我整个人像被注满了空气的自行车的轮胎，膨胀得快要失去支撑。放下电话，我直接去高桥系长那里道歉。他一个箭步冲到丸山那里，要丸山查一下是否我将所有的申告书都输入了两遍。不久，丸山汇报说只有出生申告书是双重输入，幸亏今天的出生申告书只有三份。

高桥系长一声不响地看了我一会儿，之后严肃地说："不怕你在其他的地方出错。关于出生和死亡，错字什么的已经是很糟糕了，双重输入简直糟糕透顶。拜托你再也不要在出生和死亡上出错了。真的拜托你了。"在连续说了好几次"拜托"之后，他突然压低了声音对我说，"这种错，是无法原谅的错。你懂吗？"

我说："对不起。"

他的样子给我的感觉是：连他也疲倦了。

我偷偷地跑去厕所哭了一阵。不仅仅因为自己做错了事，也为了使自己平静下来。我觉得，如果坂本那天来电话的时候，我不说"想学习新工作"的话，也许刘燕燕不会如此刁难我。之后再看坂本，觉得她比刘燕燕还要可怕。疑心生疑心，她到底利用刘燕燕的性格报复了我。

刘燕燕让我第一个去午休。我说我不饿。这是我到记录系后第一次反抗她。今天我不在乎她会对我怎么样了。如果一个人想破罐破摔的话，胆子也就大起来了。我觉得我出的"洋相"是她算计好了的。对于我来说，这一次的屈辱远远超出了以往，甚至会成为记录系的一大"记录"。

坂本得到了心理上的满足，看起来对我温和了许多，竟然自告奋勇地第一个去午休了。刘燕燕让我停止接电话和去窗口接客的工作。她拿来一摞子信和信封。我按照她的指示将信装到信封里。她坐在我的旁边给信封粘糨糊。我一句话也不想说。但她突然压低了声音，用中文对我说："你想让我教你新的工作，但我辛辛苦苦地学了二十年的东西，凭什么要教给你呢？我刚来役所的时候，根本没有人教我，都是我自己看自己问自己琢磨出来的。我当然不可能白教给你。但是话再说回来，你想我教你，那么你为什么不求我呢？你求我的话，我也许会教给你的。不知道你妈妈是怎么教育你的。我妈妈有一次问我鼻子下面是什么？鼻子下面当然是嘴巴了。嘴巴是干什么用的呢？当然是用来说话的。不能动脑子的时候，动嘴巴也好啊。"

说出来并非夸张，她一再问我鼻子下面是什么，我不在乎也就算了，但是她提到我妈妈，而我觉得这样谈及妈妈简直就是一种罪恶，所以干脆不搭理她。再说那么大的骚动和混乱之后，我已经不想抗争，也感觉不到愤怒了。她还在滔滔不绝地说着："我叫你输入申告书的资料，你却跟坂本说我故意不让你干新的工作。其实，我是想等你百分之百地不出错的时候，再让你干新的工作。想想看，自从你来记录系，有过百分之百不出错的时候吗？"她等着我回答。我不说话。于是她自己回答道："当然没有。"

我忍不住问了她一句："有百分之百不出错的人吗？能告诉我这个人在哪里吗？"

她说："也许我说百分之百有一点儿夸张，但我真正想告诉你的是，一个脑袋不好使的人，最好顺从脑袋聪明的人。像你这样的人，听从他人就对了。"

她的每句话都像在骂人。忍无可忍，我问她："不知道你是通过什么看出来我的脑袋不好使的？"

她回答说："从你的工作可以看出来啊。"

我终于按捺不住心头的怒火了，气汹汹地说："你什么都没有教我，却故意要我同时做所有的工作。今天我出错，不是正好帮你达到目的了吗？你应该感谢我才对。"

她笑着说："说真的，我没有想到，也不知道我们两个人的关系，怎么会变成现在这个样子。"

我说："之前我们是同胞，是同事，是前辈和后辈。但这些关系都已经结束了，不存在了。不对，是我们之间已经不存在什么关系了。我们之间只存在忍受。我忍受你。你也忍受我。相互间的忍受。"

她脸朝着我说："我不喜欢你，也不喜欢你在我身边工作。你为什么非要到记录系来呢？"

我说："你愿意我反过来说吗？我也不喜欢你，也不想在你身边工作。如果不是你们这里一年之内走掉了三个人，我也不会被调到这里来。我在窗口服务系干得好好的。对于我来说，来记录系是一件非常不幸的事。"她愣了一下，想说什么。我知道她要说什么,所以有意不给她时间,一口气地说下去:"你还不满意吗?不到一个上午就达到目的了。你做了一个很大的圈套让我钻。而我呢,明知道是圈套也不得不钻。你太了解我了。你知道只要让我喘不上气来就行了。毫无疑问,现在整个户籍住民课都确信我既没有工作能力,又会制造麻烦了。"

她微笑地说:"所以我说嘛,你不该来记录系。你不来的话,什么事情都不会发生的。"

这时,窗口来了一个客人。我想去接待客人,但是她不让我去。她自己去了。

我急不可待地给丈夫打了一个电话。

我问他:"再确认一次,我真的可以去出版社工作吗?那份契约书是真的吗?"

他回答说:"是真的。"

"我真的可以辞去现在的工作吗?"

"可以。"

"那么,我明天真的可以跟课长辞职吗?"

"可以。"

"真的可以吗?"

"真的可以。"

"如果我现在就去找课长说辞职的事呢?"

"那也没有关系。你就去吧。"

打完这个电话,我觉得丈夫说他拿回了出版社的事是真的。上午的冲击和抑郁忽然变得无所谓了。说真的,我已经厌倦了记录系的一切,无论是那里的工作,还是那里的人。事实上,我真去了课长那里。

下班后我直接去了贝尔蒙特公园。小不点儿不在。小不点儿常常会离开二十分钟到半个小时,我想它是去什么地方找好吃的东西了。鸭宝宝一天比一天大,有我的拳头那么大了。除了我们几个人的守护,我大概还要感谢后来的那只公鸭。

鸭爸爸忙于赶走那只公鸭纯属意外。吉泽感慨地说:"本来,我们都担心鸭宝宝生出来后,会受鸭爸爸的欺负。结果鸭爸爸天天跟另外的那只公鸭火拼。"

而我呢,感慨的却是另外的一些东西。公鸭们火拼的时候,无意间铸就了鸭宝宝逃避攻击的一小块空间。我总是把两只公鸭跟刘燕燕和坂本联想到一起,心想她们俩也相互火拼就好了。我知道这种联想很荒唐。

有人开玩笑,说小不点儿一定是具有特殊的魅力和魔力,除了年轻,也许还温顺,也许是斑嘴鸭世界里的美女,不然怎么会有这么多的公鸭为她大打出手呢。但关于结论,小根泽先生说:"唯一令人感叹的是,看起来这么可爱的斑嘴鸭,它们的世界竟然也是充满了死亡和暴力。"

鸭宝宝老是吃不饱的样子,一会儿吃中心岛的鸭粮,一会儿吃水面上的虫子。它又长大了一点。树枝间和草坪里,开始有虫子嗡嗡地叫。大岛说去年热得早,斑嘴鸭吃了很多知了,所以营养好,长得非常快,早早就能飞上天了。但今年是冷夏,到现在为止还没有听见过知了的叫声。也许今年不会出现知了了。我的脑海里也保留着去年斑嘴鸭吃知了的印象。特别是那一次，老头将停在我身上的知了活生生地喂了斑嘴鸭，虽说吓了一跳，总觉得那只知了是故意来找死的。心里的感觉却是怪怪的。

二十一

那本来是一个很普通的傍晚。屡屡纠缠我的那些心思，像小孩子嘴里吹出的肥皂泡一样，飘在空中，然后失去了它们的踪影。我到家的时候，丈夫已经在厨房做饭了，问我怎么这么晚才回来，我说去了公园。他问鸭宝宝怎么样了。我说因为吃了鸭粮，一天比一天大，看样子乌鸦和猫都能对付了。他好像很高兴，把刚刚炒好的回锅肉和酱汤端到桌子上，还为我放了一瓶啤酒。雄大从冰箱里拿来橘子水。

一家人坐下来吃饭。我说了跟课长提出辞职的经过。他问我："课长有没有挽留你呢？"

我说课长是否挽留我并不重要，重要的是我离开记录系的决心已定。他说他了解这些当官的，在这种事情上也许会做做样子。于是我对他说："在辞职被批准之前，我想跟你一起去出版社感受一下。干脆就明天吧。明天早上我会打电话请假。我还剩好多带薪休假，既然要辞职了，不休白不休。"

他回答说："好啊。"但吃完了饭，他突然问我，"你能不能拖几天再去出版社？"

我问为什么。他说古贺还在出版社，再过几天应该就不在了。他说话的时候，眼睛不自然地看着地板。我有了一种不太好的预感，不高兴地说："不行。明天我必须跟你一起去。不然我又会担心出版社的事是假的。我不想一直都提心吊胆的。"

从这个时候起，他变得沉默了。他一声不吭地做着家务，先是洗碗，之后去阳台把晒干的衣服收进房间。他把那些衣服折叠得整整齐齐。我默默地等他做完了这些事，然后拜托他坐到我的对面。结婚以来，客厅的摆设一直没有改变过。朝东的是沙发，朝西的是电视。北面是厨房，南面是一扇很大的窗。他坐下去之前关掉了厨房的灯，我让他打开。二楼的灯要么就是全都点着，要么就是全都关了。我不喜欢一半明亮一半黑暗的那种感觉。光线从天井洒下来，覆盖着他。

我对他说："我保证不生气，也不发火，所以你不用担心告诉我实话。照实说吧，为什么明天我不能跟你一起去出版社？"

他沉思了好久才回答说："那么我就说实话吧。古贺并没有被解雇。出版社也没有拿回来。"

虽然对他说的话我早有预感，但对冲动下提出了辞职的我来说，冲击还是非常大。我对他说："看来雄大说得对，你真的有病。你真的是不可救药的。"

他丝毫不做解释，却说："我同意你的说法，我也觉得自己有病。"

我问他："现在的社长是谁？"

"板仓。"

"那么你是什么?是社员吗?"

"是契约社员。我答应让出社长的时候,跟古贺和板仓签了一份契约。"

"这么说,你连正社员都不是了?"

他低下头说:"对。"

我又问:"契约是几年一签?"

"一年。"

"工资就是二十五万了?"

他摊开两只手说:"对。"

一种更加可怕的预感冲击了我,心狂乱地忒忒起来:"出版社跟银行的贷款,都是你做连带保证人。你该不是背着几亿的贷款被古贺和板仓赶下台的吧?"

他说:"这一点你不用担心,连带保证人已经转到板仓的名义了。银行也不允许一个契约社员当连带保证人。"

我抓起桌子上的手机。对于日本的公务员来说,私下里有一个"三分钟"的原则。万一出了事故或者发生了什么案件的话,三分钟之内必须跟自己所属课的课长联系。出于这个原因,我在这个时候给课长打电话,无疑会惊吓到他。我本来想明天再打电话,但我怕到了明天就来不及了。果然,课长马上就接了电话。我刚刚报了姓名,他就急切地让我"快说发生了什么事"。

我本来坐在二楼的沙发上,但不知为什么却跑到二楼跟三楼之间的楼梯上。我急急地告诉他不用担心,因为并没有发生事故或者事件。他觉得惊讶。我对他说:"白天我跟您提出辞职,但晚上回家后,知道我丈夫在公司里出了事。怎么说好呢?就是我家里的生活,需要我现在的工资。出尔反尔,实在是对不起。如果还来得及的话,我想撤回辞职的事。无论如何都请您谅解。拜托您帮一次忙吧。"

他问我:"你丈夫要不要紧?"

我说:"不要紧,不是那种跟生死有关的事。"

他"哦"了一声后说:"你提出辞职的事,我还没有来得及跟人事处汇报呢。既然如此,我也就当没有这件事好了。"我松了一口气,跟他说了好几次"谢谢"。他对我说:"役所的事加上家里的事,也够你受的。不过人生都有这样的时期。你不要想得太多,要加油啊。"

没想到会流泪,但我尽力保持着平静的声调说:"谢谢您。我会加油,所以从明天开始请您多多关照。"他大声地说:"好啊好啊,明天你就照常来上班吧。"

或许我们每个人的身体里,都住着与本格不同的另外的一个人,甚至更多。放下电话后,回到现实的我是一个受了伤的、失去了理性的人。我愤怒得已经不是那个能够自我控制的我了。

我一连问了丈夫几个问题:"我再三跟你确认出版社的事是真是假,我再三跟你强调过我这份工资的重要性。你撒谎不是最主要的问题,问题在于,为了隐瞒谎言你不惜让我辞掉工作。你不怕雄大失去现在的学校吗?你不怕现在的生活水平一落千丈吗？你不怕房子的贷款还不上吗？"他不回话，只是一声不响地看着地板。我大吼了一声："你回话啊。"我还是第一次用这么大的声音跟他说话。他惊讶地看了我一眼，支支吾吾地解释说，拿回出版社，解雇古贺，再一次成为社长，增加工资，虽然一样也没有实现，但是都已经企划好了，总有一天会实现的。

我问他："你是这么以为的？"

他回答说："是。我是这么以为的。"

我在房间里走了好几个来回，突然问他："你爱雄大吗？"

他回答说："爱。"

我又问："你爱这个家吗？"

他说："爱。"

我站到他面前，大声地对他说："如果你真爱的话，为什么要撒谎呢？你明明知道我辞职的话会有什么后果。"

他将身体往后退了几步，对我说："以我现在的处境，我怕你会赶我出去。我不想你责备我。我不想失去你、雄大和这个家。因为撒谎能保证我待在这个家里，待在你跟雄大的身边。对于我来说，能多待一分钟都是赚的。"

他爱的只是他自己。他想保护的只是他自己。我曾经也以为，雄大和我是他生命的一个部分。但是我错了。我愤怒地喊道："保护你自己不受伤害，比雄大和这个家的命运更重要吗？"我觉得非常热。

出乎我的意料，他说他从来没有比较过什么，一心想的都是事情能够朝着希望的方向发展。说到谎言，他说雄大说得对，他真的觉得自己有病，因为他的脑子里充满着想象，有鼻子有眼，跟真的一模一样。很多场合他会不由自主地把"对于将来的那些想象"当成现实。

我一屁股坐到沙发上。

雄大早在我们开始吵架的时候就去自己的房间了。但我还是关上了客厅的门。我走到丈夫眼前，突然在他的脸上抽了一个耳光。显然他吃了一惊。我咬牙切齿地说："我真的没有办法理解你，恐怕永远也不能理解你。为什么你撒谎做戏特别逼真，但却毫无生存的智慧？你自己把自己的头砍了，出版社被人拿走了，但你不是想办法把失去的拿回来，相反回家骗妻子和孩子，伤害我和雄大的感情。"他没有还手，萎缩不堪地低着头。我接着说："既然你爱的只是你自己，为什么要跟我结婚呢？为什么要生雄大呢？"

他顺势坐到地板上，用额头抵着地板，一连声地说"对不起"。这时候，我有了一种极其荒诞的感觉。我还是第一次有这样的感觉。我特别想打人，特别想打他。刚才我打他的时候，有一种感觉挥之不去。如果用语言来形容的话就叫做"快感"。他就在我的脚下，距离我不到一米。他的眼神不知所措。我觉得心情好多了，至少比刚才好多了。

丈夫好像在导演连续剧，每一集演完了都会告诉我，不要走开，下一集更让你受不了。有一句话说打人不打脸，但刚才的那个耳光，是我自出生以来打在他人脸上的第一个巴掌。说真的，我的手掌剧烈疼痛，跟骨头开裂了似的。于是我换成脚，用脚踢他的小腿。他换了一个姿势，把后背对着我。我踢了他的后背。也许疼痛传递到他的肋骨，他咧着嘴，一边喊痛，一边用两只手抱着肚子。我开始骂他："你真是一个混蛋。一个不可救药的混蛋。"

这时候，雄大回到客厅，看到我抬起腿，马上站到我跟他的中间。雄大的声音都变了，厉声对我说："你不应该喝酒的。你喝醉了。我说过他是一个病人，你打死他，他也改不了撒谎的病。再说了，你不怕邻居笑话我们吗？我都不知道以后用什么面孔出门见人。"

我跟雄大说了声对不起，在沙发上坐下。丈夫还坐在地板上。雄大让他上三楼。他跟雄大一起去了三楼。我站起来，走到窗前，将双臂抱在胸前。这时候，我有点儿感谢雄大。如果不是雄大，可能我会没完没了地打他。

不过，慢慢地我开始感到难过和沮丧，之后又感到恐惧。说真的，在我抽丈夫耳光的时候，感觉是近来最为愉悦的一个瞬间。那时的我，觉得身体轻盈虚无。对我来说，这种不经意的暴力行为中，或许蕴含着某一种东西，说出来很接近于"解脱"二字。我有一种感觉，长时间积压的愤怒和恐惧，被压缩在一秒中，随着那个耳光彻底干净地泄出去了。

我悄悄地洗了澡，又喝了一罐啤酒。上床后一直睡不着。翻来覆去地折腾了半个多小时，我从床上爬起来，抓了一件外套穿在身上。路过二楼的时候，门开着，我看见丈夫坐在黑暗中的沙发上,像一个不动的鬼影。我没有跟他说话。出了大门,我在黑乎乎的门前站了一会儿。黑乎乎的一团很像我内心的世界,我感到了一丝安笃。街道上寂静无声,偶尔有人路过我的眼前。我决定去贝尔蒙特公园。

没想到晚上的气温非常凉,虽然加了一件外套,还是有点儿哆嗦。小不点儿和鸭爸爸并排趴在浮漂上。鸭宝宝想钻进小不点儿的翅膀,但几次都被小不点儿躲开了。有几次,小不点儿甚至用嘴巴啄鸭宝宝,悲哀以及对现实越来越多的怀疑,紧随着来到我的心里。可能是太冷了,鸭宝宝坚持不懈地往小不点儿的翅膀里钻,最后到底将脑袋和嘴巴钻了进去。

我呆呆地看了很久,想回家的时候,五十岚来了。我问她为什么拿着扫把来。她说她每天半夜都来公园,经常会碰到流浪猫,扫把是用来吓唬流浪猫的。我求她:"几只流浪猫是那对双胞胎姐妹照顾的,已经做过绝育手术,所以只要吓唬一下,绝对不能动真格儿的。"

她说她知道。我告诉她小不点儿不搂鸭宝宝。她自己也亲眼看到鸭宝宝脑袋以外的身子都露在外边,于是感叹地说:"天气这么凉,又只有一只鸭宝宝,连个相互取暖的兄弟姐妹都没有。真可怜。"我也很难过。去年的鸭宝宝们真幸福,直到鸭妈妈的翅膀包不住它们了,才挤成一团地睡在一起。她说:"哪怕有两只鸭宝宝也好啊。"我说今年的小不点儿怪怪的,天这么冷,鸭宝宝这么小,却不肯让鸭宝宝去肚子下面取暖。她回答说:"也许小不点儿的肚子里已经有蛋了。"我吓了一跳。她说她昨天下班比较早,路过公园的时候,正好看到小不点儿跟公鸭交配。她还说最近的这段日子里,小不点儿经常出入那个木樽,说不定里面已经攒了好多蛋了。我"唉唉"了好几声。她"咀"了一下嘴巴说:"比起去年的鸭妈妈,今年的小不点儿不行。也许是第一次当妈妈,根本不懂得怎么照顾孩子。最要不得的是,它放弃了做妈妈而选择了做女人。"

我们两个人站在石拱桥上又聊了一会儿。她跟我说了很多她自己和她家里的事。原来她丈夫因病在医院躺了十一个月了,一直靠一根胶管维持生命。我问她:"一个人靠一根胶管能活这么久吗?"

她说:"是啊,我身边的好多人都感到惊讶,都说能活这么久是奇迹。说真的,我并不是在乎钱,但是我辛苦挣来的钱,确实都扔在医院里了。"

不知为什么,我想起了刚刚在家打丈夫的事,心隐隐作痛。家家都有苦恼的种子,家家都有一本难念的经。此时此刻,我的心里只剩下无奈了。我问她是否知道东京都有高额医疗费补助制度。她说她知道,并且正在利用这个制度,但因为补助是以月为单位,又有限额,所以还是很花钱的。我说:"真不容易。"

她突然低下头,看上去一副疲倦的样子说:"我不敢深想,想深了,就不知道自己是为了什么在工作。"然后她靠近我,放低了声音说,"你听了不要害怕,有时候,我真的希望他早点儿死。"

我还是吓了一跳。死是无法确定的事。我自己常常就有轻生的念头。刚才在家踢丈夫腿的时候，心里也是想踢死他的。我小心翼翼地问她："不一定非死不可。难道没有其他的解决方法吗？"

她说她已经在考虑离婚了。我没有说话。不久她突然问我："如果我跟他办离婚的话，他会怎么样？会被医院赶出来吗？"

我问她："你说你丈夫靠一根胶管维持生命，那么他应该写不了字吧？离婚申告书要有双方的签字才生效啊。"

她叹了口气说："他已经不能写字了。"

我们都不说话了。过了一会儿，我问她："你为他申请残疾人手账了吗？按他的状态，至少可以申请到二级。残疾人手账有很多好处，比如可以免交都民税和区民税。再比如东京都营业的地下铁和停车场都可以免费使用。每年可以拿两万元的出租车补助金。水道和手机的基本费半额。"我说了一大堆残疾人的福利。她说已经申请了，但是迟迟没有批文。我告诉她，同时还可以申请障碍年金，如果批下来的话，一年怎么也能拿到一百万左右。她沮丧地说她丈夫从来没有交过社会保险和年金，所以没有资格申请障碍年金。我觉得跟她不好再谈这方面的问题了。在日本，一个不曾交过年金的人，多半就是目光短浅、对自己的人生和社会都不负责的人。

二十二

　　我之所以一眼就注意到了，不仅仅因为白纸黑字特别醒目，而是因为白纸上写的是中文。在户籍住民课，除了刘燕燕，能读中文的人，就只有我了。"知其然而不知其所以然"，这句话写在一张四五开的纸上。纸贴在白板上。白板用磁铁固定在我座椅后面的铁柜上。句子的后面没有加标点符号。我知道这句话出自唐代李节的《饯潭州疏言禅师诣太原求藏经诗序》。后来梁启超在《论小说与群治之关系》里引用过。金庸的《射雕英雄传》第二十八回里也引用过。大致的意思就是：知道是这样，但不知道为什么是这样。我心里清清楚楚，知道这是刘燕燕写给我看的，暗指我对工作一窍不通。不过，有了昨天辞职的那个插曲，我今天的心情好像死里逃生了。所以我假装没有在意，但趁着刘燕燕午休，坂本去洗手间的时候，我用手机将它拍成照片存了下来。

　　坂本一大早就嚷嚷窗口专用的文件夹不够用，刘燕燕顺手从桌子上拿了一摞子递给她。但是不久，坂本来到我身边说："一再跟你说了，用完的东西要放回原处。可是你呢，根本没记性，还是到处乱丢。"

我的心又开始忐忑。犯了双重输入的滔天之错以后，我只去过几次窗口，使用的文件夹不超过五个。但既然坂本要针对我，跟她解释也毫无意义。再说我不想跟她的关系搞得越来越僵。我不说话，低着头干活。结果她说我的态度不好，甚至上纲上线地说我"麻木不仁"。她好像越说越生气，突然大声地质问我："你是不是认为到处乱丢文件夹的是我和刘燕燕？"我摇了摇头说没有。于是她接着说："你来记录系之前，这里从来没有发生过这样的事。自从你来记录系，不是文件夹找不到了，就是铅笔找不到了。除了你，还会是谁干的呢？我跟刘燕燕不可能干这种事。"

只要来记录系，天天都是这些令我招架不住的意外的事。我真想疯狂一次，也许疯了就不用苦恼并畏惧什么了。坂本还站在我面前，等着我回话。我想敷衍一下，赶快了结眼前的不愉快，于是回答说："我并没有想过是谁干的。这么点儿小事，没必要像警察查小偷似的。以后我勤看着点儿就是了。"

但我马上意识到这话会损害她的心情，感到后悔，却是来不及收回了。我等着她火冒三丈，很意外她迟疑了一下对我说："不管你承认不承认，反正大家都认为是你干的。以后你要加倍留心。"

十点左右，刘燕燕给了我一个信封和一张纸。她让我把纸上的地址写在信封上。我还是第一次使用这种白信封。后来知道这种信封是跟专门人联系时专用的。我问刘燕燕，书写的格式应该是竖着的还是横着的。她说我："你来记录系这么久了，怎么连写个信封这么简单的事都不会?我记得以前有教过你啊。"我说不记得有人教过我,印象中是第一次使用这种信封。于是,她转过头,不怀好意地对坂本说:"黎本说我没有教过她怎么写白信封。怎么你也没有教呢?"

坂本哈哈大笑地说:"是啊是啊,我是没有教过,真是对不起了。"

刘燕燕转过头看着我说:"好吧,如果你非要说我们没有教过你的话,我们现在来教你。但是你想好了没有,你是想让我教你呢,还是想让坂本教你呢?"

她们俩在双管齐下。她坐的位置比坂本离我近,于是我冷静地走到她身边,很客气地说:"请告诉我这种白信封的书写格式。"

连审查和校对那边的职员都在看刘燕燕的反应。刘燕燕看我。我一动不动。我想我的神情一定很严肃。于是她变得温和起来:"你应该先在信封上盖役所的地址公章。格式由你盖的地址公章来决定。地址公章是横着盖在信封下面的话,人名就横着写在公章的上边。相反,地址公章是竖着盖在信封的右下角的话,人名就写在公章的左边。"

她说得简明易懂,我一下子就明白了。我谢了她。因为我喜欢竖着写地址,所以把地址公章盖在信封的右下角。我去役所门前的邮政信箱投寄了那封信。回来后,没打几个字,有一份外国人归化日本国籍的资料引起了我的注意。因为窗口服务系不办理外国人归化,对我来说,无疑又是第一次接触的工作。使我烦恼的是，我不得不再一次请教刘燕燕和坂本。我想她们又要嘲讽我了。

不出我的所料，刚才的一幕重来了一遍。刘燕燕不耐烦地说："你在役所干了这么多年，来我们记录系也有很长一阵子了，凡是你不会的工作，你都说是第一次干。"

这一次我决心不做任何解释。假如是一对一，我单独对刘燕燕，或者我单独对坂本，也许我能打一个平手。但现在是一对二，我想我必输无疑。她们俩绑在一起，有一种压倒性的存在感。再一个就是，我觉得她们俩已经商量好了要一起赶走我。

有时候我想，闹吧闹吧，闹大了我就可以借机离开记录系了。小原到底是最了解我的人，前天在电话里说我有点儿自暴自弃。我叹了一连串的气。小原说："我想象你的脑袋是叹息，你的胳膊腿是叹息，你整个人是一连串的叹息。"

那天跟滨田课长提出辞职的时候，我说最苦恼的是坂本也跟着刘燕燕一起欺负我。他为我总结了三个原因。第一，山崎跟坂本对立时找我倾诉过。对坂本来说，我是山崎的倾听者。第二，坂本跟我是同期，如果不随着刘燕燕，怕自己也会成为被刘燕燕排斥的对象。第三，因为我的原因，坂本差一点被调到窗口服务系。我没好意思告诉他还有第四个原因，坂本怕我跟刘燕燕搞好关系而排挤她。

我默默地将归化申告书放到刘燕燕的桌子上。她问我什么意思。我说我不懂怎么输入，为了不出错，还是由懂的人输入才对。她站起来,让我跟她一起去我使用的电脑那里。关于申告书,因为种类多,输入的程序也比较复杂。举例来说的话,好像一幢楼房里的居民,每家有每家的出入口。

刘燕燕让我好好看着她是从哪个入口进去的。我拜托她在输入的时候慢一点,以方便我做笔记。她一边输入,一边指点我容易出错的地方。我将笔记做得很具体。她看上去非常满意,对我说:"下一次,不要再说我没有教过你了。你自己的笔记可以为我作证。"她说"作证"两个字,我听了后觉得心又痒痒了。我谢了她。她看了我一眼,居高临下地说:"你自己不是办理过归化吗?整个过程应该比我还清楚。想想自己在办理归化时都做过什么样的准备,自然会明白是哪个入口。"然后她又加了一句,"我还是不明白,为什么有些人为了能到处旅游而放弃国籍?"

刘燕燕回她自己的座位了,我怔怔地想了好久。我怎么就没有联想到自己办手续的事呢?这是我做人迟钝的地方。不过,我记得办归化的手续非常简单,向日本法务省提交申请资料后,只有过一次面谈和一次家访。拿到日本国籍的同时,原来的国籍就算是自动放弃了。是共同进行时。而刚才的电脑程序则是,先消除原来的国籍,再记载新的国籍。如果归化者的配偶是日本人,消除和记载之间要把归化者的户籍移动到配偶者的户籍上。这个过程使我第一次对归化有了具体的感应。仿佛某一种情感突然苏醒过来,那些曾经构成我生活背景的东西,鲜明地浮现到眼前。比如北京的东四十二条街,比如鼓楼的爆肚。

刘燕燕曾经告诉我，来日本前她也住在东四十二条。那时候，她问我为什么要放弃国籍归化日本，我记得我说："持日本护照可以走遍全世界。"她说放弃国籍的人跟放弃爱国是一样的。我嘴上没说，但在心里想：既然说自己爱国，为什么却在日本生活呢？她在日本生活的时间比我还长，已经超过三十年了。不仅如此，她还办理了日本永住，根本就没有回国的意思。我对她说："不要把归化看得那么严重。对于我来说，归化就像换了一件衣服。心是不会变质的。"听我这么说，她生硬地指责我："你说的话非常虚伪。"我不想跟她争执。对于我来说，只想知道真的"本地"在哪里。而且方法很简单，就是看哪个地方给我安全感。

快到中午的时候，我听见刘燕燕对坂本说："你知道人的脑子是会进化的吗？如果一个人长期经受语言暴力的话，这个人的脑子就会进化，只接受自己喜欢听的那些话，而不喜欢听的那些话，都可以装作听不见。"

我知道她说的是我的脑子和我。原来她自己也承认对我施以职场性的暴力。这使我无法集中精力输入，浮想联翩。照日本的官方定义来看，所谓职场暴力，就是"利用自身在职务上以及人际关系上的有利性，对同事施加超过业务范围的精神性以及肉体性的痛苦的行为"。至于所谓具体的标准，对刘燕燕和坂本来说，每一条都似确凿的事实："损害对方的人际关系及职场环境。无视对方，将其隔离，或是联合其他人将对方孤立等行为。不教给对方工作所需的内容,将对方的席位隔离开等幼稚的行为也包含在内。要求过大:交给对方明显不可能完成的任务量,并且在对方没有完成的情况下大声呵斥或殴打对方。要求过小:只交给对方无关紧要的工作内容。"等等。

坂本没有回答。她并非没有听见刘燕燕的话,只是她比刘燕燕聪明,知道自身承认施暴的话会有什么样的后果。从某种意义上说,职场暴力是当代一部分人所承受的痛苦。据我看,职场暴力是某一个人的行为导致了集体意识的产生。

午休,我在大门口遇到了窗口服务系的神田。有些事,特别是跟记录系有关的事,我不太喜欢跟别人谈,但在窗口服务系工作的时候,跟我关系最好的是小泽,而我最喜欢的却是神田。她身材不高,瘦瘦的,喜欢穿黑色和灰色的衣服。虽然不主动跟他人说话,但如果有事请教她的话,她会不厌烦地帮助你。她的年龄跟刘燕燕相仿,但几乎干遍了所有的部署。我对她的印象是,她的知识面很广,无论哪个方面的问题都懂,没有她解释不了的。我的工作目标是刘燕燕而不是她,因为她令我觉得高不可攀。我觉得她像一部电脑,把整个役所的业务都装在脑子里。

我问她带盒饭了没有。她说没有。我说想一起去饭店吃午饭。她同意了。附近有一家卖摩托车和自行车的商店,商店的二楼是一家韩国人开的烤肉店,店里的座位全部用木板隔开,所有的座位看起来都像是一个小单间。我们走进去,挑最里面的位置坐下。她点了女性套餐,我根本没有食欲,到饭店是为了跟她说话,所以想都没想也点了女性套餐。她问我在记录系工作得怎么样。在我跟她交往的记忆中,这是她第一次打听我的事。我觉得有点儿心酸,咬了咬牙,把在记录系所遭遇和感受到的事,全部说出来了。

她一直很平静地听我把话说完。我信任她,她对我表示感谢。然后她对我说:"记录系一直在莫名其妙地折腾人。而高桥系长和滨田课长毫无解决问题的意思,才是最根本的问题。"我说是。她突然问我:"你打算回窗口服务系吗?"

我说我一直有这个想法,但是最近有点儿胆怯。她问为什么。我说最近才知道窗口服务系的好多职员都做过刘燕燕的后辈。我跟刘燕燕吵架的事,最近被传到各处,连带得一些职员都不敢跟我说话了。我举了几个人的名字,比如山杉、篠崎、冈本等。这些人刚开始都担心我受坂本的欺负,最近却尽量躲着我跟刘燕燕了。她说大家其实心里明白是怎么回事,但是怕惹麻烦。我当然懂"怕惹麻烦"的意思。日本人最怕给别人添麻烦,但也怕别人麻烦自己。她有点迟疑地对我说:"其实,个人番号制度开始后,窗口服务系的工作一下子复杂了很多,即便你回去,从头开始学习的工作也不少,要有思想准备。"说到解决的方法,她劝我去找滨田课长。我说我已经找过了,正赶上人事部调查"那件事"。现在想一想,恐怕课长也是自身难保的。她说"那件事"根本影响不了课长,顶多就是升部长的时候有点儿难。吃完饭,走出饭店大门的时候,她告诉我:"既然她们俩不肯教你新的工作,你就跟课长明说,就说你只干你自己能干的工作。"

我答应她尽早去课长那里。下午干活的时候,我觉得心里轻松了很多。

还是那句话:人算不如天算。没想到,还没等我找滨田课长谈话,他已经被人事部调到了其他的部署。新来的课长姓臼井。谁都知道滨田课长是因为什么被调走的,谁都不提这回事。我很沮丧,因为我所有的努力都泡汤了。

二十三

5月20日。正吃饭的时候,五十岚来电话了。她说小不点儿离开公园很久了,一直不回公园。她还说很想回家,但鸭宝宝孤零零的,眼看着台风要来,不忍心回家。我让她等我一会儿。

跟她见面的时候已经是晚上八点了。她说是下午五点半来公园的,所以小不点儿离开公园至少也有两个半小时了。她担心小不点儿放弃育儿。我让她再等等看。九点了,还是不见小不点儿的踪影。她打算先回家吃点儿东西,往家走的时候对我说:"我马上就回来,如果小不点儿在我回家的工夫回来了,你就给我打电话。"

夜幕低垂,台风前阵的天空看上去就是一块无边无际的灰色的布。孤零零的鸭宝宝在水里转来转去。我晃荡着跟在它的身后,感觉很虚幻。有人向石拱桥走来,我认出是那对双胞胎的姐姐惠子。去年,对面公园出生了五只流浪猫,我们一起照顾了一年,直到姐妹俩给五只猫做了绝育手术,还将它们和猫妈妈一起带回家里饲养。因此,我跟姐妹俩的关系很亲密。三个人在LINE里建了一个群,她们俩经常会把六只猫的照片发到群里。我问惠子这么晚了来公园干什么。她说在附近的一家超市里做临时工，刚下班，路过公园的时候顺便看一眼鸭宝宝。

我跟她说了小不点儿的事。她也说很担心。我说我跟五十岚都觉得小不点儿放弃育儿了。但她不死心，认为刚刚九点而已，动物对天气先知先觉，尤其小不点儿是母亲，不可能不知道台风要来了，不可能不顾鸭宝宝的安危，台风来临前一定会回到公园。我听大出说过，鸟的眼睛在夜里看不清东西，所以天黑后基本上不会移动。这个时间不回来的话，我想小不点儿就不会回来了。但我没有把这个想法说出来。跟惠子相处了一年，我知道她的性格。

我们正聊着的时候，五十岚回来了。鸭宝宝在浮漂那里转悠，我去了那边的栏杆。不知道五十岚和惠子说了些什么，两个人突然呛起来了。惠子非常激怒，大声地说："什么叫没办法，事在人为。"五十岚气汹汹地站在石拱桥上。我犹豫要不要参与的时候，惠子已经朝我走过来，对我说："既然鸟在夜里不会飞，小不点儿就是回不来了。我想在台风上陆之前保护鸭宝宝。你可以把鸭宝宝带回家里吗？一个晚上而已。"

我对她说："啊，让我想一想。"

这时候的天空完全是漆黑的一团。一阵阵强风带着凉意吹过我的身体。惠子一动不动地看着我。不久我告诉她，虽然我很想带鸭宝宝回家，但是家里有一只大猫。她显出不高兴的样子，让我不要跟她提猫的事，因为她家里的猫更多。其实，她家里不仅猫多，狗也多，有七只娃娃狗。那些狗都是动物商店卖剩下的,姐妹俩觉得它们可怜,所以就一只只地买回家里。

五十岚曾经对我说过,只要是跟动物有关的事,尽管跟她说,她能做到的都会做。我盯着她看,心想她一定懂我眼神里的意思。但是她突然对我说:"斑嘴鸭是野生动物,人最好不要插手自然界的事。"

我十分十分惊讶。老头扔石头砸鸭爸爸的时候我说过同样的话。惠子冲着她说:"照你说的话,等于看到鸭宝宝很危险,却置之不顾。你自己做不来的事,最好不要干涉人家。"

五十岚用眼球白了她一眼,连声招呼也没打就回家了。

我很不安。我本来是寄希望于五十岚的。现在她撒手不管鸭宝宝了。不知如何是好的时候,惠子问我:"那个老太婆是什么人?"我说是对面那栋公寓的住民。她说老太婆怎么这个德行。我说一定是有什么误会。五十岚从去年开始一直保护着斑嘴鸭,这事她也看在眼里。所以她不再提五十岚的事,让我再考虑一下带鸭宝宝回家的事。她对我说:"你只有一只猫,就照顾一个晚上而已。台风过了,你把鸭宝宝放回池塘就可以了。"

我想了想说:"好吧,那么我就把鸭宝宝放到浴缸里吧。"她担心浴室太冷,我就说:"那么我将浴缸注入温水好了。再说浴室有空调,我可以开暖气。"

惠子回家取蜻蜓捕捉网和箱子了。趁惠子不在,我给五十岚打电话,说惠子其实是个好人,只是太喜欢动物,所以跟动物有关的事,特别容易冲动。我还说我已经决定带鸭宝宝回家了,所以请她回公园帮我和惠子的忙。她根本不接惠子的话题,冷静地对我说:"我也知道鸭宝宝很危险,也想为鸭宝宝做点儿什么。但是,斑嘴鸭是野鸟,自然界的事,我们插手也帮不上忙的。我觉得顺其自然比较好。再说都这么晚了,我还要吃饭。我儿子也要吃饭。"

有时候,人翻脸改口真的很快。再说我不能太不懂事了,不能打扰人家吃饭啊。我说了句"对不起"就挂掉了电话。风比刚才大了,已经可以感觉到逐渐增强的势头了。我觉得冷,将外套的拉链一直拉到最顶,将下巴埋到外套和脖子之间。鸭宝宝还是在池塘里转来转去。

惠子回来的时候,手里抱着一个塑料箱,她的身后跟着妹妹雯子。雯子手里提着两个很大的蜻蜓捕捉网。我曾经见过她们使用网和箱子抓猫来着。雯子从肩膀上取下背包对我说:"我们现在要下池塘抓鸭宝宝,你好好看东西,我的包里面可是有钱包的啊。"

我说好。姐妹俩将裤脚挽到膝盖,先后跳进了栏杆。我问她们:"就穿着鞋子下水吗?"

雯子说:"谁知道池塘里有什么东西啊。穿鞋子比较安全。再说鞋子可以洗干净啊。"

按照惠子的指示,我把蜻蜓捕捉网递给她们。虽然公园里只有我们三个人,我还是站在原地不动,一步也不敢离开惠子的背包。

池塘的水高正好抵姐妹俩的膝盖,比我想象的要浅很多。

但鸭宝宝逃得比我想象的要快很多。姐妹俩跟着鸭宝宝在水里跑了几个来回,池塘的水溅到她们的大腿和屁股上,她们的裤子全湿掉了。不久,姐妹俩喘着粗气从水中上来,看起来十分疲劳。惠子对我说:"没想到鸭宝宝游得这么快,根本抓不到。"

于是我们只好想其他的办法。我说可以在浮漂上放置一个防风防雨的箱子。惠子反对,说箱子会被台风刮跑。雯子说可以将箱子绑到中心岛的树上。我和惠子都觉得雯子的主意比较好。我家比较近,由我回家取绳子和大的垃圾袋。雄大一个人在家,正在做作业。我问他:"那个人还没有回来吗?"

他说:"还没有。"

我觉得有点儿奇怪,但顾不上深想,一溜烟地跑回公园。

惠子和雯子谢了我,重新跳过栏杆。不用惠子指示,我把从家里拿来的绳子和垃圾袋递给她们。涉过一小段池水,她们上了中心岛。我看到她们用垃圾袋把箱子包起来,用绳子把箱子绑在树上。我还特地带来了一片面包。我把面包抛到中心岛。惠子将面包撕成一个个小块,放在箱子里。最后,雯子在中心岛的树下捡来几块砖头压在箱子上。我觉得心头的担忧终于卸下来了,不由得松了一口气。惠子说:"真不错,完全能够遮风挡雨。野生动物很聪明的,为了自卫,肯定会到箱子里避难。"

是的,当时我们都这么想。

惠子和雯子打算回家的时候,已经有雨滴掉在我们的头上和肩膀上。惠子对着鸭宝宝喊："贝尔，今天晚上，你要加油啊。如果你遇到了危险，我随时会来保护你的。再见，贝尔。"我还是第一次听见有人用名字称呼鸭宝宝，问她为什么起了个"贝尔"的名字，她解释说，这里是贝尔蒙特公园，取公园名字的前两个字。还有，英语"贝尔"的读音是熊，希望鸭宝宝能够长得跟熊那么大。想到熊是庞然大物，我为惠子的愿望所感动，内心涌过一种冲动，有点儿迷迷糊糊的了。往外走的时候，雯子对我说："我们也是刚刚才下班，明天还要工作，这么冷的天，如果感冒的话会很麻烦，家里还有那么多猫等着我们呢。"

为了证明丈夫没有出什么意外，我不断地给他打电话。但他就是不接。实在忍不住心里的恐惧，我给小原打了一个电话。小原说："你担心什么啊。如果他真出什么意外的话，警察早在第一时间内就打电话通知你了。"

小原让我该干什么干什么，但我就是觉得发生了什么不吉的事，心忒忒得非常厉害。结婚这么多年，丈夫还是第一次不回家过夜。我让雄大去他的房间睡觉，然后给丈夫的手机发短信："如果你在今天不回信，也不回家的话，你就永远都回不了家啦。"

这一招很管用。没过多久，他真的给我打电话了。他先是跟我道歉，但我很愤怒，让他废话少说。问他为什么不回家，他沉默了好长时间，才说他被古贺和板仓解雇了。他的话好像晴天霹雳。关于丈夫，所有最坏的结果我都想象过，唯独没有想到会被人解雇。有一阵，我一句话也说不出来。不久我问他在哪里。他说在朋友的办公室。问他在干什么，他说在沙发上休息。问他为什么不回家，他说马上就要来台风了，怕影响到交通，怕电车中止运行。我没有进一步揭穿他不回家的真实意图，很想破口大骂，但也许他的朋友正在他的身边。我挂掉了电话。

"生活堆积在岩头，瀑布一样倾泻下来，眼前出现了几十个世界。忧愁埋在深深的谷底，那谷底，是我的心窝。"这是我上大学时同学写的一首诗，二十多年后却突然清晰地被我想起来。不久，我听见一种强烈的声响。一次两次，当我听到第三次时，终于明白了，那是风猛烈地扑打在窗玻璃上发出的声音。台风终于上陆了，已经在我的身边，在我的眼前了。

哗啦啦的声响令我十分害怕，总觉得窗玻璃随时会被风压挤碎。说出来也许没有人会相信，这一刻，我竟然想到了贝尔。不知贝尔是否躲在我们为它搭建的小房子里。我决定去贝尔蒙特公园。在一楼的衣柜里，我找到了那套新买的天蓝色的雨衣。我想带一把伞，但知道伞马上会被强风毁掉。雄大已经睡着了，根本不会意识到我出门，但为了防备万一，我还是回二楼写了一张纸条放在饭桌上。纸条上写着："我在公园看斑嘴鸭。"

一眼就看见了大岛。真难相信，在这样一个暴风雨的夜里，会有人跟我一样到公园来。大岛没有穿雨衣。奇怪他手里的雨伞竟然完好无损。但他的衣服从上到下都是湿透的。我不自然地跟他打了个招呼。他告诉我，有一只像老虎似的灰色的猫去了中心岛，躲在楼亭的下边。其间他上过一次中心岛，用声音吓唬猫，但是猫就是不肯出来。之后他高兴地告诉我，有人为鸭宝宝搭了一个防雨的小房子，但是因为猫也在中心岛，所以鸭宝宝并没有在小房子里。

我顾不上跟他解释小房子是我和那对双胞胎姐妹搭的，问他鸭宝宝在哪里，他说他也刚到，因为忙着吓唬猫，还没有来得及找鸭宝宝。我们开始围着池塘的栏杆转悠。风由西南方向刮来，雨形成帘，一次次斜斜地扫过来。大岛紧挨着我，边走边大声地说，他回家后非常担心鸭宝宝，担心得不得了，根本睡不着觉，反正公园离家也近，所以干脆跑公园来了。我告诉他我也是这样的，跟他一样。以前因为他有一个中国出身的女朋友，我觉得跟他的关系比较亲近，此时此刻，亲近感却是倍增的了。

是我先看到贝尔的。贝尔出生的木樽是被石墩托出水面的。此刻，贝尔正蹲在东北方向的石墩上。说真的，突出水面的石墩，因为上面放着木樽，只有四个边角露在外边，所以面积很小。并且，对贝尔来说，木墩看起来似乎有点儿高了。毫无疑问，贝尔能攀上石墩，一定使尽了全身的力气。我让大岛看贝尔，还让他看风雨。风雨从西南方向吹来，而贝尔蹲在东北方向的石墩上。风雨被木樽阻挡，贝尔既吹不着风，也淋不着雨。大岛望着我，笑嘻嘻地说："这只鸭宝宝不愧是十三分之一。因为它有这样的智慧，所以才能够活下来。"

泪水涌上了我的眼眶。只有我知道自己为什么会如此感动。我觉得贝尔比我伟大很多。大岛跟我说了一句话，但淹没在风雨声里。我让他再说一次，他大声地说："不知为什么，看见鸭宝宝这个样子，觉得自己其实挺幸福的。忽然想加油，想好好地活下去。"

这时我想，贝尔一定会战胜这场台风，它已经全力以赴了。一股热流涌遍我的全身。我一分一秒都不愿意从贝尔的身上离开目光。好几次，我的心里闪过亮晶晶的线，像闪电，像裂口，像万家灯火的一个窗口。风雨更加强烈了，我想下水，想把贝尔抱在怀里。但我知道我下水的话，反而将贝尔置于苦地。我只能眼睁睁地看着贝尔，想象它的恐惧和寒冷。

我跟大岛一直在风雨里站到黎明，谁都没有提过回家的事。大岛问我要不要回家休息一下。我说不需要。说真的，就在这个瞬间，我突然决定辞职了。是决定，不是打算。我告诉大岛有人为鸭宝宝取了一个叫"贝尔"的名字。他愣了一下说："这名字好。"但是他又问我这名字的意思。我对他说："贝尔蒙特公园的贝尔。还有就是，英语说贝尔，是熊的意思。"这一次他惊讶地张大了嘴巴。

台风后气温很高，空气很温暖。不到五点，公园里已经陆陆续续地有人来健身。看到贝尔，每个人都松了一口气。大岛把我跟双胞胎姐妹搭小房子的事说给人们听，说的时候就像他亲眼看见了似的。没过多久，人们都知道鸭宝宝叫贝尔了。我很高兴。为了证明贝尔了不起，他让我把拍的照片给人们看。

照片里暴雨在水面上溅出的点点光影一目了然，只有贝尔所在的石墩附近像一小面神秘的镜子。好多人看得目瞪口呆。有一个我叫不出名字的男人对我说："你的爱很深。你很伟大。对于贝尔来说，你才是真正的妈妈。"

但他的话使我觉得不舒服，我没有搭理他。贝尔已经在捕捉水面上的虫子。吉泽说没想到小不点儿会放弃育儿，还说小不点儿不该在台风的日子放弃育儿。

小根泽先生感叹地说："这是对贝尔的试炼。"

我接着小根泽先生的话说："试炼来得太早了一点儿。贝尔还这么小。"

我想在管理处的人出勤之前撤了中心岛的那个小房子。大岛自告奋勇地表示他去撤。他穿着粉红色的凉鞋涉过池水去了中心岛。那只猫从楼亭下探出脑袋，噌一下跳出水面，从我的脚下跑掉了。

跟吉泽和小根泽夫妇打了招呼后，我离开了公园，到家的时候，雄大还在睡觉。我觉得非常非常累，但是我睡不着。最后我坐在饭桌前喝起了咖啡。

二十四

雄大去学校不久,丈夫回来了。他什么事都没有发生似的,很平静地、淡淡地对我说了一声:"对不起。"

我用手机给高桥系长打了一个电话,说我突然发高烧。他马上让我休息。丈夫舒舒服服地坐在沙发上。我默默地走到他眼前,突然在他的腿上踹了一脚。他一动不动,脸上毫无表情。我说:"出了这么大的事,你应该知道我担心得不得了。这种时候你却一个人躲到朋友那里。你永远只想你自己。"

他说:"对不起。"

我在他的腿上又踹了一脚:"至少一个月前你就知道会被解雇,但你却装得跟什么事都没有似的,甚至让我辞去工作。"

"我真的不知道会被解雇。昨天他们通知我的时候,我还以为是开玩笑。"

我大吼一声:"又撒谎。你以为我不知道吗?照日本的法律规定,公司不跟社员续约的时候,必须提前一个月通知对方。至少一个月以前你就接到通知了。"

"自从古贺和板仓管理出版社,没那么守规矩了。"他一副委屈的样子接着说,"我是出版社跟银行融资的连带保证人。

单凭这一点,我就没想到他们敢解雇我。"

我以为自己听错了:"你不是告诉我,连带保证人已经转到板仓的名义了吗?怎么又成了你啦?"

他的神情明显动摇了一会儿:"一共有两笔融资,转换名义的只是其中的一笔。"

"好吧,请告诉我,你保证的那一笔是多少钱?"

他说:"四亿多吧。"

我吓得倒退了一步,然后在他的腿上一连踹了几脚。这次我是真的用劲儿了。我觉得还不解气,又在他的脸上抽了一个耳光。我骂他:"你真是个混蛋!"

他用手捂着脸说:"连带保证人是会长逼迫我做的。"

我声嘶力竭地吼道:"你可以拒绝的。"

"但是会长当时给了我两个选择。要么做连带保证人,要么被解雇。"

"被解雇也不应该当连带保证人。四个多亿,你一辈子也还不起。"

他说:"不用我还。因为是出版社跟银行的贷款,出版社会还。"

"你说的只是一般的情形。万一出版社破产的话,这笔融资会全部转到你个人的头上。"

"出版社应该不会破产的。"

"我说的是万一。"

"那也不用担心。我个人名义的债不会牵连你跟雄大。"

他说的是真的。但是他的债虽然不会牵连家人，万一出版社真出事的话，他名义下的财产是会被银行收走的。好在房子、车以及存款都是我的名义，银行的确在他身上收不走一根毫毛。我说："有一点我不能原谅你。如果婚前你跟我坦白这件事的话，我想我不会跟你结婚的。"

他说："对不起。"

"话说回来了，古贺和板仓让你做契约社员的时候，你为什么不推掉连带保证人呢？"

"那时候他们说融资下来了会把出版社还给我。"

"蠢货。如果他们想还你出版社的话，还会跟你签契约吗？"

"我没有想那么多。他们让我签，我就签了。"

我在他的头上拍了一下。

过了一会儿，我觉得自己稍微平静了一点儿，开始给雄大参加的课外学习教室打电话。除了英语，国语、钢琴和篮球都被我取消了。我默默地给自己冲了一杯绿茶。

房间很安静。他还是一动不动地坐在沙发上。他闭着眼睛。他的样子看起来很疲倦。我默默地看了他一会儿。不久，我问他打算怎么办。他睁开眼睛，因为不懂我的意思，问我什么怎么办。

我说："对你自己以及这个家的今后，你打算怎么办？"

他让我不要担心，因为他会拿到一千二百万的退职金。至于工作呢，他说他有一个做出版的朋友，很早以前就希望他过去帮忙了。我怀疑所谓"做出版的朋友",是他刚才闭着眼睛的时候想出来的。我问他什么时候能够拿到退职金。他说下个星期应该没有问题。我又问他什么时候能够去工作。他说什么时候想去都可以。

关于他突然被解雇的事,也就吵到这个程度而已了。模模糊糊地,我觉得我跟他,以及现在的生活,好像一个段落,到了终结的时候了。如果用游戏比喻人生,那么跟打麻将或者扑克牌似的,已经到了重新洗牌的时候了。

我觉得手痛。我发现刚才拍过他的那只手全是乌黑的青。

有时候我想跑得远远的,跑了又跑。我觉得那个想抓住我的其实正是我自己。看恐怖电影的鼻祖《闪灵》时,虽然很害怕,但不看人物的表情动作就无法理解影片的精髓,所以我屏住呼吸,用手遮住眼睛,从手指的缝隙里看。我觉得那个"跑了又跑的我",就是我的手指缝。事到如今,百思不得其解的几个问题,我想我必须问明白了。我在电视里看过那些开庭审判的镜头。于是我坐到他的对面,严肃地说:"我们言归正传。但是你要起誓你说的都是真话,不掺杂任何谎言。"

他说:"我起誓。"

我问他:"为什么你要跟你妹妹借钱?"

他说:"这么说你也许不相信。工资突然少了一半,我怕你发现了会担心。最主要我那时还以为融资下来后,他们会把出版社还给我。妹妹的钱可以慢慢地还。"

"那么出版社的事呢?你重新当社长了,出版社拿回来了，古贺被你解雇了，让我当主编去帮你的忙了，从头到尾没有一样是真的。这还不够，最令我觉得恶心的是，一次我给你打电话，你说正跟板仓在一起谈出版社今后的事，还说两个人正从山上旅馆出来。记得我当时很高兴，让你代我向板仓问好，希望他有时间可以到家里做客。你当时说传达给板仓了，说他很高兴，愿意找个时间到我们家里来。结果是板仓跟古贺亲自解雇了你。你没有自尊心吗？不觉得丢人吗？"

他说："事情发展到今天，毫无疑问我也觉得很丢人。但那时你被刘燕燕搞得痛苦不堪，连雄大都说你的脸像一副痛苦的面罩。我想你病倒了怎么办，唯一的办法就是让你能够安心地辞职。要知道，你的健康对我来说才是最重要的。正是为了解脱你的痛苦我才撒谎的啊。"

他的脸上带着自然的微笑。我知道自己的丈夫是日本人，但这时我比任何时候都更加深刻地感到，这个日本人的思维方式与我是多么的不同。

"有一次你去大阪，明明住在你妈妈家，却骗我住在旅馆。连自动贩卖机那么具体的细节你都想象得到。住妈妈家有什么不好？为什么连这样的小事也撒谎呢？"

"这个啊，也许是我思虑过多了。你跟我结婚这么久，我从来没听你叫过我妈妈一声妈妈。原因你也知道的。你坐月子的时候她不照顾你。雄大住院的时候她不帮忙，结果你连个澡都没有洗过。结婚的时候，生雄大的时候，她都一点儿表示也没有。你跟我埋怨过好多次，说她根本不接受你。我想如果说我住在妈妈家,也许会伤了你的感情啊。"

……

他问我是否还有什么要问的,我觉得问下去也没有什么意义,结果肯定是一无所获。关于辞职的事,我本来不想告诉他,但觉得应该给他一点儿压力,就对他说:"并不是因为你希望我辞职我才这么决定的,我倒是真的决定辞职了。怎么说你都是一家之主,在我找到新的解决方法之前,这个家要靠你想办法来支撑了。"

他的神情一下子明快起来,高兴地说他可以帮我找到解决的方法。我想他就是这么没脑子的,于是警告他:"你又犯病了。如果是谎话就不要说给我听了。我真的没有时间和精力应付你的谎言了。"

他说这次是真的,只要我愿意,他可以介绍我去武藏野大学教中文。我知道他编辑出版过校长的几本书,跟校长的关系很好。也知道大学的校刊是出版社在发行。所以这件事也许是可行的。我让他给校长打电话试试看,他说干脆跟我一起去见校长本人。事情就这么定下来了。

另一个方面,他对我的态度也使我感到非常惊讶。我骂他、打他,他好像转过脸就会忘记似的。有一个朋友曾经对我说过:"如果你丢弃他,永远也找不到像他这么爱你的人了。"

这一刻,除了我觉得他真的是个病人,还想起了这句话。从我坐的地方,可以看到他的嘴唇有点儿肿起来了,我的心也受到了震动。我明白我的行为太过分了。我们一起吃午饭。他的话很多，聊的都是去大学教中文的事。他这样对我说："你去武藏野大学教书，如果雄大也去武藏野大学就读的话，可以享受家属待遇，入学金折半。"

午饭后他洗了澡，然后去三楼睡觉了。我跑去公园看贝尔。大岛取笑我回来得太快。他示意我看中心岛。我看见小不点儿和贝尔正在那里吃饭，不由得吹了一声口哨。他对我说："小不点儿是七点十五分左右回来的。"他又用手指了指在浮漂上睡觉的公鸭，"一起回来的。"台风之夜，小不点儿原来跟鸭爸爸在一起。

太阳开始晒人的时候，我和大岛去管理处旁边的休息处。坐下后，他说他女朋友的姐姐和姐夫要从中国来日本玩，但是他女朋友要上班，所以他白天要陪他女朋友的姐姐和姐夫出去玩，晚上还要买菜做饭。他跟我道歉："对不起，这几天我无法监视流浪猫和乌鸦了。"

我知道他担心的是贝尔，于是说我会比平时早一点儿来公园。下午我回了一次家，睡了差不多有两个小时。傍晚再去公园的时候，吉泽和西川已经比我先到了。西川说小不点儿和鸭爸爸刚刚飞走，小根泽夫妇刚刚离开。吉泽心神不定，担心小不点儿晚上会再次放弃贝尔。

我在公园待到八点，小不点儿一直没有回来。第二天听双胞胎姐妹说，她们夜里十一点到公园的时候，贝尔独自在浮漂上睡觉。22日也一样，小不点儿跟鸭爸爸一早飞来，下午飞走，夜里没有回来。23日和24日，小不点儿和鸭爸爸傍晚才来公园,夜里虽然留下来了,但小不点儿还是不肯让贝尔到翅膀里取暖。25日,小不点儿和鸭爸爸一大早就飞走了,起飞的时候,贝尔一边啼哭一边拼命地追赶。它拍着翅膀在水面上奋力疾走,眼睁睁看着小不点儿和鸭爸爸飞远。

二十五

刘燕燕请了两天假去中国办事。

刘燕燕不在,坂本比以往温和,教了我很多新的工作。到记录系以来,我第一次感到工作的愉快。辞职的事我想先搁一搁,等刘燕燕回来了再说。

刘燕燕来役所的时候,带了一大包中国礼物。没想到她给我也带了一份,是一个小铁盒,里面装着十几块薄荷糖。一上午她都坐我身边说国内的事。她妈妈住在北京的东四十二条,她想将自己的户口落在她妈妈那里,但是东四十二条查得特别严。按规定,她不在她妈妈家住半年以上的话,户口就没有办法落进去。但是她有一个路子很野的朋友,出主意让她找一个容易登记的地方先落户,日后再以搬家的形式转到东四十二条。

这几年国内的房价大涨,她妈妈已经九十多岁了,我以为她历尽千辛万苦也要落户,是为了她妈妈的财产。结果我错了。后来有人传话给我,她回国办居民登记,目的是为了将来在国内领养老金。我很惊讶,她在日本已经生活了三十多年了啊。传话的人问我出国前在国内工作了几年,我说九年,于是传话的人说我一次性地补交六年保险费的话，也可以拿到养老金，还让我抓紧时间申请。我半信半疑。传话的人从网上找出国务院侨务办公室的通知给我看。真假不知，但的确有这么个说法。我早已经加入了日本国籍，北京的房子也早卖了，甚至连自己的档案放在哪儿都不清楚。要去北京找档案什么的，只要想一下就令我感到泄气了。我决定放弃。

好久以前我跟她说想办理一张中国的银行卡，想不到她还记着这件事。她从钱包里取出一张金灿灿的卡，一边让我看，一边对我说："你说你想要一张银行卡，这倒是提醒了我去办一张。结果银行让我办金卡。我朋友听说我办的是金卡，说我牛B呢。"

我真羡慕她。对于我来说，银行卡永远遥不可及。我是日本国籍，没有中国居民身份证，如果没有正式的在留资格并在中国住上几个月的话，永远搞不到银行卡。不过，来记录系后，我们还是第一次，用中文普普通通地聊了大半天。我甚至这样想：如果我或者她，其中的一个人是日本人的话，我们的关系会不会像现在这样糟糕？我问她现在的北京怎么样。她回答说："高楼大厦。街道比日本漂亮。商店里什么都能买到。"

我想我问的不是这些事。

我没有想到的是，刘燕燕跟我用中文聊天这件事激怒了坂本。但这是后话。以后再说。

23日早上五点，我去公园的时候竟然看见了大岛。不知他跟她女朋友的客人相处得好不好。问他，他说那些中国话一句都听不懂，很无聊。还说昨天他女朋友在回转寿司店请客人吃寿司，也叫他去，但是被他拒绝了。他说他女朋友今天休息，带着客人去景点观光了。他忽然急着要离开，说是他女朋友让他在家刮土豆皮、切白萝卜条。他穿了一件白底带青色格纹的T恤衫，纯白色的一头银发好像漂浮的一片蘑菇云。我还是第一次看见他穿球鞋，黑色的，用棉布做的黑色的球鞋。今天他看起来非常洁净，有一刻我好像忘记了他有皮肤病。他说走就走了。

25日晚上，我跟丈夫要工资。虽然他去朋友的出版社帮忙还没有几天，但也能拿几万。他说还没有拿到工资，因为他朋友在体检时发现了癌细胞，已经住院了。我一声不响地看着他。他说他朋友打电话跟他道歉，答应他出院后马上将工资付给他。凭以往的经验，我知道他说的百分之百是谎言。我命令他："别瞎晃荡了，赶快找一份工作，保证能拿到现金的工作。"他说好，然后去车站拿了一本免费的求人杂志回来。但也许是连锁反应，我忽然觉得退职金也不可靠了。我问他："被解雇有好几天了，退职金为什么还没有拿到呢？"他说退职金是会长死前定好的事，绝对不会出岔。他求我再等一等。我说："那么我去武藏野大学教中文的事呢？如果是你信口说说的，就不要给我希望。"

他保证教中文的工作是真的，因为学校已经在办手续了，通知应该快到了。跟小原在电话里聊到这些事的时候，问她怎么想，她认为从丈夫嘴里说出来的事，没有一件事是真的。可能怕给我的打击太大，她对我说："与其整天担心是真是假，不如直接给古贺和学校打电话问清楚。"

我一个电话都没打。明知道是假的还打电话，跟自杀有什么区别呢？再说我根本不想跟古贺通话。一想起古贺，我的脑子里全部都是诅咒。

26日傍晚，下班后我直接去了公园。在石拱桥上碰见吉泽的时候，她迫不及待地告诉我，大岛的女朋友一大早来公园的管理处找处长了。我问出什么事了。她说大岛失踪了。我很惊讶。她说大岛的女朋友问处长这几天有没有看见过大岛，如果看见大岛的话，请转告他务必跟她取得联系。我说："有贝尔在，大岛肯定会来公园的。"

但是她请我注意，大岛说他不能来公园是为了陪女朋友的姐姐和姐夫啊。我们都开始担心大岛了。不知道这几天晚上他睡在哪里。没有人能想象得出他到底躲在哪里。吉泽说："大岛看起来很认真，会不会因为就他一个人是外人，故意躲开一阵呢？"

睡觉前我跟雄大道歉："对不起，没有经过你的同意就取消了几门课外补习。"

他说那些课外学习并不是他本人的希望，所以停了就停了，无所谓的。他个子又高了不少，肩膀也变宽了。我感到一阵冲动，真想上前抱抱他。不过他已经长大了，我如果抱他，他会感到羞耻，还会生气。

二十六

刘燕燕又要去中国了。用她自己的话说:"这一次不过是为了一个签名。"说真的,我挺佩服她。她虽然是中国籍,但身份是日本永住,这相当于持有中国和日本两个国家的护照,可以在中国和日本之间自由来去。现在呢,她不但可以在中国领退休金,等到了六十五岁,又可以在日本拿年金了。双份保险。她将自己的晚年设计得安然无恙。

中午,我去了名叫悟空的那家中国饭店。上午我被坂本折磨得死去活来,想吃黑醋咕咾肉提提神。进门后看见高桥和小川。她们俩也看见我了,冲着我招手。我们三个人曾经在福祉课共事过一年。我去了她们坐的那张桌子。她们也刚到,还没有点套餐。我说这里的老板是我同乡,只要想吃,无论菜单上有没有,打声招呼就会替我们单独做。她们说不知道什么菜好吃,干脆就由我决定。我问她们能不能吃黑醋。她们说能吃,还说黑醋对身体好,有美容作用。于是我叫了三份黑醋咕咾肉套餐。

高桥一向沉默寡言,相反小川的话比较多。说到我被移动部署的事,小川说:"你们那里的刘燕燕很有名,听说她一直守着户籍住民课,钉子似的,二十年不挪窝。我们课里的人,这么巧跟以前在你们记录系干过的镰田一起吃饭。据说她在记录系只干了两个月就要求移动了。镰田在饭桌上对大家说,记录系窗口只有三个人在干活,跟刘燕燕的帝国似的,坂本对她言听计从。刘燕燕跟坂本像两只虎,每天虎视眈眈的。跟她们一起工作的人,有一个病一个。"

高桥笑着调侃我:"你是不是也生病了?"

在福祉课的时候,我们三个人的关系很好,部署分开后也经常一起吃饭。所以我毫无顾忌地骂道:"不是虎,是两只狐狸,狐假虎威。高桥系长才是老虎。"

小川大笑。她笑的时候我的心忒忒得更厉害了。小川说:"你说给我们听听啊。"

我忍不住地说:"都怨我自己,不该同意去记录系。现在我每天都在受她们俩的煎熬,动不动就喘不上气。"

这时候,三份套餐被端到眼前,高桥帮我和小川拿筷子。小川说:"你一边吃一边说,不要憋在心里。"

我向她们讲了今天上午发生的事。

有一个客人来窗口办理门牌号码,赶上坂本在接待其他的客人,我独自办理了手续。虽然是三栋房子,因为建筑场所是同一个场所,所以跟办理一栋房子的手续没什么区别。客人拿着我给他的门牌号码刚走,坂本来到我身边说:"你干得快没有关系,但是希望你再仔细一点儿。你看看这份复印的图,上面没有注明缩小率。"

我对高桥和小川解释说，坂本是在骨头里挑刺。复印时的缩小率有固定法则，从来没有人在复印件上注明过。她是故意跟我过不去。小川说："我不想说坂本是个坏人，但她在福祉课的时候，除了你，几乎没有人跟她合得来。那时候你为什么跟她相处得那么好？"

我说我也不知道是为什么，也许因为她跟我说了很多她家里的事。比如她父母离婚，她妈妈一个人把她跟她姐姐养大。比如她上的是名牌大学，但因为学费是贷款，她在大学期间就开始半工半读了。虽然她有很多毛病，但是她很努力。努力是她的本事。我一直喜欢努力的人。但现在我不得不辩证地看坂本。也许正因为她的境遇不好，从小没有被什么人爱过，所以她好像也不会爱身边的人，也没有安全感。她特别在意跟我、跟刘燕燕的关系，从某种意义上说就是为了保护她自己。比如她听说我要调到记录系，在搞不清我跟刘燕燕的利害关系时，偷偷地给我做了一份工作指南，还提醒我不要让刘燕燕知道。刘燕燕跟我吵架后，因为比我有优势，她马上站到刘燕燕那边。特别是那次她误会我请刘燕燕吃饭，竟然大动干戈地打电话来，声言要报复我。至于今天上午呢，她之所以骨头里挑刺，我想跟刘燕燕用中文跟我聊了大半天有关。

也是上午发生的事。一位客人来窗口取为刚出生的孩子办理的特别永住许可书。我将证书交付给客人，客人准备离去的时候，坂本突然出现在我的身边。她问客人："对不起，刚才有没有跟您说明，关于特别永住许可书，每个人一生只交付一次，必须好好保管。"

刚开始，客人不大清楚是怎么回事，但很快反应过来。可能客人不喜欢坂本这么做，爱答不理地说了一句："听过说明的。"

小川说我怎么能跟这种人一起工作。我解释说，正因为如此我才痛苦得喘不上气。但是木已成舟，我已经决定辞职了。小川说为了一个坂本辞职多亏啊。她问我儿子是不是上私立。我说是。她说那不是要用很多钱吗。我说我也不能拼上命啊。她让我找课长谈。我说我谈过了，但是运气不好，我刚跟课长诉完苦，课长就因为其他的事由被移动到其他部署了。小川说："那就去人事部啊。人事部也不行，就找区长谈。"

高桥说找区长谈有点儿兴师动众，再说区长也未见得肯见我。她建议我找人事部谈。我说跟人事部谈有什么用，结果还不是听课长的。而课长听系长的，记录系的系长听刘燕燕的。她说我如果这么想的话，不妨试试另外的一条路。

前几天，她在一家超市遇到了山崎。她跟山崎站着聊了几分钟。山崎生病时课长让她找产业医生。产业医生让她去心疗内科。结果呢，心疗内科的医生建议她休一年半的大长假。我说山崎的小孩马上要上中学，听说她选择私立，正是花钱的时候。高桥说："这你就不知道了，其实我也是通过山崎才知道的。"

她说很多人都不知道有这样的福利，所以很少有人利用。

她说的福利是伤病手当金。

关于伤病手当金,高桥解释得非常具体。有保"伤病手保险"的人,因为生病或者受伤而无法工作的时候,可以申请伤病手当金。基本上可以拿到工资的三分之二的钱,最长可以拿十八个月,而且不算收入,不扣税。小川说:"有这么好的事!"

高桥问我想不想休息十八个月。她这样对我说:"这可是十八个月的有薪休假啊。"因为我半天没说话,高桥问我是不是动心了。我老实地回答说:"是。"

小川跟高桥高高兴兴地回她们所在的部署了。我非常感谢这次的相遇和谈话。我感到惊奇,知道不用到役所上班也有金钱上的保障后,我的心情变得轻松起来。中午的街道很安静,道路上各种车辆开过来开过去。一辆小轿车鸣了三声,不知道小轿车为什么要鸣。

整整一个下午,坂本一直舒舒服服地坐在电脑前的椅子上,一会儿吩咐我在信封上写地址,一会儿又吩咐我去接客。我有权利不听她的吩咐,心里也有怨恨,但用不了多久,我就不再为这种事情烦恼了。这点儿小小的痛苦已经不值得我注意了,我懒得反抗了。阳光从百叶帘的缝隙里齐刷刷地射进来,我老是觉得热。

下班后我给山崎打电话。山崎说:"我等你的电话等了很久。"

我径直去了公园。吉泽和西川正在石拱桥上跟大岛说话。

我走过去，吉泽抢先告诉我，大岛失踪的几天是住在鹿滨。我问大岛为什么住那么远。西川代替大岛回答，说鹿滨那里有大岛租的公寓。看到我惊奇的样子，西川解释说，大岛在接受生活保护，公寓是役所为他安排的，是五个人合住的那种。但大岛跟其他四个人合不来，所以才住到女朋友家。这时我想问大岛，那次我问他是否接受生活保护的时候，他为什么回答我没有。但是我没有问。再看他的表情，跟平时没什么不同。我想他一定是忘记了跟我有过的那一次对话。

他还是穿着那件漂亮的衬衫，黑色的球鞋。因为离我很近，他的一头银发看起来相当柔软。其实，有了白头发以后，我一直向往有他这样纯粹而又洁净的银发。有时我觉得奇怪，他有皮肤病，牙齿都掉光了，腿也瘸了，甚至有人怀疑那个中国女朋友的存在是真是假。但不知道为什么，大家就是喜欢跟他说话。

事实已经证明，他真的有一个中国出身的女朋友。西川正在谆谆地教导他，说愿意为他付出这么多的女人，再也找不到第二个了，一定要好好珍惜。我不由得想起我的好朋友也跟我说过同样的话。他一边听一边笑，从头笑到尾。我问他是否见过女朋友了。他点了点头。我问他道过歉了吗。他说上午就专门回去道歉了，但房门的钥匙被女朋友没收了。吉泽问他为什么要失踪。他就举了几个例子给我们听。比如他住的那间屋子，客人在的时候，女朋友不允许他开门，说他的房间不干净，气味熏人。再比如一起去吃寿司的时候，女朋友只照顾自己的姐姐和姐夫，令他觉得自己很多余，所以吃了一盘就走了。这时我又想问他，前天早上匆匆一见的时候，他不是说女朋友让他一起去寿司店，而他自己拒绝了吗？我还是没有问。吉泽和西川还在开大岛的玩笑，让他早点儿回家，好好哄哄女朋友，争取早点儿从女朋友手里拿回钥匙。我一直在想生活保护和回转寿司的事，怎么都开不出玩笑来。

睡在浮漂上的贝尔，看上去有鸽子那么大了。小不点儿不在。不久，大岛要回女朋友家，笑嘻嘻地走了。我朝他摆了摆手，第一次没跟他说再见。小根泽夫妇也来了，先生跟在拄着拐杖的妻子的身后，在步道上散步。跟吉泽和西川一起去老年馆的那两个女人也来了。我觉得有意思的是，她们俩好像形与影，总是一起来公园，一起离去。还有，每次看到她们，我都会想起我阻止老头扔石头砸斑嘴鸭的事，想起她们曾经说过我"伟大"。

真的是天注定。回家的路上，这么巧碰到了金尚宪。他用自己的房子开了一间行政书士事务所，专门代办签证申请、公司登记等业务。他家在贝尔蒙特公园的附近，我从家里去车站的时候会路过他家。我就是看见他家门上贴的广告，才找他帮朋友代办签证的。日本的行政书士多如牛毛，也许因为他的客人不是太多，所以他每周会在役所帮两天忙，工作内容正好是倾听区民的苦情。我们算半个同事。看见对方，我们都笑了。我想他很了解苦情的处理方式，就把在记录系的现状简单地对他说了一下，请他帮我出个主意。他说他会帮我打电话给人事课咨询一下。

我刚回家,他的电话就来了。他对我说:"人事课的职员说了,如果你本人不去申诉的话,谁都没有办法帮你。"

二十七

　　光线从南面的一扇大玻璃射在窗前的两棵观叶树上。树旁边的三排椅子上,坐着六七个一动不动的男人和女人。坐在柜台内的女人微笑着向我问好,我递上医疗保险证,告诉她我叫黎本,昨天打电话预约过,是一个叫山崎的人介绍来的。

　　候诊室安静温馨,光亮中呈现的每一张脸的神情,看起来一模一样,给我一种特别的感觉,但我无法用语言来形容。

　　十几分钟后,医生出来叫五号。我站起来跟着他走进诊室。他看起来有四十多岁,一头卷发非常自然。我想他的卷发是天生的。他让我坐在他旁边的椅子上,开始的时候并不看我,低头在病历上写字。我从旁边看过去,他的字写得跟符号似的。过了一会儿,他转过头,用一双深沉的眼睛看我。我以为他会问我的症状,但是他说你来这里并不是很近啊。我回答说:"是的,要坐一站电车。"

　　他这才开始问我:"有没有食欲?觉睡得好不好?"

　　我用手指着自己的胸口说:"我是这里难受。"

　　他说:"哦,是心里难受啊。"

　　他问我是心痛还是心慌。我说两种感觉都有。于是他问我心慌的时候,也就是所谓的不安感,是对现在还是对未来呢?我觉得这个问题毫无意义,未来转眼间就会到来,现在必然会冲击未来。我说我也搞不清楚。他总是点头,把我说的每一句话都写在病历上。他问我这种症状是从什么时候开始的。我说很早很早以前就开始了。我说的是真的。很早以前我就很会做梦,乱糟糟的梦,醒来后记不住内容,只是觉得压抑。遇到不幸的时候,第一个产生的念头肯定是死。比如爸爸死的时候,妈妈死的时候,我都想跟着一起死算了。不过每次都挺下来了。我用手指按着心口对他说:"我的心老是忒忒,老是觉得很害怕。有时候我会喘不上气来。我觉得很难受很痛苦。"我深呼吸了一下说,"您能帮我停止这痛苦吗?"

他笑了一下,说我的症状是忧郁。他问我的职业,我说在役所工作,顺便把在役所的遭遇说了一遍。我说的时候他静静地听着,我觉得很舒服,好像将内心的痛苦一点点地排出去。"至于你的情形,"他对我说,"我觉得你需要休息。"我心想事情成功了一大半。他给我开了一个星期的药。他说吃了这种药后,我的心情慢慢会明快起来。他说"慢慢"的时候,两只手合在胸前,抬高,再向外伸开,再回到胸前。从我坐的位置看上去,他正好画了一个心。我问他这种药有没有副作用,比如麻痹神经了,或者令思维变得迟钝了。他说所有的药都有副作用,但这种药是新开发的,副作用极小。他将拇指和食指捏在一起说:"就一点点儿。多数人觉得口渴。但是七天后你的心情就会好起来。"我问为什么是七天。他说这个药的效果是

"一点点儿"来的。他又说了一次"一点点儿"。不知道是不是因为效果是"一点点儿"来的,所以副作用才会是"一点点儿"的。他说六天后我应该感到他说的明快感。我提出诊断书的事。果然如山崎所说,他告诉我诊断书得六天以后。约好了六天以后再来,我谢了他走出诊室。我绝对不会吃他开给我的药,但是缴费后我还是去药房取了药。回家后我给高桥系长打电话:"我今天去医院了。医生让我休息一个星期。"他让我提交医生的诊断书。

一周后我再次坐在那个椅子上。他问我心情是不是好一点儿了。我跟他说没有。这时候我觉得难为情,因为我当天就把药扔到垃圾袋里了。他问我身体有什么异样的反应。我说有。他问我:"是口渴吗?"

我说夜里去厕所的次数多起来,一个晚上会起来四五次。他说这是药物反应。一个晚上起来四五次的话,他觉得会影响到我的休息,决定给我的药减量。实际上,连我自己也不知道是为什么,在他低着头往病历上写字的时候,我突然对他说:"告诉您吧,我爸爸就是因为忧郁症自杀的。"

我没有想做戏的意思,但我的眼睛里突然涌出了泪水。有一股凉气从心底涌到我的喉头。他看起来吃了一惊,马上把这句话也写到病历上。我说过他的字写得像符号,但"自杀"两个字写得很规矩很大,看起来非常醒目。突然我觉得很累,一句话也不想说。他温柔地对我说:"我要给你写诊断书。你需要慢慢地休息。你觉得休息三个月怎么样?"

今天来医院，就是为了等他说这一句话。我谢了他。这一次他给我开了两个星期的药。约好了两个星期以后再来，我走出诊室。出门前他叫住我："诊断书要花三千元。"

我说："我知道。"

山崎在我家的门前等我。我告诉她拿到了医生的诊断书。她很高兴。我说我其实很震惊，没想到心疗内科的患者会那么多。虽然每个人看上去跟普通人没有什么不同，根本不像个病人，但确实又需要医生的治疗。她说她其实也注意到这一点了。她叹了口气对我说："很多人都感到活得不称心。有时候人们无法照自己的意思去工作或者生活。整个时代都病了。所以人能不病吗？"

我说："真是不幸的时代。"

她说："不过我们管不了他人，还是先解决你的困境吧。"

我把准备跟人事课说的话大致说了一遍，她拍着我的肩膀说我准备得不错。她告诉我，万一谈话的时候过于紧张，别忘了深呼吸。我从包里拿出一张纸，告诉她为了不白白去一趟，昨天夜里已经把要说的话用文字写出来了。因为我有一个毛病，紧张的时候脑子会变得一片空白。她哈哈大笑，说当初怎么没有想到有这一手。我说："我真的要去人事课了啊？"

她说："嗯。你去了可就没有回头的可能了。"

我说："我知道。我有心理准备，连最坏的打算都做好了。"

她使劲儿地握住我的手说："加油。"

金尚宪让我带着他的名片去人事课。人事课在十楼，因为几乎没有外来的客人，走廊的天井只点了两盏灯，光线很暗，很混沌。整个楼层一点儿声音都没有。我一出现，离走廊最近的男性职员马上过来接待我。我递上金尚宪的名片，说我是户籍住民课记录系的职员，想汇报我正在遭受的职场内部的暴力。他问我有没有电话预约，我说没有，但给我名片的行政书士应该打电话说过这件事。他让我等一会儿。我看见他去了最里面的那个房间。

我觉得等了很久。他回来后把名片还给我，带我去电梯旁边的会议室。他替我打开门，我走进去，他回他自己的座位了。大约站了两分钟左右，进来了两个中年男人。本来我以为会有普通的职员来接待我，但在做了自我介绍后，我惊讶地得知他们竟然是人事课的课长和系长。这样的待遇，我想跟金尚宪的名片有关。我非常紧张。课长要我坐在他们对面的椅子上。会议室呈长方形，有小学校的一间教室那么大。我的感觉好像是开庭审理。课长严肃地问我："你来这里，是通过金尚宪老师的事务所吗？"我说不是。听了我来这里大致经过，他的神情轻松起来，态度也温和了很多。我端正姿势，深深地吸了口气。系长拿起圆珠笔，准备在笔记本上做记录。但他的两只眼睛不时地朝我这里看，我觉得他是在研究我。课长说："你说吧。你不用紧张。"

我从山崎开始讲起。其间课长不断地点头，关键的时候会应和我一句："哦，是这个样子啊。"系长一直在做记录，但是有两次引起了我对他的注意。一次我说到刘燕燕用右手的食指，从左到右地指点着正在校对和审查的那些职员的后背，说哪个人敢不听她的话，敢跟她回嘴，她就不教那个人如何工作。他停止记录，抬起头来问我："她就这么明目张胆地说吗？"还有一次，我说到坂本误会我邀请刘燕燕一起吃饭，打电话给我，声言要彻底报复我。他再一次地抬起头来问我："就为了一起吃一顿饭吗？"

原来他们在我找他们谈话之前已经知道山崎的事。课长对我说，他们已经了解了我的处境，会马上进行调查，尽快采取改善的措施。他说我离开后就给户籍住民课的课长打电话。不过我跟他提出一个要求，就是我来这里的事情不希望高桥系长知道。他问为什么。我说高桥系长会传给刘燕燕和坂本，这个时候不想节外生枝。

停了一会儿，我说我想发表几个意见。这使他们很感兴趣。我拿出昨天晚上准备的那张纸，把胳膊放在桌子上，深呼吸之后开始读起来："短短的一年而已，同一个职场，一连有几个人因精神和心理上发生病变而离去。作为系长，一直以来总是睁一只眼闭一只眼。作为受害者之一，如果我不在这里发声的话，以后还会有更多的受害者出现。我希望我是最后一个受害者。"我的嘴唇开始哆嗦起来，"欺负人的人，什么事都没有。被欺负的人的后果却很惨，要么生病，要么被调离熟悉的职场，还有人会失去工作。结果怎么样呢，在周围的人看来，被欺负的人是自作自受。谁让你没有工作能力呢？谁让你生病了呢？没有人会在意那里的职场环境是多么恶劣。这是最糟糕的事了。"

这些话都是山崎教我说的，由我的嘴巴复唱出来，听起来非常夹生。课长和系长不断地朝我点头。我之所以找山崎帮我，是因为日语说得再流利，毕竟不是母语，单词里微妙的分寸感和对待事物的看法想法也有所不同。可能我看起来混乱并且疲惫，课长说我应该休息。他站起来，系长跟着他站起来。我站起来的时候，课长对我说："你放心，今天你来这里的事，除了户籍住民课的课长，其他的人不会知道。你先听医生的建议，好好地休息三个月，但一定不要辞职。我马上给户籍住民课的课长打电话，三个月以后，你再上班的时候，我保证不会是记录系。"

我的心情比较复杂。首先是我觉得想说的话没有说尽说清楚，也因为课长最后说的那句话。结果被移动的人还是我。不过我还是觉得自己做了一件很了不起的事。晚上，给山崎打电话汇报结果的时候，我对她说："据我看，虽然结果跟我们想象的不同，但我相信，以后不会有新的受害者了。因为事情肯定会闹大的。"

山崎问我："户籍住民课的课长臼井找你了吗？"我说还没有。于是她回答说："等你跟臼井谈完了话再感动吧。"

臼井跟我约地点的时候，我们故意挑了一家离役所比较远的咖啡店。我是骑自行车去的，比他早到了五分钟。他是个小白脸，一看就知道是个不笑不说话的人。我说话时他一直看着我的眼睛使我对他产生了好感，觉得他是一个正直的人。他说他刚调到户籍住民课没有多久，如果不是我去了人事课，还不知道记录系里存在这么多的问题。我把跟人事课课长和系长说的那些事，对他又重复了一遍。可是他好像早就有准备了，告诉我三个月后直接去窗口服务系上班。我本来决定辞职，但现在可以申请伤病手当金，根本没打算上班。他不懂我特地去人事课的目的。说起来很简单，就是想改善记录系的职场环境。对我拒绝去窗口服务系他感到很意外，"难道你是想留在记录系吗？"

我说："也不想。"他看上去进退两难。我对他说："我离开记录系，会有人顶替我去记录系。难道非要有人自杀了你们才会认真对待职场暴力这个问题吗？"

他喝了一口咖啡，端杯子的时候整个身子都快伏到桌子上了。我看清他了。他不愿意将事情闹大。但我也没有去人事课时那样激动了。他近于讨好地对我说："关于窗口服务系，因为你是从那里离开的，适应起来会比较快。刚开始你可以不接客。如果你愿意，也可以在后边整理整理资料。如果有中国客人来了，你就做一下翻译。"

咖啡已经凉了。与其说我对自己正在做着的努力感到疲惫失望，不如说厌烦了。正如山崎所说，区役所是最怕出事的地方。尤其职场暴力这种事，万一闹大了传到外面，很可能成为电视新闻。如果调查出上级明明知道却不闻不问的话，上级也会受到严重的处分。我知道臼井怕的是什么：我辞职的话，人事课会追究他。我也知道人事课怕的是什么：我认识金尚宪，而金尚宪通过法律手段来解决问题的话，事情真就张扬到媒体了。一个怕一个，就这么简单。我呢，其实也怕，怕挣不到钱。不知道这么说是否妥当，我的心情因绝望而穿透了悲哀之层，活下去的理由变得具体而现实。现在，我只想赶快申请伤病手当金了。

或许他猜到了我的心情，说他也想努力打破记录系窗口的三角关系，但是要等到明年的四月了。令我惊讶的是他说他也遭遇过职场暴力，非常理解我去心疗内科的心境。他说话的样子很诚恳，以致我有了一种错觉，好像他只是我的一个朋友。他决定一个月后还在这家咖啡屋见我，希望那时候我的病可以好转。我的心又痒痒了。他执意要结账，顺便在付款处买了两袋糖。他问我想要巧克力糖还是想要草莓糖。我怕胖，不太敢吃糖，但还是要了巧克力糖。我提着糖袋跟他出了店门口。我们在十字路口分手，他突然对我鞠了一个九十度的躬，吓了我一大跳。我马上回了他一个更大的躬。

山崎听了我的汇报大笑了一阵。她笑的时候，我的心里又痒痒了。笑够后她感叹地说："没想到臼井这个人这么聪明。他大概是心理学出身。"她说要问我几个很严肃的问题。"你打算回窗口服务系吗？虽然你担心那里都是刘燕燕的后辈，但如果系长在前头顶着，你也不至于干不下去。"

我说："窗口服务系和记录系同属于户籍住民课，都在一楼，跟刘燕燕和坂本依旧是抬头不见低头见。我真的不想再看见她俩了。从人事课出来的时候,我觉得一辈子都不想踏进役所的大门了。"

"你喜欢现在的工作吗?"

"喜欢。何况我是通过那么难的考试才得到这份工作的。你自己也知道,这份工作非常安定。"

"伤病手当金只能拿十八个月。役所的工作可以干一辈子。你是说你会选择十八个月吗?"

"我已经决定了,我会选择十八个月。"

二十八

　　接下来的一个星期，好的坏的，各种各样的事情接踵而至。

　　先说好事。

　　丈夫就职时一直交失业保险，所以公共职业安定所给他汇了五十万，正式的名称叫"一时金"。顾名思义，就是有了这笔钱，一时半会儿饿不了肚子。要我说，就是给遇到不幸的人一个活下去的机会。接着，年金事务所来了一封通知书，通知丈夫从九月开始拿养老年金。我看了一下数额，每个月有二十多万。按规定，一般从六十五岁才能开始拿满额年金，丈夫六十四岁，应该拿百分之七十才对。打电话到年金事务所咨询，原来他从十八岁开始老老实实地交年金，已经超过了必要年限的二十五年。日本的年金制度非常复杂。这里只想简单地说说国民年金和厚生年金。国民年金是基础年金，所有国民都有支付保险费的义务。打一个最通俗的比喻来说，就是楼房的一层楼。厚生年金是私营企业等加入的年金制度。加入厚生年金的同时也必须加入国民年金。所以厚生年金是楼房的二层楼。没有支付厚生年金保险的人，到了拿年金的时候，只能拿一层楼，钱数比较少。而丈夫是国民年金和厚生年金同时交的，所以是一楼二楼同时拿，数额比较大。此外我比他年轻很多，雄大未满十八岁，在我到六十五岁、雄大到十八岁之前，他的年金里还要加上我跟雄大的加给年金。年金每两个月拿一次，每次高达五十万。日本到底是福利社会。我有机会确信了福利社会的根底是为了民生。那天他在车站拿了一份免费的求人杂志，在给几家公司打过电话后，有一家让他去面接，结果第二天就让他上班了。工资加上年金，一个月下来，跟他做社长时拿的工资不相上下。

再说不好的事。

我也收到了一封信，是武藏野大学寄来的。信里要我在指定的日子和时间，带着身份证和印章去办理就职手续。信是用电脑打印的。开始我很激动，甚至想马上打电话取消伤病手当金的申请。但后来我觉得那个印章不太对劲。印章不是学校的公章，是一个叫木村的私印。我经常去百元店买东西，非常熟悉那里的东西。我看了好多次，怎么看都是百元店里卖的最便宜的那种私印。晚上他下班回来，我向他指出印章是百元店里的商品。他回答说："木村是负责这次就职手续的事务员。"

我不怀好意地说："我明天给学校的事务所打电话，亲自跟这个叫木村的人确认一下。因为我无法相信你。"

他让我看信封，说信封是大学的信封，地址是大学的地址，邮戳是大学邮局的邮戳，绝对不可能是假的。他拜托我先不要给木村打电话，因为他已经跟校长约好了带我去致谢。

见校长的那天，我一大早就起来了，洗过脸，想化妆但是根本没有面霜。我已经十多年没有使用过化妆品了。我用眉笔简单地描了描眉毛。我的头发是天然卷。说真的我不喜欢卷发，它使我看起来比实际年龄显老。我用吹风机将卷发都拉直了。一切准备就绪的时候，丈夫已经穿好西服坐在沙发上等我了。我说可以走了。他站起来，但突然从口袋里掏出手机。他将手机贴在耳朵上："是这个样子啊。我知道了。啊啊，没有关系的，那就改一天再去打扰您吧。请您多保重啊。"

模模糊糊地我觉得是校长打来的电话。果然，他用无奈的神情看着我说："校长得了病毒性感冒，正在发高烧。"

每次他撒谎的时候，不是他的朋友得了癌症，就是出了车祸。他今天的手法还是老一套。我已经回过神来，生气地对他说："刚才的电话是你自演自说吧？校长根本没有打电话给你。大学的事看来又是你的谎话。"

他跟我"保证"没有撒谎。我不想跟他扯下去，决定一个人去大学的事务所问清楚。于是他突然跪在我的脚下，额头抵着地板说："对不起。"我问他为什么要撒谎，有什么必要撒谎。他说："不知道。也许是因为我有病吧。"

沉默了几秒钟，我觉得身体和心里有什么东西坏掉了，碰到了神经。洪水决堤。我突然用力在他的腿上踢了一脚："你说啊。为什么非要欺骗我不可。我做了什么让你憎恨我的事情了吗？"他说没有。我又在他的腿上踢了一脚："那你为什么要用这种方式折磨我呢？你给我希望，把我举得高高的，然后突然把我扔到地狱里。"我开始发热,全身都是汗。我又在他的腿上踢了一脚。他痛得整个身子都趴在地板上。而我觉得他的痛是装出来的,大声地说:"你不要演这种蹩脚戏,我看了只会感到恶心。"他咬牙咧嘴地坐直身体。我在他的后背上踹了一脚。他突然高声地喊道:"不要再打下去了。对不起了。我再也不撒谎了。"

但我已经控制不了自己的手脚,"你是故意要跟我过不去吗?这一次我求你为我做什么了吗?你为什么偏要没事找事呢?是不是不挨打你就觉得不舒服,所以故意找借口让我打你呢?你说啊。你这个混蛋。"我每说一句话,就会踢他的胳膊和腿,或者他的后背。我身上的汗越来越多,衣服都湿透了。我终于累得抬不起腿了。这时候,我看见他的小腿上鼓起了一个包,大得像鸡蛋,青得像橄榄。我从未见他哭得这么厉害,眼泪流到嘴角,跟鼻涕一起垂下来。我注视他很久,有点儿伤心。我摊开两只手说:"并不是我不好,是你自己没事找事。你不撒谎的话,根本什么事情都不会发生。如果不是因为有法律束缚我,我想我会杀了你。你知道我最讨厌蟑螂了,现在,你在我的眼睛里,连一只蟑螂都不如。"我说不下去了。

他说:"我知道。我明白。"

我说:"你明白了就滚吧,从这个世界上消失吧。"

他说:"我早晚会死的。但是在雄大长大成人之前给我最后一次机会吧。我愿意当驴做马。"

他这么说,使我更加讨厌他。我甚至觉得他的脑子是空的。他的生命里什么都没有，也是空的。他不过就是一个会撒谎的机器。但同时我觉得可怕，打他再次成了挥之不去的一种快感。说不定哪一次我打他的时候会失手打死他。有好长时间他坐在地板上一动不动，任我的愤怒淹没他。如果我朝他大喊，他立刻跟我道歉。他的样子告诉我，他比我拿他自己更没有办法。

晚上，雄大问我"那个人"又犯了什么事儿。我说除了撒谎还会有什么。过了一会儿，他很平静地对我说："那个人只是不想还手而已。如果你想离开那个人，我不会阻止了。"

二十九

申请了长期休假，肩上的重担一下子消失了。无事可做的时候，我更喜欢待在公园而不是家里。还是那种很虚幻的感觉，只要贝尔移动，我就晃荡着跟着移动。

29日是一个格外晴朗的日子。太阳泛着金色的光芒，池水粼粼闪烁。早上我找遍了左右两个池塘都没有发现贝尔。有几个很早来公园散步的人还在，问其中的一个老头有没有看见贝尔，他指着西南方向的草地说，四点半左右，看见小不点儿母子在那里找草籽吃。他反问我："贝尔不在了吗？"我说不在。

有一个叫津田的老太太正好路过，我问她有没有看见贝尔。她说五点左右看见小不点儿跟那只公鸭飞走了，但是没有看见贝尔。这时她突然笑起来，"肯定被乌鸦或者流浪猫抓走了。哈哈，结果一只都没有剩，全死了。"

我很快去西南方向的那片草地。找不到贝尔，也找不到贝尔的尸体。乌鸦一阵阵"嘎嘎"地叫着飞过头顶。头顶是无限的蓝，万里无云。我觉得很崩溃。伴随贝尔的失踪，我对现实的感触和希望好像也被卷走了。说真的，最近的我，无论家里还是家外，可以说是一败涂地。贝尔是我唯一的精神支柱。在我觉得逐渐失去很多东西的时候，唯一没被摧毁的是生存下去的欲望。台风那天贝尔躲在木樽下面的情景一直印在我的脑子里，就像发动机给我输送着源源不断的动力。如果说我的人生是一个混合着污秽的故事，而贝尔便是故事中唯一的景色，就像脚下明媚的草地。我迷醉贝尔，贝尔却消失得无影无踪无声无息。不知不觉我哭了，漫无目的地走着，忘记了在公园里待了多久。

尘埃落定，悲伤逐渐淡化下来后，我给双胞胎姐妹发了条短信。我沿着来路回家。阳光和阳光照耀下五颜六色的花草，好像镶嵌在脑子里的声声叹息，弥漫出荒凉。在我觉得精疲力竭的时候，接到惠子的回信。她说："贝尔在公园啊。"

我先是不敢相信，之后拨腿跑回公园。

除了惠子和雯子，吉泽和大岛也在。小根泽夫妇差不多跟我同时到公园的。接着西川也来了。大家都不知道发生了什么事，看到我慌里慌张的样子，觉得很诧异。惠子要我跟大家解释。我把早上贝尔失踪的事情说了一遍。惠子接过我的话，说她接到我的短信后马上来公园，结果发现贝尔趴在石拱桥的下面。"不过，"她示意我们看贝尔，"我来的时候，贝尔在石拱桥的下边，刚才移动到这里时，一瘸一拐的，好像伤得很重。"吉泽说她也发现贝尔跛着脚走路。

但是没有人知道贝尔究竟发生了什么事。我将身子趴到栏杆上，因为眼睛好，发现贝尔的后头部有一个指甲大的洞，脖子上都是被指甲抓过的伤痕。几个人都说是乌鸦干的。贝尔失踪的时候乌鸦应该还没有出巢，我坚信不是乌鸦干的。小根泽先生也说不是乌鸦干的。他解释说，如果是乌鸦干的话，贝尔就会被抓到楼顶或者树枝等高的地方。我想又是流浪猫把贝尔当玩具玩，玩够了就扔下不管了。但是当着惠子和雯子的面，不好提流浪猫的事。想象贝尔拖着严重受伤的身子自力回到池塘，我起了一身的鸡皮疙瘩。有一点可以肯定，对于贝尔来说，求生的欲望从来就没有消失过。哪怕死神一再出现在它的身边，触手可及，但依然有绵绵的力量支撑它活下来。

　　大岛从背包里拿出一袋面包，将其中的一片撕成小块抛到贝尔附近。贝尔看都不看。吉泽很难过，脸色都白了，一直说贝尔可能会死。西川去管理处叫来了处长。几个人七嘴八舌地跟处长说了一遍贝尔的事。西川对处长说："不能带贝尔去动物医院吗？"处长说去医院也可以，野生动物的治疗是免费的，但凭过去做过动物园园长的经验来说的话，还是不去医院比较好。他这样解释：好多受了伤的野生动物，因为使用了抗生素，反而丧失了生命，今后只能看贝尔自身的意志和生命力了。他说贝尔在三天之内不死的话，肯定会挺过这一关。

　　既然医院帮不上忙，贝尔的生死在命，谁都不提去医院的事了。不久，处长回管理处了。小根泽夫妇回家了。我跟吉泽和大岛，因为不放心贝尔，打算在公园多待一会儿。我们在能看见贝尔的椅子上坐下来休息。

　　大岛突然说他丢了钱包。我说钱包一直装在腰包里，腰包还在，钱包怎么会丢了呢。他说坐汽车来的时候，交完了钱，顺手将钱包放在裤子后面的口袋里了。吉泽认为钱包掉在汽车里。我问大岛去警察署问过了没有。他说问过了，还说最糟糕的是，所有的现金都在钱包里，银行里一分都没剩。我跟吉泽算了算，离下一次拿年金起码还得等半个月。吉泽让大岛跟女朋友借钱，但他说他女朋友本来打工挣的钱就不多，加上要扣除税金和保险，手里剩不下几个钱。我说是借钱又不是不还钱。他眯着眼睛说："其实我已经问过她了，但是她说手里没钱帮不了我。"

　　大岛去公厕的时候，吉泽说她觉得大岛挺可怜的，想给他点儿钱。我也是这样想的。我问她打算给多少，她说五千。我说我也给五千吧。

　　大岛从公厕回来了。我问他丢了多少钱。他说六万。我吓了一跳。我钱包里的现金从来不会超过五万。大多数日本人的钱包里不会装太多的现金。我埋怨他为什么揣着这么多钱到处走。他嘿嘿地笑。我想从包里往外掏钱包的时候，吉泽在椅子下面用脚碰我的鞋子。我看她，她对我使眼色。我明白了她的意思。后来只有我们两个人的时候，她对我说："大岛说他每次拿十二万年金，给他女朋友八万。可是他说他的钱包里有六万。你不觉得矛盾吗？双月份发年金，现在是五月，离上一次拿年金已经过去一个半月了，他手里竟然还有六万。"仔细想想，她分析得有道理，我应该感谢她。我对她说："谢谢你提醒我。我最讨厌撒谎的人了。以后再见到大岛，不知有没有心情跟他说话。"她回答说："你不要不理他，不然贝尔怎么办呢?"我默默地看着她,不知说什么好。因为我在这个时候莫名其妙地想起了丈夫。

晚上我跟丈夫问起退职金的事。因为他已经找到了工作,又拿到了年金,而我马上就可以拿伤病手当金了,生活方面也罢,我的情形也罢,都不需要他有任何的担忧,所以我真的希望他能够说实话,这样也可以证明他撒谎是因为担心我。但他慌张的样子看起来像一只受了伤的小动物,使我联想到贝尔。

之前的几天他换手机,因为不会将旧手机里的资料导航到新手机,是我帮的忙。无意中看到的一封信让我倍受打击。信是他写给小原的。他说我打他,但是他自己活该挨打。他反省地说:"谁叫我只想着自己呢。"但他又解释说,"撒谎是因为我爱雄大和妻子,不想失去三个人组成的家。"他说他怕我随时将他丢掉。

我立刻打电话给小原。小原觉得他把对我的爱和恐惧混在一起了。"最重要的是,"小原说,"爱有很多很多种方式。比如黎本,跟你撒谎是他爱你的一种表达方式。你知道他那个人,考虑问题的时候只看眼下。眼下他不想你失望伤心,不想你担心。更主要是他怕你。怕你也是他爱你的一种方式。他真的非常非常爱你。"我又想起朋友对我说过的类似的话:如果你跟他离婚,就再也找不到像他这么爱你的人了。小原说我一直在疏忽他,对他的所思所想以及他的性格都一无所知。从某种意义上说,撒谎也是人类的一种品质,是与生俱有的。

我觉得很伤心,也试着理解那些错综复杂的情感,但我还是不能理解他。过去不理解,现在也不理解。信任的前提是看得见的真相。他永远不会告诉我真相。我跟他之间永远有那个无法填补的黑洞。

好像现在,他说他刚刚问过古贺了,古贺答应明天就支付退职金。我确信他又在跟我撒谎了。我曾经审判过他,上一次还打得他告饶起誓,但是现在的他已经忘记那些经历了。我再打他已经没有任何意义了。他现在的样子正好象征了我的失败。我发现我跟他那么像。我们都很失败。原以为今后的人生是一条向前延伸的小路,我跟他相互搀扶着走下去。但现在映在我眼前的小路是一条回家的路。我独自走在里面。

但我跟他也没有必要回到所谓的正常状态了,那是另外一种糟糕。因为我已经没有办法跟他在同一个房间睡觉,甚至连衣服都要分开来洗。这么说或许并不恰当,谎言的确隔开了我跟他、现在跟过去、反常与正常。

现在,我只要站在他旁边,任他扮演我人生的一个角色就可以了。这样的话听起来似乎有点儿过分,但我毕竟不爱他了,已经不在乎他了。我们已经不再手牵手了,但是我们却以不牵手的方式连在一起。我自己也无法相信,现在我感觉跟他的纠结永远都不会结束的。他迷恋谎言,我迷恋真相,我们可能是一个事物的两面吧。

三十

但那天晚上我睡不着,坐在被子里听时钟在墙壁上滴滴答答地响。凌晨四点我去了公园。贝尔睡在石拱桥下面的石头上,身边有几块面包。一只乌龟正往石头上攀,但途中掉下水。乌龟再往石头上攀,再掉下水,没完没了地重复着。不久贝尔站起来,跛着脚进了池塘,在水面上浮了没多久,又趴在了塘边的石头上。我试着扔了几块面包,它吃了最小的那块。五点钟大岛也来了。我勉强地跟他打了个招呼,借口健身去了散步道。

太阳照亮了大地的时候,我在橄榄树下碰上迎面走来的小根泽夫妇。相互问过好后,我说贝尔看起来比昨天好了很多,昨天站都站不住,今天能跛着脚走两步了。昨天滴水不进,今天吃了一小块面包,还喝了好多池水。

于是我们一起去池塘那里看贝尔。不知什么时候吉泽也来了。但是她来到我们身边,悄悄地说大岛要跟她借钱。我环视四周,发现大岛坐在管理处旁边的椅子上。吉泽为难地说:"我不知道应不应该把钱借给他。"小根泽先生显出很吃惊的样子,问大岛为什么要借钱。吉泽说大岛的钱包丢了。小根泽先生皱着眉头不说话。吉泽大概是想解释为什么不肯借钱给大岛，对小根泽先生说："他说他每次拿十二万年金，给他女朋友八万。可是他说他的钱包里有六万。这不是很矛盾吗？双月份发年金，现在是五月，离上一次拿年金已经过去一个半月了，他手里竟然还有六万。我本来打算给他钱的。"她又看了看我说，"对吧。你也打算给他钱的。"我说是。小根泽先生往后退了一步说："那就不要借钱给他了。"

说话的时候，我一直注视着椅子上的大岛。他不时地朝这里张望，似乎感觉到我们在议论他。平时他总是跟在我和吉泽的身边，今天却离我们远远的。

小不点儿回来的时候，我是第一个发现的。它"刷"地一下落在水面上，径直向贝尔游去。贝尔勉强抬了一下脑袋。看见小不点儿，人群欢呼起来，但紧跟着鸭爸爸也落在水面。我还是第一次看见斑嘴鸭从自己的头顶降落下来，像一艘歪歪扭扭的帆船，强悍的气势有一种威压感。小不点儿立刻离开了贝尔。我想小不点儿是不想鸭爸爸靠近贝尔。

鸭爸爸突然骑到小不点儿的身上，用扁扁的嘴巴啄小不点儿的脖子。我们都知道这是公鸭在跟小不点儿交配，但是没有人好意思说出口。想不到吉泽指着小不点儿说："看见了吗？鸭爸爸啄的地方，跟贝尔受伤的地方是同一个地方。"过了一会儿，西川突然反应过来似的说："我知道了，贝尔的伤，是这只公鸭干的。"

想象这句话会带来的后果，我担心得肚子痛起来。西川的这句话果然点燃了怒火,没过多久,人群已经沉浸在高扬的激情里了。

西川这个人,除了喜欢在人家的背后说一点点儿闲话,还给我一种奇怪的印象。比如最近发生在她身上的一件事,令我感到十分的惊讶。想不到快七十岁的她,竟然通过上网谈恋爱。她说男人的名字叫杰克。她的舌尖滑过这个名字的时候,我听起来觉得像一个童话故事里的名字。杰克说自己住在纽约,非常爱她,很想来日本看她,但是手里没有钱。她的孩子们都说杰克是一个骗子,根本没住在纽约,反对她给杰克寄钱。她就是不听,寄了一百万。杰克收到钱就从她的手机里失踪了。孩子们都埋怨她,不该被一个不认识的男人骗走了那么多钱。但是她说她不是傻,也没有在乎过杰克是不是真名字,以及住在哪里。有一天在公园里她跟我说起了这件事:"我丈夫死了二十多年了。我的心一直是一个大窟窿。快七十岁的人了,每天都有一个男人对我说爱我。你想想看,我也是一个女人啊。一百万补一个大窟窿,我倒是觉得赚了呢。"

大家决定把鸭爸爸从贝尔蒙特公园赶出去。这个决定让所有的人顷刻间成了战友,一下子亲近起来。我看见小根泽夫妇跟西川站在一起,非常亲切地说着话。吉泽笑嘻嘻地站在大岛身边。埃里克·霍弗说:"恨,也是最有力的凝聚剂之一。"还说:"但我们恨一个对象时,却总是会寻求有同一志向的人。"狂热者无法被说服,只能被煽动。

一群人对付一只斑嘴鸭。从开始到结束进行得非常快。女人们对着鸭爸爸拍手。男人们捡来一些碎石头。在我的再三央求下,扔石头的时候避免打到鸭爸爸,而是扔到鸭爸爸的附近。惊恐的鸭爸爸,从左边的池塘飞到右边的池塘,再从右边的池塘飞到左边的池塘。附近的碎石用光了,有人捡来比较大的石头。我不知道鸭爸爸为什么不肯逃离这个公园。说真的,此刻人们的激情太阳般烤得我的心脏直打战。我这个人,一向不喜欢激情,因为我在激情面前永远都是被动的。

小根泽先生回家了一次,但很快拿着一个注满了水的塑料瓶返回来。瓶口系着一条金色的绳子。绳子很长。他先是表演给我们看,将塑料瓶抛到池塘,再用绳子将塑料瓶收回来。注满水的塑料瓶有重量,可以抛到池塘的中心。他说塑料瓶是他特制的"手榴弹"。我这才想起来小根泽先生的职业是制造各种各样的机器,手腕既高明又巧。附近好多饭店使用的面条制造机,都是小根泽先生提供的。看到表演的人都为他鼓掌。之后,他变戏法似的从裤袋里掏出一支玩具水枪。他把玩具水枪递给大岛说:"送给你了,你要随身携带着,看见了公鸭就喷射。"

大岛看了看我,把玩具水枪举到我眼前说:"不然你携带吧。"我说不。他把玩具水枪放进了裤袋里。

又是"枪",又是"手榴弹"的,这给我带来了很多联想。我觉得小根泽先生有点儿小题大做。小根泽先生一次次将"手榴弹"朝着鸭爸爸的身边抛过去。我觉得血液一直往脑子里冲,全身都绷紧了。不过我没有出面制止。有一次鸭爸爸逃到了贝尔身边。说起来真是奇怪,鸭爸爸自己都招架不住了,但只要贝尔在身边,肯定会用嘴巴去啄贝尔。我的心提紧了。想不到我自己也出手了,对着鸭爸爸使劲儿地拍手,心想它赶快离开贝尔就好了。鸭爸爸逃到了别的地方。意识到自己也出手了,我觉得心烦。

半个小时以后,鸭爸爸终于高高地飞起来,向东,再向东,然后变成了一个小黑点。鸭爸爸从我的视线里消失了。人群再度欢呼起来。我呢,因为心忒忒得厉害,不说话,抱着手一动不动地站着。惠子说:"鸭爸爸也许是去年在贝尔蒙特公园出生的斑嘴鸭,这里是娘家。它一定觉得奇怪,为什么不能待在自己的娘家。话说回来,追母鸭是公鸭的天性和工作。"

她耸了耸肩膀。我突然大笑了几声。

鸭爸爸好几天没来公园,公园恢复了以往的平静。贝尔看起来瘦了一圈,但食欲旺盛。走路时虽然还有点儿瘸,但看起来没有痛的感觉了。小不点儿飞来飞去。有两天早上我竟然看见了鸬鹚,一白一黑,先是停在公园管理处的屋顶,突然一个猛子扎到水里,半天才出来。难怪池塘里刚生出来的小鱼越来越少了。

6月2日,小不点儿突然开始在木樽里孵蛋了。因为我亲眼见过小不点儿跟鸭爸爸交配,倒是没有感到惊讶。一位脸熟的女人好奇地看着小不点儿,想知道斑嘴鸭在同一个季节里怎么可以生两回孩子。我也不知道是为什么,但我说斑嘴鸭是下蛋孵蛋,斑嘴鸭的孩子不是鸭生出来的,是鸭蛋生出来的。她以不可思议的神情看了我一眼。不知道她是否听懂了我的话，因为我自己都不知道我想说的是什么。大出是这么跟我说过的。我是鹦鹉学舌。

小不点儿偶尔去外面找好吃的，回来时跟贝尔噼噼啪啪地亲嘴，然后陪贝尔两三分钟就飞回木樽。每次小不点儿回木樽时，贝尔就"哔哔"地哭着在后边追赶，看到的人都说它可怜。我觉得它寂寞。

大岛每天早上四点左右到公园，八点左右在长椅上睡觉。他睡觉的时候，肯定有三两只苍蝇在他的腿上爬来爬去。

6号和18号，鸭爸爸出现了两次，不仅不伤害贝尔，晚上还留在公园，跟贝尔一起睡在浮漂上。这使它赢得了人们的好感。甚至我敢肯定地说，大家开始希望它天天来，陪在孤零零的贝尔的身边。我尤其希望它夜里陪着贝尔。前几天的围剿战想起来像一场游戏。我始终不理解，什么状况下人会产生恨与爱。为什么爱的感觉会简单地覆盖恨。反过来，为什么恨的感觉会简单地覆盖爱。

如愿以偿。自23日开始，鸭爸爸除了偶尔去外边找食，二十分钟后肯定回到贝尔蒙特公园，晚上一直都陪着贝尔。而贝尔呢，长得有鸽子那么大了，跟鸭爸爸并排睡在浮漂上的时候，看起来像兄弟俩。

27日晚上，我在石拱桥上听见了鸭宝宝微弱的叫声。意外的是五十岚竟然来了。原来她这么久不来公园，是不想看见双胞胎姐妹惠子和雯子。但她说她一直都在惦记着贝尔，每天深夜都跟儿子一起到公园看贝尔。所以她也知道小不点儿正在孵蛋，并算出这两天鸭宝宝会出生。有一点我没好意思告诉她，其实惠子和雯子早就忘记了她们之间发生的那点儿小事，或许连她的样子都不记得。

根据上次的经验，我们认为小不点儿会在明天早上带着鸭宝宝离巢，约好了明天早上再见，她先回家了。

28日早上，我去公园，池塘像一幅地狱图。

因为小不点儿在石拱桥下东张西望，所以我先去石拱桥上看木樽。鸭蛋没有了。我首先想到的就是鸭宝宝已经离巢了。巡视池塘，先是发现了一只鸭宝宝浮在水面上，看样子就知道已经死掉。接着我看到木樽下一只乌龟的嘴里有鸭宝宝的一条腿。而在桥底下，最大的那只乌龟正咬住一只微弱的鸭宝宝的腿往水底下拽，鸭宝宝无力地扇动着翅膀。小不点儿去外边找食的时候，我曾经数过木樽里的鸭蛋，至少也有五个，但现在能看到的鸭宝宝只有三只。一大早公园的池塘里到底发生了什么，我已经看得很清楚了。毫无疑问，至少有两只鸭宝宝已经在乌龟的肚子里了。我忘记了呼吸，脚底下生了根似的无法动弹。我的脸和脖子上都是汗水，但我没有带手帕，汗水慢慢地湿了衣服的领口。

吉泽不知什么时候在旁边盯着我，好像等着我自己从冥想中醒过来。她问我鸭宝宝出生了吗。这一刻我思绪万千。我说出生了。她问我："鸭宝宝在哪里呢？看起来小不点儿好像也在找啊。"

我没有说话。她又问了我一遍。我对她说:"我亲眼看见的,都被乌龟吃掉了。乌龟咬住鸭宝宝的腿,拽到水底。所以小不点儿不理解鸭宝宝为什么消失了。"

吉泽惊讶地用手掩住嘴。然后我们绝望地望着池塘,池水透明,能看见水底的几只乌龟特别活泼。小不点儿在左右两个池塘之间飞了几个来回,几次去木樽的时候都用嘴巴啄里面的泥土和草。吉泽结结巴巴地说:"太可怜了,小不点儿在找自己的孩子。"

吉泽的话音刚落,小不点儿突然撕心裂肺地哭泣起来,一声接着一声。我感到喘不上气来了。吉泽告诉我小不点儿跑去草地那边了。我跟她追到草地,小不点儿跌跌撞撞地徘徊在那里,不时地张开嘴巴哭泣。我还是第一次看见听见斑嘴鸭哭泣。无限的悲哀在我的胸膛里回荡。吉泽忍不住哭起来了。她一直说:"太可怜了。太可怜了。"

实际上,小不点儿的哭声传到公园附近的公寓,很快来了很多人,向我们询问发生了什么事。吉泽哭着说:"今天出生的鸭宝宝都被乌龟吃了,一只都没剩。可怜小不点儿一直在找自己的孩子。"

五十岚来公园的时候,我已经平静了很多。她说她早就想驱除那些乌龟了。她要去管理处,我说去了也没用。之前有人跟处长提过让这些乌龟搬家的事,但是处长说乌龟不吃健康的鸭宝宝。还说每个人的喜好不同,有的人喜欢斑嘴鸭,有的人喜欢乌龟。特别是小孩子,每次来公园,看见池塘里的乌龟,都会"乌龟乌龟"地叫,很欢喜。五十岚打算亲自着手这件事,趁着乌龟在石头上晒太阳的时候一网打尽,用纸盒箱装了,让她儿子骑自行车扔到荒川里。原来她的打算里是饶了乌龟的命。我松了一口气。

后来听公寓里的人说,那天夜里,小不点儿悲泣的哭声彻夜未停。

到了29日的夜晚,小不点儿好像太疲倦了,趴在浮漂上一动不动。小不点儿的身边趴着鸭爸爸。我想小不点儿是绝望了。30日下午,小不点儿跟鸭爸爸双双飞走了。7月1日,小不点儿跟鸭爸爸只在公园里待了十五分钟。以后呢,小不点儿两三天才来一次,但十五分钟左右就会离去。吉泽感到难以置信:"难道小不点儿已经忘记贝尔了吗?"

贝尔已经不是十三分之一,至少也是十八分之一了。

我崩溃了好几天,精神一直停留在28日的早上。至于小不点儿为什么再次放弃贝尔,我真的无法想象。有一点可以肯定,小不点儿因为孩子失踪而备受折磨,因为是我亲眼看见亲耳听到的。也许这也是小不点儿的一种爱的方式。它不是放弃了贝尔,它是想躲过28日早晨那可怕的记忆。不知道,我真的不知道。小不点儿是一只斑嘴鸭。

贝尔长得跟小不点儿一般大了,就是翅膀看起来还比较短。日子一天一天地过去,公园逐渐平静下来。有一点变化很明显,那些厌倦悲剧,认为悲剧是负能量的人,几乎不怎么到公园来了。有时候我看池塘,觉得像一个悲哀的盲井。

去年的这个时候是炎夏，公园的树干上到处都是知了，草地上可以捡到很多知了的尸体。但今年是冷夏，进入七月还没有听见知了的叫声。我跟吉泽希望贝尔的翅膀能长得大一点，但是今年没有蛋白质很高的知了喂它。小根泽先生说蚯蚓对贝尔的成长有益，于是吉泽每天去钓鱼商店买成盒的蚯蚓。这样过了几天，到了七月中旬的时候，小不点儿突然每天傍晚都来公园了，有时候跟鸭爸爸一起来，有时候独自来，来去匆匆。

小根泽先生说小不点儿是来观察贝尔的，等它判断贝尔能飞的时候，就会把贝尔接走了。我们都盼着这一天。

但是西川说小不点儿根本没有教贝尔如何飞翔，贝尔不会飞，说不定会一直留在贝尔蒙特公园。我说这样也挺好啊。

吉泽说贝尔是天生的飞鸟，小不点儿不教也是会飞走的。

其实我发现贝尔飞过几次，飞不高，距离也非常短。这几天贝尔飞得次数比较多，我想吉泽说的是对的，贝尔早晚会飞走的。

16日，吉泽有事去儿子家没有来公园。五十岚一天没有露面。傍晚小根泽夫妇回家后，正是太阳落在房顶后面的时候。天边一片红。再有一小时天就完全黑下来。我想跟西川说再见的时候，看见一只斑嘴鸭落在水面上。鸭爸爸来了。鸭爸爸跟贝尔嘴巴对着嘴巴说了几句话，声音很奇特。西川说今天晚上贝尔不孤单了。我也很高兴。我们不知不觉地又待了一会儿。突然，鸭爸爸开始上下点头，我对西川说："鸭爸爸要飞了，看来今天不会在公园过夜的。"

话音刚落，鸭爸爸已经飞起来了。说时迟那时快，贝尔也飞起来了。一瞬间发生的事，简直不敢相信是真的。好半天我跟西川一句话也说不出来。我一直看着鸭爸爸和贝尔飞去的方向。天空美丽如画，看上去毫无真实感。我问西川："你相信贝尔会飞吗？我见过贝尔练习飞的情景，从来没有高过中心岛的木亭，从来没有越过石拱桥。"

　　西川说："吉泽说过贝尔是天生的飞鸟啊。她说的是对的。"

　　我跟西川很兴奋。可惜只有我们两个人看到贝尔飞走时的样子。西川哈哈大笑，说吉泽明天来公园，看不见贝尔，一定会感到十分的遗憾。她说的是真的。最盼着贝尔快快长大的就是吉泽。买蚯蚓最多的就是吉泽。贝尔飞走了，曾经发生在公园的喧嚣变得遥远。西川问我要不要去吉泽家把贝尔飞走的消息告诉她。我说这么晚了不太合适，再说也不知道她从儿子家回来了没有。

三十一

真是令人难以相信,惠子来短信了,说她刚刚在小右卫门稻荷神社那里保护了贝尔,马上要送去贝尔蒙特公园。

我赶紧出门,比惠子先到了公园。看见惠子抱着纸盒箱,我的心痒痒的。她打开纸盒箱说:"有生以来我还是第一次抱斑嘴鸭。"

惠子带小狗出门散步,在门前遇到了邻居。邻居说有一只斑嘴鸭,坐在小右卫门稻荷神社的前面一动不动。惠子家正好在小右卫门稻荷神社的对面。她把小狗送回家,然后去神社,一眼就认出坐着的斑嘴鸭是贝尔。她说她没有办法理解贝尔怎么会出现在小右卫门稻荷神社。

我把贝尔跟着鸭爸爸飞走的事描述了一遍,然后说:"贝尔的翅膀比较小,一定是中途飞不动了,掉在了神社。"她认为我说得对。不过因为贝尔是掉在水泥地上,一定是受了伤。她去抓贝尔的时候,贝尔很老实。她说几乎没费什么劲儿就抓到了贝尔。这让她想起了台风那天的事:"我们姐妹俩在水里奔波了半天都没有抓到它。"她笑了起来。

贝尔瘸得厉害。好几次,它想上浮漂,但是攀不上去,只能在水面上漂着。很明显，这一次贝尔不仅伤到了脚，还伤到了翅膀。我想贝尔一时半时都不能飞了。不过我跟惠子都想不出什么好办法。惠子认为贝尔已经是成鸟了，虽然受了伤，但是不会有生命危险。我们都担心贝尔可能不能飞了，永远都不能飞了。惠子说大不了贝尔永远留在贝尔蒙特公园。

我们默默地站了一会儿，四周非常安静。公园的外边连一辆小汽车都没有。惠子说时候不早了。我其实早就累了。说再见的时候，她说她们姐妹要上班，还有那么多小狗要散步，可能没办法整天来公园，贝尔就拜托给我了。如果有什么进展的话，让我发短信给她。我说好。

我已经想象到了，早上西川看见我，肯定会惊讶贝尔怎么又回来了。我去公园的时候，贝尔竟然在浮漂上睡觉。仅仅过了一个晚上而已，贝尔已经能够攀上浮漂了。吉泽说她没有办法相信贝尔曾经飞走了又回来了。我说贝尔根本不是在睡觉，其实是受了伤。我把昨天晚上发生的事说了一遍。小根泽先生感叹地说，贝尔的运气真好。这么巧会掉在神社。这么巧双胞胎姐妹的家又在神社的对面。西川说贝尔有好多条命，死了几次都死不了。我说贝尔是十八分之一，应该有十八条命。

我们都想贝尔能吃点儿东西，这样它的伤也许会好得快一点。吉泽特地回家了一次，拿来昨天剩下的蚯蚓。吉泽一拍手，贝尔马上从浮漂那里游过来。我很感叹，贝尔到底是野生动物，恢复能力十分惊人。仅仅一个晚上而已，连塘边的石阶都能攀上来了。吉泽用筷子把蚯蚓抛到石阶上，贝尔一瘸一拐地捡着吃。吃是生命力量的象征。我们从来没有如此欣喜若狂。

当天傍晚，吉泽再来公园的时候，手里拿着两盒蚯蚓。一盒喂了贝尔，剩下的一盒她要小根泽先生带回家。她说明天要跟孙子们一起去荒川看烟花，来不了公园，想拜托小根泽先生把蚯蚓喂给贝尔。我这才想起来，19日足里区在荒川举办盛大的烟花大会。时间过得真快啊。去年，小不点儿就是在烟花大会那天飞走的。小根泽先生说他明天也去看烟花，不过可以提早来公园。他问我明天有什么安排。我说我会在公园陪贝尔。其实我也喜欢看烟花。雄大小的时候，每年我都带他去看烟花。站在荒川的堤坝上，看绚丽划破黑暗，听阵阵爆响，人生跟果汁一样鲜活。现在的居家，站在三楼的阳台就可以看见晴空塔和烟花。出于这个原因，晴空塔和烟花，与我便有了一种模糊的附属感。总觉得烟花不如以前的美丽。晴空塔建了好几年了，从来没有到眼前看过也没觉得有什么遗憾。今年我要陪贝尔。我担心放烟花的声响会吓到贝尔。烟花会在荒川放半个小时。而荒川距贝尔蒙特公园非常非常近。

19日傍晚，小根泽先生一个人来公园。他一次夹三四条蚯蚓，每次都很准确地抛在贝尔面前。五分钟不到蚯蚓就被贝尔吃光了。他急急地跟我打了个招呼就回家了。池塘附近只剩下我一个人。慢慢地天黑下来了，天空的星光一览无余。我看了一眼手机，已经7点15分了。烟花7点半开始。再看贝尔，它睡在浮漂上，对即将开始的烟花什么感觉都没有。不知道为什么,这一刻我忽然觉得非常非常寂寞。

贝尔第一次被流浪猫搞伤了是它的命,第二次掉在神社也是它的命。

我从未想到在贝尔蒙特公园也能看见烟花。烟花开始的前几分钟,陆续有人站在石拱桥上。草坪的高地上也坐着几个人。我看着浮漂上的贝尔,不安地在栏杆那里来回地踱步。我的心因慌乱而不停地忒忑着。贝尔会被烟花吓着的想法压倒了一切。等待第一个烟花来临的心情,宛如站在悬崖边上。随着一声巨响,天空的一面绚丽如虹,接着是轰轰烈烈的声音抑扬顿挫。贝尔蒙特公园被烟花照亮,恍如白昼。贝尔急慌慌地藏到那个它出生的木樽的下面。我眼巴巴地看着贝尔露在木樽外边的屁股,从头到尾只有一个感觉,就是希望烟花尽快地结束。

烟花大会结束后,贝尔从木樽下出来。看烟花的人马上就走光了。不久我看见惠子向我走来。她还是穿着那件粉红色的衣服。对于我来说,惠子喜欢粉红色是一种熟悉的感觉。她说那只黄色的小狸猫好像跑到这边的公园来了。我知道惠子也没有去荒川,也没有心思看烟花,她担心那只黄色的小狸猫。我跟她一起找了一会儿猫,但是没有找到。她想知道烟花好不好看。我说我光顾着看贝尔了。她问我:"贝尔不要紧吧?"

我说:"贝尔一直藏在木樽的下面,我盯了一个晚上的鸭屁股。"

她哈哈大笑,笑过后问我:"贝尔的伤好点儿了吗?"

我说:"好多了,已经看不出跛脚了。"

以后的几天里,贝尔好像完全康复了,经常扇动着翅膀练习飞翔。不过贝尔飞得很低,距离也非常短。只有一次,我兴奋地看到贝尔从池塘的北边一口气飞到了南边。最大的变化是,小不点儿很少来公园,倒是鸭爸爸经常出现。大家开始把期待放在鸭爸爸的身上,希望它可以带走贝尔。不过我们都认为,贝尔一时半会儿还离不开公园,因为它甚至没有飞越过石拱桥。自从那一次掉在神社,贝尔不太敢飞高了。照小根泽先生的估计,贝尔应该在9月离开贝尔蒙特公园。我已经无法分开自己的世界和贝尔的世界,一有空就会往公园里跑。

事情发生得非常突然。27日早上,跟往常一样,五点左右我去了贝尔蒙特公园。五十岚在公园的门口等我。她说贝尔不见了,昨天夜里12点跟儿子一起看贝尔的时候,贝尔已经不在了。她认为贝尔是真的飞走了。她因为赶着上班,急匆匆地去车站了。我快步跑去池塘,那个冷血的津田坐在池塘边的椅子上。我问她早上来公园的时候,有没有看见贝尔。她说没有。

昨天晚上,我是八点钟离开公园的。我离开的时候贝尔已经在浮漂上睡觉了。有一对恋人坐在津田此刻坐着的椅子上。我转来转去,问遍了在公园里晨练的所有的人。每个人都说没有看见贝尔。

我回到津田身边:"你看过贝尔练习飞翔的情形吗?"

她回答说:"有啊。昨天早上,小不点儿跟鸭爸爸来了一会儿,飞走的时候贝尔也跟着飞走了。但是贝尔很快就回来了。

贝尔停在中心岛木亭的尖顶,从尖顶飞到了池塘。"

"是你亲眼看见的吗?"

她立刻说:"当然是我亲眼看见的。"看到我半信半疑的样子,她接着说,"你来公园的时间比我晚。小不点儿跟鸭爸爸飞走的时间比较早,大约是早上4点半左右吧。"

"你看见贝尔飞越了石拱桥吗?"

"是啊。我看见贝尔飞越了石拱桥。"

我还是半信半疑。不久,吉泽和西川以及小根泽夫妇也来了。大家都一声不响地望着池塘。后来吉泽说话了,她认为贝尔的翅膀还没有长大,不可能飞远。西川说贝尔也许又会掉在什么地方。上一次贝尔跟鸭爸爸飞去的方向是东,再往前有元渊江公园,我建议给元渊江公园附近的警察署打电话。警察说没听说有什么人保护了斑嘴鸭。八点半,我自己给元渊江公园的管理处打了一个电话。接电话的男人说,每天都有斑嘴鸭从公园飞走,但没听说有新来的斑嘴鸭。

我希望有人跟我一起去元渊江公园确认一下,吉泽很想去,不过她今天有事。

我一个人去了元渊江公园。因为是骑自行车去的,花了半个多小时。元渊江公园比贝尔蒙特公园大一倍。池塘里有五个浮漂。六只斑嘴鸭悠然过着幸福的生活。我不安地意识到,记忆中的贝尔,外表跟其中的一只斑嘴鸭非常像,但我在这些斑嘴鸭身上,找不到小不点儿胸前的那个心。我问身边的女人,元渊江公园有没有新来的斑嘴鸭。她说不可能有,因为这里的斑嘴鸭早已形成了自己的势力范围,新来的斑嘴鸭会被这群斑嘴鸭赶走。我不死心,用手指着一只比较小的斑嘴鸭说:"比如那只小的斑嘴鸭,也许是妈妈从哪里带回来的呢?"

她摇了摇头,下定论似的说:"那只斑嘴鸭是今年在这里出生的。"

我立刻明白了,贝尔不在这里。其实,我自己也意识到了,这里的斑嘴鸭家族都是白脸,而贝尔像小不点儿,是灰脸。想回家的时候,小根泽夫人出现在我的面前。她说她丈夫去停车场的卖店,马上会赶过来。小根泽先生来的时候捧着三个冰淇淋。我怕胖,平时不敢吃冰淇淋,但是他看起来和蔼可亲,所以我就吃了冰淇淋。小根泽先生问我:"贝尔在吗?"我摇头。他说:"我看看。"我和他太太跟在他后面绕着池塘走了一圈。最后我们在一处椅子上坐下来。小根泽先生说:"贝尔不在这里,但肯定跟河川在一起,肯定跟自然在一起。"

我是唯一迷惑的人。8点离开公园的时候,贝尔在浮漂上睡觉。2点五十岚跟她儿子来公园的时候,贝尔已经不在了。我心里憋着好多话,但一句也说不出来。

贝尔跟时光一样,一去无返了。

三十二

贝尔蒙特公园是一个神奇的地方。从春天到夏天我一直在追逐贝尔。追逐贝尔，本来是我忘却现实和摆脱恐惧的一种手段，但贝尔为我展示的，却是一场又一场的试炼。一只小小的斑嘴鸭，活下去的意志和力量，远远地超出了我的想象，令我在危机中感受到一种永恒的存在之力。

回过头说我，虽然家里家外发生了那么多的事情，但是看看现在，自己的人生是变好了还是变坏了呢？不知道。根本说不清楚。只能说好多事情都变了。好多事情都发生了变化。就说丈夫吧，他说的退职金一直都没有拿到，我不问，他从来也不会提起来。他在家里非常非常安静。有时候，我甚至会忘记他的存在，仿佛时光从来没有在我们之间流逝过。爱情就像一场梦。

但他仍然是他。但在表面上我们还是一家人。

路过役所大楼的时候，以前总是感到失落和寂寞，而现在有别的东西覆盖了那些感觉。我觉得从未有过的轻松和解脱。其实我只是决心不再到役所上班了而已。役所是我的另外的一场梦。

日常跟从前没有什么区别。为了雄大换两辆车去学校，我们早上五点半就得起床。三个人围着饭桌吃完饭，丈夫去上班，雄大去上学，我要么去贝尔蒙特公园走走，要么就找出一本喜欢的书来读读。我觉得可以这样子读书真的是非常奢侈的一件事。有一个我不喜欢承认的事实，就是有时候我会偷偷地感谢刘燕燕和坂本。如果不是因为她们俩，我也不会像一个无赖似的，一边读书散步一边却拿着伤病手当金度日，我现在肯定还在役所里干活。我现在不必在乎什么，想吃就吃，想睡就睡，想干什么就干什么。现在我想学习做菜，因为雄大对我说，他刚刚在网上做过调查，全日本最受尊重的妈妈的资格，第一就是菜做得好吃。我的菜做得实在是非常难吃。

但每次我去贝尔蒙特公园的时候，池塘总会让我不由自主地想起贝尔。

臼井课长来电话约喝咖啡的时候，我意识到一个月又过去了。我比他提前到咖啡屋。山崎教了我很多话，但我一句都不打算说。因为那些话不是我自己想说的话。

臼井课长说："你好。"

我说："你好。"

他问我："身体恢复得怎么样了？什么时候可以上班？"

我从背包里取出一个信封放在桌子上："这是辞职信。"我觉得自己很安静。

他又问我："你真的不会后悔吗？"

我说："无所谓了。"

我说的是真的。我真的觉得无所谓了。下一次我走进役所大楼的时候，是一个克服了心忒忒的普通的客人。

出乎我意外的是，他跟我说起了他自己的事。他说他马上就要再婚了，对方也是役所里的职员。关于他再婚的事，我什么都没有问。我只是祝福了他。我的祝福是真诚的。跟上一次一样，由他结账，顺便给我买了一盒巧克力糖。分手的时候，他说下一次跟窗口服务系的系长喝酒时会叫上我。我说好。但是我知道我们永远都不会在一起喝酒。

有一天晚上，我在被窝里看电视，雄大突然跑过来说："我决定中学不去公立了。我跟几个朋友商量好了，一起升到现在的中学，再一起升到高中，一直在一起。我不想离开现在的朋友。"我说："好。我知道了。"

但一阵疼痛流过我的心。雄大没有叫"妈妈"。雄大已经有好久好久没有叫我"妈妈"了。但这是他的选择。他的性格太像我了。

我有了新的目标——哪一天我回家的时候，或者雄大回家的时候，或者在家的时候，能够听见雄大自自然然地叫我一声"妈妈"。

夏之将至（代后记）

整整三年，每年有三个月的时间我一直晃荡在贝尔蒙特公园。我在小说里称这段时间为"转来转去的时光"。在公园里干什么呢？说起来好像一个玩笑，就是看斑嘴鸭。

我要强调的是五月，从五月初到五月末的每一天，早上四点到九点，再从下午的五点到八点，我会拿着蜻蜓捕捉网去公园，赶走那些乌鸦和流浪猫，目的是不让它们把刚刚出生的斑嘴鸭叼走了。这种热情，我至今也不明白是怎么产生的。反正我觉得自己面对的是一个生动而赤裸的真实的现场，在这里，每时每刻都会发生可怕并且悲哀的事。是的，自斑嘴鸭在贝尔蒙特公园孵蛋，好多次，我目睹了生命中出现的"那一刻"，命中注定无法逃脱的"那一刻"。对于喜欢动物的我来说，不知不觉就被卷入到日常最艰难的情感：敬畏与绝望。必须通过生命和苦难才能体验的敬畏与绝望。那些我保护过的斑嘴鸭，一个个去了真正的自然，跟它们也许永无再见，但与它们"相处"的过程中，却不止一次地发现了它们与现实生活中"我"的关系。

是的，人总是在某一个地方，总是要看见什么听见什么做什么。在那些日子里，我突然看见并发现，在离我很近的地方，在贝尔蒙特公园的池塘里，一只斑嘴鸭用静静的沉睡来承受突来的各种苦难。它的生命力是如此顽强。但斑嘴鸭什么都不说，什么都不记载。这时候我就想：也许因为我的在场，它的苦难和生命力才有了无法企及的意义。好像现在，当我用笔记载斑嘴鸭的故事时，斑嘴鸭就成了我写作的移位。成了文学的移位。斑嘴鸭的故事不是我的故事，是它自己用生命写在自然中的故事。

再说我眼里的日本人。在日本岛国，公元六世纪末圣德太子的十七条宪法的第一条"以和为贵无忤为宗"讴歌的是以和睦为贵的理想，虽然后世对此有各种各样的争议，但是我认为这句话里渗透了日本社会深处的那种共同连带、相依相存的文化精神。日常生活中的日本人，本性其实是十分朴素的。日本人宁愿花费时间或者说宁愿愉悦时间。日本人的传统不仅是创造价值更是提高价值。好比日本的工匠艺匠，以精纯的匠心发展并完善出来的，是花鸟风月以及茶道。川端康成为了写好一篇文章，用手工制的茶碗喝玉露茶。茶壶上刻有"竹窗满月点苦茶"的诗句，哀伤得无止境，美得无与伦比。但如果将此看成日本的民族性的话会过于简单。日本是一个纵向社会。不太好形容日本的纵向社会的形象，我能想到的形容也许就是一个组织体。说到组织体，应该是由个别的成员为了实现全体的目的和利益所集合而成的集合体。这种情形下，你说它是纵的也好，你说它是横的也好，为了追求共同的目的和利益，成员和组织之间有一个大的前提，这个前提就是相互达到权利制限的一种默契。那么，纵和横有什么不同呢？简单地说，纵可以认为是强力制限成员的自我权利，而横则是比较弱地制限成员的自我权利，个别成员的自由度相对纵来说比较高。

我在日本的出版社和区役所工作了很多年。如果不曾在这两个地方工作的话，也许就不会有这部小说。我的感受是：纵向社会里各个成员为了全体目的而奉仕出所有权利，作为回报得到的是安定的生存环境。具体地说，为了全体的利益，个体成员被要求有抑制自我欲望的"忍耐力"。忍耐的报酬是生存的安宁。职场里，日本人很少在表面上闹矛盾。表面和背后完全不一样。也许可以形容为隐形人。我之所以写了这部小说，是因为我有机会参与到这个纵向的社会，有机会活动在这样的组织体，有机会感受并扩大思考。

但真的动笔是从那天开始的，也就是我买了一个三面镜。通过它我可以看见我的前后左右。我只看镜子，镜子里面除了有一张非常熟悉的面孔，还有一个立体的我。还有隐约的黑斑皱纹。关于真实性和虚幻性，关于不确定，关于概念以及所有能想到的其他事，突然给了我写故事的灵感。继而是写作的冲动。我突然想写贝尔蒙特公园，想写斑嘴鸭，想写役所，想写所谓组织体中的日常中的家庭中的日本人和中国人。我没有能力将我的感受和思考理论化，所以只能用小说的形式来叙述描述。敬畏苦难和生命，这不是我新创的观点，但如果我通过小说的形式来表现它的话，它就会成为我绝对的原创。

因为斑嘴鸭和役所一直萦绕在心头，文字会自动地从脑子里跳出来。每天早上天一亮就动笔，我会在饭桌上写四五个小时。从动笔到完成，花了一年半的时间。写完的故事不如我想象得好。想象的时候我以为自己会写得很好。但是我已经尽力了。这一次写作几乎是纯粹的生活日常和感受。我没有思考什么，我只是想还原某些有生命力的东西。为了这个故事读起来有临场感，我选择了第一人称。我构思每一个人物和每一个场景，从头到尾是一种流动着的连续。小说与生活的真实之间有着很大的区别，可以说是截然不同的东西。如果说我有什么感想的话，就是没想到这个世界上有那么多的意外，会导致出一连串的危机与破灭。但同时我又感到生命具有修复的力量以及无法挽留的悲伤。

每年夏之将至，斑嘴鸭必来贝尔蒙特公园。

黑孩

2020 年 8 月

图书在版编目（CIP）数据

贝尔蒙特公园/(日)黑孩著.--上海：上海文艺出版社，2021
ISBN 978-7-5321-7838-4
Ⅰ.①贝… Ⅱ.①黑… Ⅲ.①长篇小说—日本—现代
Ⅳ.①I313.45
中国版本图书馆CIP数据核字(2020)第260715号

发 行 人：毕　胜
责任编辑：江　晔
封面设计：丁旭东

书　　名：贝尔蒙特公园
作　　者：(日)黑孩
出　　版：上海世纪出版集团　上海文艺出版社
地　　址：上海市绍兴路7号　200020
发　　行：上海文艺出版社发行中心
　　　　　上海市绍兴路50号　200020　www.ewen.co
印　　刷：苏州市越洋印刷有限公司
开　　本：890×1240　1/32
印　　张：9.125
插　　页：2
字　　数：181,000
印　　次：2021年5月第1版　2021年5月第1次印刷
Ｉ Ｓ Ｂ Ｎ：978-7-5321-7838-4/I.6217
定　　价：48.00元
告 读 者：如发现本书有质量问题请与印刷厂质量科联系　T:0512-68180628